Heinrich Heine

»Ich liebe doch das Leben«

Ein Lesebuch

Herausgegeben von
Joseph A. Kruse

Insel Verlag

Ein Projekt
der Stiftung Kunst und Kultur
des Landes Nordrhein-Westfalen

Dieser Band wurde herausgegeben
unter Mitwirkung von Christoph Hollender,
Markus Küppers und Hendrik Rost
Bildbeschaffung: Inge Hermströwer
Bildvorlagen: Heinrich-Heine-Institut, Düsseldorf

Zweite Auflage 1997

Druck: Allgäuer Zeitungsverlag GmbH, Kempten/Allgäu
Printed in Germany

»Ich liebe doch das Leben«

Inhalt

1.
Selbstbeschreibung, Selbstbefragung

Ich will dir das Märchen meines Lebens erzählen. Wenn manchmal dicke Tropfen auf dein Lockenhaupt fallen, so bleibe dennoch ruhig; es ist nicht der Regen, welcher durch das Dach sickert. Weine nicht und drücke mir nur schweigend die Hand.

(Memoiren)

In uns selbst liegen die Sterne unseres Glücks.

(Memoiren)

Wenn ich an deinem Hause
Des Morgens vorüber geh,
So freuts mich, du liebe Kleine,
Wenn ich dich am Fenster seh.

Mit deinen schwarzbraunen Augen
Siehst du mich forschend an:
Wer bist du, und was fehlt dir,
Du fremder, kranker Mann?

»Ich bin ein deutscher Dichter,
Bekannt im deutschen Land;
Nennt man die besten Namen,
So wird auch der meine genannt.

Und was mir fehlt, du Kleine,
Fehlt manchem im deutschen Land;
Nennt man die schlimmsten Schmerzen,
So wird auch der meine genannt.«

(Buch der Lieder: Die Heimkehr)

Meine Mutter ... war überhaupt nicht damit zufrieden, daß ich Verse machen lernte, und seien es auch nur französische. Sie hatte nämlich damals die größte Angst, daß ich ein Dichter werden möchte; das wäre das Schlimmste, sagte sie immer, was mir passieren könne.

Die Begriffe, die man damals mit dem Namen Dichter verknüpfte, waren nämlich nicht sehr ehrenhaft, und ein Poet war ein zerlumpter, armer Teufel, der für ein paar Taler ein Gelegenheitsgedicht verfertigte und am Ende im Hospital stirbt.

(Memoiren)

Was das Datum meiner Geburt betrifft, so bemerke ich Dir daß ich laut meinem Taufschein den 13. Dezember 1799 geboren bin, und zwar zu Düsseldorf am Rhein, wie Dir ebenfalls bekannt sein wird. Da alle unsre Familien-Papiere durch die Feuersbrünste in Altona und Hamburg zu Grunde gegangen, und in den Düsseldorfer Archiven das Datum meiner Geburt nicht richtig angegeben sein kann, aus Gründen die ich

nicht sagen will, so ist obiges Datum allein authentisch, jedenfalls authentischer als die Erinnerungen meiner Mutter, deren alterndes Gedächtnis keine verloren gegangne Papiere ersetzen kann …
Was die Unterrichtsanstalten betrifft, worin ich abgerichtet worden, so sind sie Dir gewiß auch bekannt: sie beginnen mit dem Franziskanerkloster zu Düsseldorf; später verbrachte ich zwei Jahre in der protestantischen Anstalt von Vahrenkampf; hernach ging ich die Klassen des Lyzeums durch, welches jetzt das Gymnasium heißt …
Sowohl die Lehrer des Franziskanerklosters als die des Lyzeums werden meiner Mutter in Erinnerung sein und ich glaube nicht nötig zu haben, sie hierher zu setzen. Auf den Universitäten von Bonn, Göttingen und Berlin, wo ich später lange Zeit zubrachte, habe ich bei sehr berühmten Leuten Unterricht genossen, aber es ist mir zu langweilig, ihre Namen abzuleiern. Was nun gar die Bücher, die ich geschrieben habe, betrifft, so verweise ich in dieser Beziehung auf Campe, der da besser Bescheid weiß, als ich selber …

(Brief an Charlotte Embden, 16.7.1853)

Die Juden aber waren immer Männer, gewaltige, unbeugsame Männer, nicht bloß ehemals, sondern bis auf den heutigen Tag, trotz achtzehn Jahrhunderten der Verfolgung und des Elends. Ich habe sie seitdem besser würdigen gelernt, und wenn nicht jeder Geburtsstolz bei dem Kämpen der Revolution und ihrer demokratischen Prinzipien ein närrischer Widerspruch wäre, so könnte der Schreiber dieser Blätter stolz darauf sein, daß seine Ahnen dem edlen Hause Israel angehörten, daß er ein Abkömmling jener Märtyrer, die der Welt einen Gott und eine Moral gegeben, und auf allen Schlachtfeldern des Gedankens gekämpft und gelitten haben.

(Geständnisse)

Aus den frühesten Anfängen erklären sich die spätesten Erscheinungen. Es ist gewiß bedeutsam, daß mir bereits in meinem dreizehnten Lebensjahr alle Systeme der freien Denker vorgetragen wurden, und zwar durch einen ehrwürdigen Geistlichen, der seine sazerdotalen Amtspflichten nicht im geringsten vernachlässigte, so daß ich hier frühe sah, wie ohne Heuchelei Religion und Zweifel ruhig nebeneinander gingen, woraus nicht bloß in mir der Unglauben, sondern auch die toleranteste Gleichgültigkeit entstand.
Ort und Zeit sind auch wichtige Momente: ich bin geboren zu Ende des skeptischen achtzehnten Jahrhunderts und in einer Stadt, wo zur Zeit meiner Kindheit nicht bloß die Franzosen, sondern auch der französische Geist herrschte.

(Memoiren)

Ich weiß daß ich eine der deutschesten Bestien bin, ich weiß nur zu gut daß mir das Deutsche das ist, was dem Fische das Wasser ist, daß ich aus diesem Lebenselement nicht heraus kann, und daß ich – um das Fischgleichnis beizubehalten – zum Stockfisch vertrocknen muß wenn ich – um das wäßrige Gleichnis beizubehalten – aus dem Wasser des deutschtümlichen herausspringe. Ich liebe sogar im Grunde das Deutsche mehr als alles auf der Welt, ich habe meine Lust und Freude dran, und meine Brust ist ein Archiv deutschen Gefühls, wie meine zwei Bücher ein Archiv deutschen Gesanges sind.

(Brief an Rudolf Christiani, 7.3.1824)

Fragen

Am Meer, am wüsten, nächtlichen Meer
Steht ein Jüngling-Mann,
Die Brust voll Wehmut, das Haupt voll Zweifel,
Und mit düstern Lippen fragt er die Wogen:

»O löst mir das Rätsel des Lebens,
Das qualvoll uralte Rätsel,
Worüber schon manche Häupter gegrübelt,
Häupter in Hieroglyphenmützen,
Häupter in Turban und schwarzem Barett,
Perückenhäupter und tausend andre
Arme, schwitzende Menschenhäupter –
Sagt mir, was bedeutet der Mensch?

Woher ist er kommen? Wo geht er hin?
Wer wohnt dort oben auf goldenen Sternen?«

Es murmeln die Wogen ihr ewges Gemurmel,
Es wehet der Wind, es fliehen die Wolken,
Es blinken die Sterne, gleichgültig und kalt,
Und ein Narr wartet auf Antwort.

(Buch der Lieder: Die Nordsee)

Wie Du denken kannst – kommt hier die Taufe zur Sprache. Keiner von meiner Familie ist dagegen, außer ich. Und dieser *ich* ist sehr eigensinniger Natur. Aus meiner Denkungsart kannst Du es Dir wohl abstrahieren daß mir die Taufe ein gleichgültiger Akt ist, daß ich ihn auch symbolisch nicht wichtig achte, und daß er in den Verhältnissen und auf der Weise wie er bei mir vollzogen werden würde, auch für Andere keine Bedeutung hätte. Für mich hätte er vielleicht die Bedeutung daß ich mich der Verfechtung der Rechte meiner unglücklichen Stammesgenossen mehr weihen würde. Aber dennoch halte ich es unter meiner Würde und meine Ehre befleckend wenn ich, um ein Amt in Preußen anzunehmen, mich taufen ließe. Im lieben Preußen!!! Ich weiß wirklich nicht wie ich mich in meiner schlechten Lage helfen soll. Ich werde noch aus Ärger katholisch und hänge mich auf. … Wir leben in einer traurigen Zeit, Schurken werden zu den Besten, und die Besten müssen Schurken werden. Ich verstehe sehr gut die Worte des Psalmisten: Herr Gott, gib mir mein täglich Brot, daß ich Deinen Namen nicht lästre!

(Brief an Moses Moser, 27./30.9.1823)

Ich bin jetzt bei Christ und Jude verhaßt. Ich bereue sehr daß ich mich getauft hab; ich seh noch gar nicht ein daß es mir seitdem besser gegangen sei, im Gegenteil, ich habe seitdem nichts als Unglück – Doch still hiervon, Du bist zu sehr aufgeklärt um nicht hierüber zu lächeln.

(Brief an Moses Moser, 9.1.1826)

Ich habe es, wie die Leute sagen, auf dieser schönen Erde zu nichts gebracht. Es ist nichts aus mir geworden, nichts als ein Dichter.
Nein, ich will keiner heuchlerischen Demut mich hingebend, diesen Namen geringschätzen. Man ist viel, wenn man ein Dichter ist, und gar wenn man ein großer lyrischer Dichter ist in Deutschland, unter dem Volk, das in zwei Dingen, in der Philosophie und im Liede, alle andern Nationen überflügelt hat. Ich will nicht mit der falschen Bescheidenheit, welche die Lumpen erfunden, meinen Dichterruhm verleugnen.

(Geständnisse)

Einst wird kommen der Tag, und die Glut in meinen Adern ist erloschen, in meiner Brust wohnt der Winter, seine weißen Flocken umflattern spärlich mein Haupt, und seine Nebel verschleiern mein Auge. In verwitterten Gräbern liegen meine Freunde, ich allein bin zurückgeblieben, wie ein einsamer Halm, den der Schnitter vergessen, ein neues Geschlecht ist hervorgeblüht mit neuen Wünschen und neuen Gedanken, voller Verwunderung höre ich neue Namen und neue Lieder, die alten Namen sind verschollen, und ich selbst bin verschollen, vielleicht noch von wenigen geehrt, von vielen verhöhnt, und von niemanden geliebt! Und es springen heran zu mir die rosenwangigen Knaben, und drücken mir die alte Harfe in die zitternde Hand, und sprechen lachend: du hast schon lange geschwiegen, du fauler Graukopf, sing uns wieder Gesänge von den Träumen deiner Jugend.

Dann ergreif ich die Harfe, und die alten Freuden und Schmerzen erwachen, die Nebel zerrinnen, Tränen blühen wieder aus meinen toten Augen, es frühlingt wieder in meiner Brust, süße Töne der Wehmut beben in den Saiten der Harfe, ich sehe wieder den blauen Fluß und die marmornen Paläste, und die schönen Frauen- und Mädchengesichter.

(Ideen. Das Buch Le Grand)

In meiner Brust aber blüht noch jene flammende Liebe, die sich sehnsüchtig über die Erde emporhebt, abenteuerlich herumschwärmt in den weiten, gähnenden Räumen des Himmels, dort zurückgestoßen wird von den kalten Sternen, und wieder heimsinkt zur kleinen Erde, und mit Seufzen und Jauchzen gestehen muß, daß es doch in der ganzen Schöpfung nichts Schöneres und Besseres gibt als das Herz der Menschen. Diese Liebe ist die Begeisterung, die immer göttlicher Art, gleichviel ob sie törigte oder weise Handlungen verübt – Und so hat der kleine Knabe keineswegs unnütz seine Tränen verschwendet, die er über die Leiden des närrischen Ritters vergoß, eben so wenig wie späterhin der Jüngling, als er manche Nacht im Studierstübchen weinte über den Tod der heiligsten Freiheitshelden, über König Agis von Sparta, über Cajus und Tiberius Gracchus von Rom, über Jesus von Jerusalem, und über Robespierre und Saint Just von Paris.

(Die Stadt Lucca)

Apfeltörtchen waren nämlich damals meine Passion – jetzt ist es Liebe, Wahrheit, Freiheit und Krebssuppe.

(Ideen. Das Buch Le Grand)

So lange mein Herz voll Liebe und der Kopf meiner Nebenmenschen voll Narrheit ist, wird es mir nie an Stoff zum Schreiben fehlen. Und mein Herz wird immer lieben, so lange es Frauen gibt, erkaltet es für die eine, so erglüht es gleich für die andere; wie in Frankreich der König nie stirbt, so stirbt auch nie die Königin in meinem Herzen, und da heißt es: la reine est morte, vive la reine! Auf gleiche Weise wird auch die Narrheit meiner Nebenmenschen nie aussterben. Denn es gibt nur eine einzige Klugheit und diese hat ihre bestimmten Grenzen; aber es gibt tausend unermeßliche Narrheiten. (Ideen. Das Buch Le Grand)

Ich bin nicht dazu geeignet ein Kerkermeister der Gedanken zu sein. Bei Gott! ich laß sie los. Mögen sie sich immerhin zu den bedenklichsten Erscheinungen verkörpern, mögen sie immerhin, wie ein toller Bacchantenzug, alle Lande durchstürmen, mögen sie mit ihren Thyrsusstäben unsere unschuldigsten Blumen zerschlagen, mögen sie immerhin in unsere Hospitäler hereinbrechen, und die kranke alte Welt aus ihren Betten jagen – es wird freilich mein Herz sehr bekümmern und ich selber werde dabei zu Schaden kommen! Denn ach! ich gehöre ja selber zu dieser kranken alten Welt, und mit Recht sagt der Dichter: wenn man auch seiner Krücken spottet, so kann man darum doch nicht besser gehen. Ich bin der Krankste von Euch allen und um so bedauernswürdiger, da ich weiß was Gesundheit ist.

(Zur Geschichte der Religion und Philosophie in Deutschland)

Im Grunde ist es auch dasselbe, für was man stirbt, wenn nur für etwas Liebes gestorben wird, und so ein warmer, treuer Tod ist besser, als ein kaltes, treuloses Leben. Schon allein die Lieder von einem solchen Tode, die süßen Reime und lichten Worte erwärmen unser Herz, wenn feuchte Nebelluft und zudringliche Sorgen es betrüben wollen.

(Reise von München nach Genua)

Tirily! Tirily! ich lebe! Ich fühle den süßen Schmerz der Existenz, ich fühle alle Freuden und Qualen der Welt, ich leide für das Heil des ganzen Menschengeschlechts, ich büße dessen Sünden, aber ich genieße sie auch.

(Reise von München nach Genua)

Ich weiß wirklich nicht, ob ich es verdiene, daß man mir einst mit einem Lorbeerkranze den Sarg verziere. Die Poesie, wie sehr ich sie auch liebte, war mir immer nur heiliges Spielzeug, oder geweihtes Mittel für himmlische Zwecke. Ich habe nie großen Wert gelegt auf Dichter-Ruhm, und ob man meine Lieder preiset oder tadelt, es kümmert mich wenig. Aber ein Schwert sollt Ihr mir auf den Sarg legen; denn ich war ein braver Soldat im Befreiungskriege der Menschheit.

(Reise von München nach Genua)

Ich selber bin dieses Guerillakrieges müde und sehne mich nach Ruhe, wenigstens nach einem Zustand, wo ich mich meinen natürlichen Neigungen, meiner träumerischen Art und Weise, meinem phantastischen Sinnen und Grübeln, ganz fessellos hingeben kann. Welche Ironie des Geschickes, daß ich, der ich mich so gerne auf die Pfühle des stillen beschaulichen Gemütslebens bette, daß eben ich dazu bestimmt war, meine armen Mitdeutschen aus ihrer Behaglichkeit hervorzugeißeln, und in die Bewegung hineinzuhetzen! Ich, der ich mich am liebsten damit beschäftige, Wolkenzüge zu beobachten, metrische Wortzauber zu erklügeln, die Geheimnisse der Elementargeister zu erlauschen, und mich in die Wunderwelt alter Märchen zu versenken ... ich mußte politische Annalen herausgeben, Zeitinteressen vortragen, revolutionäre Wünsche anzetteln, die Leidenschaften aufstacheln, den armen deutschen Michel beständig an der Nase zupfen, daß er aus seinem gesunden Riesenschlaf erwache ... Freilich, ich konnte dadurch bei dem schnarchenden Giganten nur ein sanftes Niesen, keineswegs aber ein Erwachen bewirken ... Und riß ich auch heftig an seinem Kopfkissen, so rückte er es sich doch wieder zurecht mit schlaftrunkener Hand ... Einst wollte ich aus Verzweiflung seine Nachtmütze in Brand stecken, aber sie war so feucht von Gedankenschweiß, daß sie nur gelinde rauchte ... und Michel lächelte im Schlummer ...

(Ludwig Börne. Eine Denkschrift)

Fort ist meine Sehnsucht nach Ruhe. Ich weiß jetzt wieder was ich will, was ich soll, was ich muß ... Ich bin der Sohn der Revolution und greife wieder zu den gefeiten Waffen, worüber meine Mutter ihren Zaubersegen ausgesprochen ... Blumen! Blumen! Ich will mein Haupt bekränzen zum Todeskampf. Und auch die Leier, reicht mir die Leier, damit ich ein Schlachtlied singe ... Worte gleich flammenden Sternen die aus der Höhe herabschießen und die Paläste verbrennen und die Hütten erleuchten ... Worte gleich blanken Wurfspeeren, die bis in den siebenten Himmel hinaufschwirren und die frommen Heuchler treffen, die sich dort eingeschlichen ins Allerheiligste ... Ich bin ganz Freude und Gesang, ganz Schwert und Flamme!

(Ludwig Börne. Eine Denkschrift)

Hymnus

Ich bin das Schwert, ich bin die Flamme.

Ich habe euch erleuchtet in der Dunkelheit, und als die Schlacht begann, focht ich voran, in der ersten Reihe. Rund um mich her liegen die Leichen meiner Freunde, aber wir haben gesiegt. Wir haben gesiegt, aber rund umher liegen die Leichen meiner Freunde. In die jauchzenden Triumphgesänge tönen die Choräle der Totenfeier. Wir haben aber weder Zeit zur Freude noch zur Trauer. Aufs neue erklingen die Drommeten, es gilt neuen Kampf –

Ich bin das Schwert, ich bin die Flamme.

(Poetische Nachlese)

Ich will dir gern, lieber Leser, bei dieser Gelegenheit ein Geständnis machen, das du eben nicht erwartest. Du meinst vielleicht, der höchste Ehrgeiz meines Lebens hätte immer darin bestanden, ein großer Dichter zu werden, etwa gar auf dem Kapitol gekrönt zu werden, wie weiland Messer Francesco Petrarcha … Nein, es waren vielmehr die großen Volksredner, die ich immer beneidete, und ich hätte für mein Leben gern auf öffentlichem Markte, vor einer bunten Versammlung, das große Wort erhoben, welches die Leidenschaften aufwühlt oder besänftigt und immer eine augenblickliche Wirkung hervorbringt.

(Ludwig Börne. Eine Denkschrift)

Doktrin

Schlage die Trommel und fürchte dich nicht,
Und küsse die Marketenderin!
Das ist die ganze Wissenschaft,
Das ist der Bücher tiefster Sinn.

Trommle die Leute aus dem Schlaf,
Trommle Reveille mit Jugendkraft,
Marschiere trommelnd immer voran,
Das ist die ganze Wissenschaft.

Das ist die Hegelsche Philosophie,
Das ist der Bücher tiefster Sinn!
Ich hab sie begriffen, weil ich gescheit,
Und weil ich ein guter Tambour bin.

(Neue Gedichte: Zeitgedichte)

Bis auf den letzten Augenblick spielen wir Komödie mit uns selber. Wir maskieren sogar unser Elend, und während wir an einer Brustwunde sterben, klagen wir über Zahnweh.

(Ideen. Das Buch Le Grand)

Der Schafpelz, den ich umgehängt
Zuweilen, um mich zu wärmen,
Glaubt mirs, er brachte mich nie dahin,
Für das Glück der Schafe zu schwärmen.

Ich bin kein Schaf, ich bin kein Hund,
Kein Hofrat und kein Schellfisch –
Ich bin ein Wolf geblieben, mein Herz
Und meine Zähne sind wölfisch.

(Deutschland. Ein Wintermärchen)

Das alte Geschlecht der Heuchelei
Verschwindet Gott sei Dank heut,
Es sinkt allmählig ins Grab, es stirbt
An seiner Lügenkrankheit.

Es wächst heran ein neues Geschlecht,
Ganz ohne Schminke und Sünden,
Mit freien Gedanken, mit freier Lust –
Dem werde ich Alles verkünden.

Schon knospet die Jugend, welche versteht
Des Dichters Stolz und Güte,
Und sich an seinem Herzen wärmt,
An seinem Sonnengemüte.

(Deutschland. Ein Wintermärchen)

Im Kopfe trage ich Bijouterien,
Der Zukunft Krondiamanten,
Die Tempelkleinodien des neuen Gotts,
Des großen Unbekannten.

(Deutschland. Ein Wintermärchen)

Ich lasse dahingestellt, ob man meine Krankheit bei ihrem rechten Namen genannt hat, ob sie eine Familienkrankheit (eine Krankheit, die man der Familie verdankt) oder eine jener Privatkrankheiten ist, woran der Deutsche, der im Auslande privatisiert, zu leiden pflegt, ob sie ein französisches ramollissement de la moëlle épinière oder eine deutsche Rückgratschwindsucht ist – so viel weiß ich, daß sie eine sehr garstige Krankheit ist, die mich Tag und Nacht foltert und nicht bloß mein Nervensystem, sondern auch das Gedankensystem bedenklich zerrüttet hat. In manchen Momenten, besonders wenn die Krämpfe in der Wirbelsäule allzu qualvoll rumoren, durchzuckt mich der Zweifel, ob der Mensch wirklich ein zweibeinichter Gott ist, wie mir der selige Professor Hegel vor fünfundzwanzig Jahren in Berlin versichert hatte. Im Wonnemond des vorigen Jahres mußte ich mich zu Bette legen, und ich bin seitdem nicht wieder aufgestanden. Unterdessen, ich will es freimütig gestehen, ist eine große Umwandlung mit mir vorgegangen: ich bin kein göttlicher Bipede mehr; ich bin nicht mehr der »freieste Deutsche nach Goethe«, wie mich Ruge in gesündern Tagen genannt hat; ich bin nicht mehr der große Heide Nr. 2 den man mit dem weinlaubumkränzten Dionysus verglich, während man meinem Kollegen Nr. 1 den Titel eines großherzoglich weimarschen Jupiters erteilte; ich bin kein lebensfreudiger, etwas wohlbeleibter Hellene mehr, der auf trübsinnige Nazarener herablächelte – ich bin jetzt nur ein armer todkranker Jude, ein abgezehrtes Bild des Jammers, ein unglücklicher Mensch! So viel über meinen Gesundheitszustand aus authentischer Leidensquelle.

(Schriftstellernöte: Berichtigung)

Aber existiere ich wirklich noch? Mein Leib ist so sehr in die Krümpe gegangen, daß schier nichts übrig geblieben als die Stimme, und mein Bett mahnt mich an das tönende Grab des Zauberers Merlinus, welches sich im Walde Brozeliand in der Bretagne befindet, unter hohen Eichen, deren Wipfel wie grüne Flammen gen Himmel lodern. Ach, um diese Bäume und ihr frisches Wehen beneide ich dich, Kollege Merlinus, denn kein grünes Blatt rauscht herein in meine Matratzengruft zu Paris, wo ich früh und spat nur Wagengerassel, Gehämmer, Gekeife und Klaviergeklimper vernehme. Ein Grab ohne Ruhe, der Tod ohne die Privilegien der Verstorbenen, die kein Geld auszugeben und keine Briefe oder gar Bücher zu schreiben brauchen – das ist ein trauriger Zustand. Man hat mir längst das Maß genommen zum Sarg, auch zum Nekrolog, aber ich sterbe so langsam, daß solches nachgrade langweilig wird für mich, wie für meine Freunde. Doch Geduld, alles hat sein Ende. Ihr werdet eines Morgens die Bude geschlossen finden, wo euch die Puppenspiele meines Humors so oft ergötzten.

(Nachwort zum »Romanzero«)

Wie langsam kriechet sie dahin,
Die Zeit, die schauderhafte Schnecke!
Ich aber, ganz bewegungslos
Blieb ich hier auf demselben Flecke.

In meine dunkle Zelle dringt,
Kein Sonnenstrahl, kein Hoffnungsschimmer,
Ich weiß, nur mit der Kirchhofsgruft
Vertausch ich dies fatale Zimmer.

Vielleicht bin ich gestorben längst:
Es sind vielleicht nur Spukgestalten
Die Phantasien, die des Nachts
Im Hirn den bunten Umzug halten.

Es mögen wohl Gespenster sein,
Altheidnisch göttlichen Gelichters;
Sie wählen gern zum Tummelplatz
Den Schädel eines toten Dichters. –

Die schaurig süßen Orgia,
Das nächtlich tolle Geistertreiben,
Sucht des Poeten Leichenhand
Manchmal am Morgen aufzuschreiben.

(Gedichte 1853 und 1854)

Wenn ich auch nicht gleich sterbe, so ist doch das Leben für mich auf immer verloren und ich liebe doch das Leben mit so inbrünstiger Leidenschaft. Für mich gibt es keine schöne Berggipfel mehr, die ich erklimme, keine Frauenlippe, die ich küsse, nicht mal mehr ein guter Rinderbraten in Gesellschaft heiter schmausender Gäste; meine Lippen sind gelähmt wie meine Füße, auch die Eßwerkzeuge sind gelähmt ebensosehr wie die Absonderungskanäle. Ich kann weder kauen noch kacken, werde wie ein Vogel gefüttert. Dieses Unleben ist nicht zu ertragen.

(Brief an Maximilian Heine, 12.9.1848)

Warum muß der Gerechte so viel auf Erden leiden? Das ist die Frage, womit ich mich beständig auf meinem Marterbette herumwälze. Es ist wahr, daß der Schmerz ein seelenreinigendes Medikament ist, aber mich dünkt, ich hätte doch diese Kur entbehren können.

(Brief an Gustav Kolb, 19.10.1848)

Nur zwei Tröstungen sind mir geblieben und sitzen kosend an meinem Bette: meine französische Hausfrau und die deutsche Muse. Ich knittele sehr viel Verse, und es sind manche darunter, die wie Zauberweisen meine Schmerzen kirren, wenn ich sie für mich hin summe. Ein Poet ist und bleibt doch ein Narr!

(Brief an Julius Campe, 30.4.1849)

Enfant perdu

Verlorner Posten in dem Freiheitskriege,
Hielt ich seit dreißig Jahren treulich aus.
Ich kämpfte ohne Hoffnung, daß ich siege,
Ich wußte, nie komm ich gesund nach Haus.

Ich wachte Tag und Nacht. – Ich konnt nicht schlafen,
Wie in dem Lagerzelt der Freunde Schar –
(Auch hielt das laute Schnarchen dieser Braven
Mich wach, wenn ich ein bißchen schlummrig war).

In jenen Nächten hat Langweil ergriffen
Mich oft, auch Furcht – (nur Narren fürchten nichts) –
Sie zu verscheuchen, hab ich dann gepfiffen
Die frechen Reime eines Spottgedichts.

Ja, wachsam stand ich, das Gewehr im Arme,
Und nahte irgendein verdächtiger Gauch,
So schoß ich gut und jagt ihm eine warme,
Brühwarme Kugel in den schnöden Bauch.

Mitunter freilich mocht es sich ereignen,
Daß solch ein schlechter Gauch gleichfalls sehr gut
Zu schießen wußte – ach, ich kanns nicht leugnen –
Die Wunden klaffen – es verströmt mein Blut.

Ein Posten ist vakant! – Die Wunden klaffen –
Der eine fällt, die andern rücken nach –
Doch fall ich unbesiegt, und meine Waffen
Sind nicht gebrochen – Nur mein Herze brach.

(Romanzero: Lamentationen)

Ich kann kein Unrecht leiden, und daran krepiere ich; aber Gott weiß, daß ich mit derselben Schärfe des Gefühls auch das Unrecht, das Andern widerfährt, empfinde, und gewiß um keinen Preis der Welt dabei beteiligt sein möchte. Mein Körper leidet große Qual, aber meine Seele ist ruhig wie ein Spiegel, und hat manchmal auch noch ihre schönen Sonnen-Aufgänge und Sonnen-Untergänge.

(Brief an Julius Campe, 14.10.1852)

Das holdselige Bewußtsein ein schönes Leben geführt zu haben, erfüllt meine Seele selbst in dieser kummervollen Zeit, wird mich auch hoffentlich in den letzten Stunden bis an den weißen Abgrund begleiten. – Unter uns gesagt, dieser letztere ist das wenigst Furchtbare, das Sterben ist etwas Schauderhaftes, nicht der Tod, wenn es überhaupt einen Tod gibt. Der Tod ist vielleicht der letzte Aberglaube.

(Brief an Julius Campe, 1.9.1846)

Mein Gesundheits Zustand, oder vielmehr meine Krankheits-Lage ist noch immer dieselbe. Ich leide außerordentlich viel, ich erdulde wahrhaft prometheische Schmerzen, durch Ranküne der Götter, die mir grollen, weil ich den Menschen einige Nachtlämpchen, einige Pfennigslichtchen mitgeteilt. Ich sage die Götter, weil ich mich über den lieben Gott nicht äußern will. Ich kenne jetzt seine Geier, und habe allen Respekt vor ihnen. (Brief an Julius Campe, 21.8.1851)

Rückschau

Ich habe gerochen alle Gerüche
In dieser holden Erdenküche;
Was man genießen kann in der Welt,
Das hab ich genossen wie je ein Held!
Hab Kaffee getrunken, hab Kuchen gegessen,

Hab manche schöne Puppe besessen;
Trug seidne Westen, den feinsten Frack,
Mir klingelten auch Dukaten im Sack.
Wie Gellert ritt ich auf hohem Roß;
Ich hatte ein Haus, ich hatte ein Schloß.
Ich lag auf der grünen Wiese des Glücks,
Die Sonne grüßte goldigsten Blicks;
Ein Lorbeerkranz umschloß die Stirn,
Er duftete Träume mir ins Gehirn,
Träume von Rosen und ewigem Mai –
Es ward mir so selig zu Sinne dabei,
So dämmersüchtig, so sterbefaul –
Mir flogen gebratne Tauben ins Maul,
Und Englein kamen, und aus den Taschen
Sie zogen hervor Champagnerflaschen –
Das waren Visionen, Seifenblasen –
Sie platzten – Jetzt lieg ich auf feuchtem Rasen,
Die Glieder sind mir rheumatisch gelähmt,
Und meine Seele ist tief beschämt.
Ach, jede Lust, ach, jeden Genuß
Hab ich erkauft durch herben Verdruß;
Ich ward getränkt mit Bitternissen
Und grausam von den Wanzen gebissen;
Ich ward bedrängt von schwarzen Sorgen,
Ich mußte lügen, ich mußte borgen
Bei reichen Buben und alten Vetteln –
Ich glaube sogar, ich mußte betteln.
Jetzt bin ich müd vom Rennen und Laufen,
Jetzt will ich mich im Grabe verschnaufen.
Lebt wohl! Dort oben, ihr christlichen Brüder,
Ja, das versteht sich, dort sehn wir uns wieder.

(Romanzero: Lamentationen)

Ich verordne, daß mein Leichenbegängnis so einfach sei und so wenig kostspielig, wie das des geringsten Mannes im Volke. Sterbe ich in Paris, so will ich auf dem Kirchhofe des Montmartre begraben werden, auf keinem andern, denn unter der Bevölkerung des Faubourg Montmartre habe ich mein liebstes Leben gelebt. Obgleich ich der lutherisch-protestantischen Konfession angehöre, so wünsche ich doch in jenem Teile des Kirchhofs beerdigt zu werden, welcher den Bekennern des römisch-katholischen Glaubens angewiesen ist, damit die irdischen Reste meiner Frau, die dieser Religion mir großem Eifer zugetan ist, einst neben den meinigen ruhen können; wird mir eine solche Vergünstigung von der christlichen Barmherzigkeit der französischen Geistlichkeit bewilligt, so wünsche ich, daß man mir in der erwähnten Abteilung des Gottesackers ein Erbbegräbnis kaufe; zeigen sich aber klerikale Schwierigkeiten, genügt mir ein Terrain der wohlfeilsten Art.

(Testament)

Sie erlischt

Der Vorhang fällt, das Stück ist aus,
Und Herrn und Damen gehn nach Haus.
Ob ihnen auch das Stück gefallen?
Ich glaub, ich hörte Beifall schallen.
Ein hochverehrtes Publikum
Beklatschte dankbar seinen Dichter.

Jetzt aber ist das Haus so stumm,
Und sind verschwunden Lust und Lichter.

Doch horch! ein schollernd schnöder Klang
Ertönt unfern der öden Bühne; –
Vielleicht daß eine Saite sprang
An einer alten Violine.
Verdrießlich rascheln im Parterr
Etwelche Ratten hin und her,
Und alles riecht nach ranzgem Öle.
Die letzte Lampe ächzt und zischt
Verzweiflungsvoll und sie erlischt.
Das arme Licht war meine Seele.

(Romanzero: Lamentationen)

Morphine

Groß ist die Ähnlichkeit der beiden schönen
Jünglingsgestalten, ob der eine gleich
Viel blässer als der andre, auch viel strenger,
Fast möcht ich sagen viel vornehmer aussieht
Als jener andre, welcher mich vertraulich
In seine Arme schloß – Wie lieblich sanft
War dann sein Lächeln und sein Blick wie selig!
Dann mocht es wohl geschehn, daß seines Hauptes
Mohnblumenkranz auch meine Stirn berührte
Und seltsam duftend allen Schmerz verscheuchte

Aus meiner Seel – Doch solche Linderung,
Sie dauert kurze Zeit; genesen gänzlich
Kann ich nur dann, wenn seine Fackel senkt
Der andre Bruder, der so ernst und bleich. –
Gut ist der Schlaf, der Tod ist besser – freilich
Das beste wäre, nie geboren sein.

(Poetische Nachlese)

Du bist gerührt, mein teurer Leser, und kostbare Perlen fallen aus Deinen Tränensäckchen. Doch beruhige Dich, wir werden uns wiedersehen in einer besseren Welt, wo ich Dir auch bessere Bücher zu schreiben gedenke.

(Nachwort zum »Romanzero«)

Wo?

Wo wird einst des Wandermüden
Letzte Ruhestätte sein?
Unter Palmen in dem Süden?
Unter Linden an dem Rhein?

Werd ich wo in einer Wüste
Eingescharrt von fremder Hand?
Oder ruh ich an der Küste
Eines Meeres in dem Sand?

Immerhin! Mich wird umgeben
Gotteshimmel, dort wie hier,
Und als Totenlampen schweben
Nachts die Sterne über mir.

(Poetische Nachlese)

2.
Familie und persönliche Bindungen

Eine rätselhafte Erscheinung, schwer zu begreifen, war dieser Großoheim. Er führte eine jener wunderlichen Existenzen, die nur im Anfang und in der Mitte des achtzehnten Jahrhunderts möglich gewesen; er war halb Schwärmer, der für kosmopolitische, weltbeglükkende Utopien Propaganda machte, halb Glücksritter, der im Gefühl seiner individuellen Kraft die morschen Schranken einer morschen Gesellschaft durchbricht oder überspringt. Jedenfalls war er ganz ein Mensch.
Sein Charlatanismus, den wir nicht in Abrede stellen, war nicht von gemeiner Sorte. Er war kein gewöhnlicher Charlatan, der den Bauern auf den Märkten die Zähne ausreißt, sondern er drang mutig in die Paläste der Großen, denen er den stärksten Backzahn ausriß, wie weiland Ritter Hüon von Bordeaux dem Sultan von Babylon tat. Klappern gehört zum Handwerk, sagt das Sprüchwort, und das Leben ist ein Handwerk wie jedes andre.
Und welcher bedeutende Mensch ist nicht ein bißchen Charlatan? Die Charlatane der Bescheidenheit sind die schlimmsten mit ihrem demütig tuenden Dünkel! Wer gar auf die Menge wirken will, bedarf einer charlatanischen Zutat.
Der Zweck heiligt die Mittel. Hat doch der liebe Gott selbst, als er auf dem Berg Sinai sein Gesetz promulgierte, nicht verschmäht, bei dieser Gelegenheit tüchtig zu blitzen und zu donnern, obgleich das Gesetz so vortrefflich, so göttlich gut war, daß es füglich aller

Zutat von leuchtendem Kolophonium und donnernden Paukenschlägen entbehren konnte. Aber der Herr kannte sein Publikum, das mit seinen Ochsen und Schafen und aufgesperrten Mäulern unten am Berge stand, und welchem gewiß ein physikalisches Kunststück mehr Bewunderung einflößen konnte als alle Mirakel des ewigen Gedankens.

(Memoiren)

Mein Vater pflegte immer sehr frühe aufzustehen und sich an seine Geschäfte zu begeben, im Winter wie im Sommer, und ich fand ihn gewöhnlich schon am Schreibtisch, wo er ohne aufzublicken mir die Hand hinreichte zum Kusse. Eine schöne, feingeschnittene, vornehme Hand, die er immer mit Mandelklei wusch. Ich sehe sie noch vor mir, ich sehe noch jedes blaue Äderchen, das diese blendend weiße Marmorhand durchrieselte. Mir ist, als steige der Mandelduft prikkelnd in meine Nase, und das Auge wird feucht.

Zuweilen blieb es nicht beim bloßen Handkuß, und mein Vater nahm mich zwischen seine Knie und küßte mich auf die Stirn. Eines Morgens umarmte er mich mit ganz besonderer Zärtlichkeit und sagte: »Ich habe diese Nacht etwas Schönes von dir geträumt und bin sehr zufrieden mit dir, mein lieber Harry.« Während er diese naiven Worte sprach, zog ein Lächeln um seine Lippen, welches zu sagen schien: mag der Harry sich noch so unartig in der Wirklichkeit aufführen, ich werde dennoch, um ihn ungetrübt zu lieben, immer etwas Schönes von ihm träumen.

(Memoiren)

Eine grenzenlose Lebenslust war ein Hauptzug im Charakter meines Vaters, er war genußsüchtig, frohsinnig, rosenlaunig. In seinem Gemüte war beständig Kirmes, und wenn auch manchmal die Tanzmusik nicht sehr rauschend, so wurden doch immer die Violinen gestimmt. Immer himmelblaue Heiterkeit und Fanfaren des Leichtsinns. Eine Sorglosigkeit, die des vorigen Tages vergaß und nie an den kommenden Morgen denken wollte.

(Memoiren)

Ich habe meinen Vater sehr geliebt; denn ich habe nie daran gedacht, daß er sterben könne.

(Aus den Memoiren des Herren von Schnabelewopski)

Meine Mutter aber hatte große, hochfliegende Dinge mit mir im Sinn, und alle Erziehungspläne zielten darauf hin. Sie spielte die Hauptrolle in meiner Entwickelungsgeschichte, sie machte die Programme aller meiner Studien, und schon vor meiner Geburt begannen ihre Erziehungspläne. Ich folgte gehorsam ihren ausgesprochenen Wünschen, jedoch gestehe ich, daß sie schuld war an der Unfruchtbarkeit meiner meisten Versuche und Bestrebungen in bürgerlichen Stellen, da dieselben niemals meinem Naturell entsprachen. Letzteres, weit mehr als die Weltbegebenheiten, bestimmte meine Zukunft.

(Memoiren)

An meine Mutter B. Heine,
geborne v. Geldern

Im tollen Wahn hatt ich dich einst verlassen,
Ich wollte gehn die ganze Welt zu Ende,
Und wollte sehn, ob ich die Liebe fände,
Um liebevoll die Liebe zu umfassen.

Die Liebe suchte ich auf allen Gassen,
Vor jeder Türe streckt ich aus die Hände,
Und bettelte um gringe Liebesspende –
Doch lachend gab man mir nur kaltes Hassen.

Und immer irrte ich nach Liebe, immer
Nach Liebe, doch die Liebe fand ich nimmer,
Und kehrte um nach Hause, krank und trübe.

Doch da bist du entgegen mir gekommen,
Und ach! was da in deinem Aug geschwommen,
Das war die süße, langgesuchte Liebe.

(Buch der Lieder: Junge Leiden)

Nachtgedanken

Denk ich an Deutschland in der Nacht,
Dann bin ich um den Schlaf gebracht,
Ich kann nicht mehr die Augen schließen,
Und meine heißen Tränen fließen.

Die Jahre kommen und vergehn!
Seit ich die Mutter nicht gesehn,
Zwölf Jahre sind schon hingegangen;
Es wächst mein Sehnen und Verlangen.

Mein Sehnen und Verlangen wächst.
Die alte Frau hat mich behext,
Ich denke immer an die alte,
Die alte Frau, die Gott erhalte!

Die alte Frau hat mich so lieb,
Und in den Briefen, die sie schrieb,
Seh ich, wie ihre Hand gezittert,
Wie tief das Mutterherz erschüttert.

Die Mutter liegt mir stets im Sinn.
Zwölf lange Jahre flossen hin,
Zwölf lange Jahre sind verflossen.
Seit ich sie nicht ans Herz geschlossen.

Deutschland hat ewigen Bestand,
Es ist ein kerngesundes Land,
Mit seinen Eichen, seinen Linden,
Werd ich es immer wiederfinden.

Nach Deutschland lechzt ich nicht so sehr,
Wenn nicht die Mutter dorten wär;
Das Vaterland wird nie verderben,
Jedoch die alte Frau kann sterben.

Seit ich das Land verlassen hab,
So viele sanken dort ins Grab,
Die ich geliebt – wenn ich sie zähle,
So will verbluten meine Seele.

Und zählen muß ich – Mit der Zahl
Schwillt immer höher meine Qual,
Mir ist, als wälzten sich die Leichen,
Auf meine Brust – Gottlob! sie weichen!

Gottlob! durch meine Fenster bricht
Französisch heitres Tageslicht;
Es kommt mein Weib, schön wie der Morgen,
Und lächelt fort die deutschen Sorgen.

(Neue Gedichte: Zeitgedichte)

Und Du alte süße Katze, wie geht es Dir? Wenn Du stirbst, ehe ich Dich wiedersehe, schieße ich mich tot. Merke Dir das für den Fall, daß Dir Anwandlungen kämen, Deine Dammthorwohnung gegen ein noch schlechteres Logis zu vertauschen! Merke Dir das, und Du wirst keine solche Niederträchtigkeit begehen. –

(Brief an Betty Heine, 18.9.1843)

Mit Vergnügen habe ich vernommen, schöne Frau, daß Sie meinen Oheim Salomon Heine kennen gelernt. Wie hat er Ihnen gefallen? Sagen Sie, sagen Sie? Es ist ein bedeutender Mensch, der bei großen Gebrechen auch die größten Vorzüge hat. Wir leben zwar in beständigen Differenzen, aber ich liebe ihn außerordentlich, fast mehr als ich selbst weiß. Wir haben auch in Wesen und Charakter viel Ähnlichkeit. Dieselbe störrige Keckheit, bodenlose Gemütsweichheit und unberechenbare Verrücktheit – nur daß Fortuna ihn zum Millionär, und mich zum Gegenteil, d.h. zum Dichter gemacht, und uns dadurch äußerlich in Gesinnung und Lebensweise höchst verschieden ausgebildet hat.

(Brief an Friederike Robert, 12.10.1825)

Mein Kind, wir waren Kinder,
Zwei Kinder, klein und froh;
Wir krochen ins Hühnerhäuschen,
Versteckten uns unter das Stroh.

Wir krähten wie die Hähne,
Und kamen Leute vorbei –
Kikereküh! sie glaubten
Es wäre Hahnengeschrei.

Die Kisten auf unserem Hofe
Die tapezierten wir aus,
Und wohnten drin beisammen,
Und machten ein vornehmes Haus.

Des Nachbars alte Katze
Kam öfters zum Besuch;
Wir machten ihr Bückling und Knickse
Und Komplimente genug.

Wir haben nach ihrem Befinden
Besorglich und freundlich gefragt;
Wir haben seitdem dasselbe
Mancher alten Katze gesagt.

Wir saßen auch oft und sprachen
Vernünftig, wie alte Leut,
Und klagten, wie alles besser
Gewesen zu unserer Zeit;

Wie Lieb und Treu und Glauben
Verschwunden aus der Welt,
Und wie so teuer der Kaffee,
Und wie so rar das Geld! – – –

Vorbei sind die Kinderspiele,
Und Alles rollt vorbei –
Das Geld und die Welt und die Zeiten,
Und Glauben und Lieb und Treu.

(Buch der Lieder: Die Heimkehr)

Ich hoffe, daß Einlage nicht zu spät eintreffe und bitte Sie, solche bei Vorfordern an meine Schwester zu übergeben. Ich kann nicht umhin Ihnen zu bemerken, daß Letztere, Frau von Embden, unsäglich von mir geliebt wird, daß ich ihr mit zärtlichen Gefühlen, wie sie bei Brüdern selten sind, zugetan bin, und daß ich jede Freundlichkeit, die sie dem lieben Wesen Gelegenheit hätten zu erzeigen, weit inniger und dankbarlicher empfinden werde, als das, was mir selbst erzeigt wird.

(Brief an Karl Immermann, 10.8.1830)

Liebster Bruder!
Ich würde zu lange mit dem Schreiben zögern, wenn ich den ganzen Inhalt Deines lieben Briefes beantworten wollte. Ich beschränke mich daher darauf, daß ich Dir heute bloß für die Treue und Liebe, die Du so herzlich kund gibst, danke; diese Danksagung darf ich nicht lange aufschieben und ist mir heute die Hauptsache. Ich sehe mit Vergnügen aus Deinem Briefe, wie wohltätig die Disziplin des langjährigen Militärdienstes, so wie auch die des Ehestandes und gewissermaßen auch die des Journalismus, wohltätig auf Dich gewirkt hat, wie Du gesetzter und klarer geworden bist, und wie unter der abgelegten Hanswurstjacke Dein Herz warm und schön geblieben ist.

(Brief an Gustav Heine, 17.12.1850)

An meinen Bruder Max

Max! Du kehrst zurück nach Rußlands
Steppen, doch ein großer Kuhschwanz
Ist für dich die Welt: Pläsier
Bietet jede Schenke dir.

Du ergreifst die nächste Grete,
Und beim Klange der Trompete
Und der Pauken, dum! dum! dum!
Tanzest du mit ihr herum.

Wo dir winken große Humpen,
Läßt du gleichfalls dich nicht lumpen,
Und wenn du des Bacchus voll,
Reimst du Lieder wie Apoll.

Immer hast du ausgeübet
Luthers Wahlspruch: Wer nicht liebet
Wein und Weiber und Gesang –
Bleibt ein Narr sein Leben lang.

Möge, Max, das Glück bekränzen
Stets dein Haupt, und dir kredenzen
Täglich seinen Festpokal
In des Lebens Kuhschwanz-Saal!

(Poetische Nachlese)

Ich will nicht schon gleich am ersten Tage des Jahres lügen, drum gestehe ich daß ich zwar den lieben Herrgott bitte von meinen Jahren den Ihrigen beizulegen; aber doch nicht alle. Denn es ist doch immer gar zu schön in einer Welt zu wohnen, wo Mädchen – – – mit drei Gedankenstrichen leben. – Ich bin mit Achtung und Ergebenheit schöne, zartsinnige Fanny

Ihr Harry H.

(Brief an Fanny Heine, 1.1.1816)

Ich bin im Begriff diesen Morgen eine dicke Frau zu besuchen, die ich in 11 Jahren nicht gesehen habe, und der man nachsagt ich sei einst verliebt in sie gewesen. Sie heißt Me Friedländer aus Königsberg, so zu sagen eine Cousine von mir. Den Gatten ihrer Wahl hab ich schon gestern gesehen, zum Vorgeschmack. Die gute Frau hat sich sehr geeilt und ist gestern just an dem Tage angelangt, wo auch die neue Ausgabe meiner »jungen Leiden« von Hoffmann & Campe ausgegeben worden ist. – Die Welt ist dum und fade und unerquicklich und riecht nach vertrockneten Veilchen.

(Brief an Karl August Varnhagen von Ense, 19.10.1827)

Für das Album von Elisabeth Friedländer

Ich seh dich an und glaub es kaum –
Es war ein schöner Rosenbaum –
Die Lüfte stiegen mir lockend zu Häupten,
Daß sie mir zuweilen das Hirn betäubten –
Es blüht hervor die Erinnerung –
Ach! damals war ich närrisch und jung –
Jetzt bin ich alt und närrisch – Ein Stechen
Fühl ich im Aug – Nun muß ich sprechen
In Reimen sogar – es wird mir schwer, –
Das Herz ist voll, der Kopf ist leer!

Du kleine Cousinenknospe! es zieht
Bei deinem Anblick durch mein Gemüt
Gar seltsame Trauer, in seinen Tiefen
Erwachen Bilder die lange schliefen –
Sirenenbilder, sie schlagen auf
Die lachenden Augen, sie schwimmen herauf
Lustplätschernd – Die Schönste der Schar
Die gleicht dir selber auf ein Haar! –

Das ist der Jugend Frühlingstraum –
Ich seh dich an und glaub es kaum!
Das sind die Züge der teuren Sirene,
Das sind die Blicke, das sind die Töne –
Sie hat ein süßkrötiges Stimmelein,
Bezaubernd die Herzen groß und klein –
Die Schmeicheläuglein spielen ins Grüne,
Meerwunderlich mahnend an Delphine –
Ein bißchen spärlich die Augenbrau'n,

Doch hochgewölbt und anzuschauen
Wie anmutstolze Siegesbogen –
Auch Grübchenringe, lieblich gezogen,
Dicht unter dem Aug, in den rosigen Wänglein –
Doch leider weder Menschen noch Englein
Sind ganz vollkommen – Das herrlichste Wesen
Hat seine Fehler, wie wir lesen
In alten Märchen, Herr Lusignan,
Der einst die schönste Meerfee gewann,
Hat doch an ihr, in manchen Stunden,
Den heimlichen Schlangenschwanz gefunden.

(Poetische Nachlese)

Teure vielgeliebte Schwester!
Erst heute bin ich im Stande Dir offiziell meine Vermählung anzuzeigen. Den 31. August heiratete ich Mathilde Creszentia Mirat, eine hübsche junge Person mit der ich mich schon länger als sechs Jahre tagtäglich zanke. Sie ist jedoch vom edelsten und reinsten Herzen, gut wie ein Engel, und ihre Aufführung war während den vielen Jahren unseres Zusammenlebens so untadelhaft, daß sie von allen Freunden und Bekannten als ein Muster der Sittsamkeit gerühmt wurde.

(Brief an Charlotte Embden, 13.9.1841)

Meine gute, liebe Frau,
Meine gütge Frau Geliebte,
Hielt bereit den Morgenimbiß,
Braunen Kaffee, weiße Sahne.

Und sie schenkt ihn selber ein,
Scherzend, kosend, lieblich lächelnd.
In der ganzen Christenheit
Lächelt wohl kein Mund so lieblich!

Auch der Stimme Flötenton
Findet sich nur bei den Engeln,
Oder allenfalls hienieden
Bei den besten Nachtigallen.

Wie die Hände liljenweiß!
Wie das Haar sich träumend ringelt
Um das rosge Angesicht!
Ihre Schönheit ist vollkommen.

Heute nur bedünkt es mich
– Weiß nicht warum –, ein bißchen schmäler
Dürfte ihre Taille sein,
Nur ein kleines bißchen schmäler.

(Poetische Nachlese)

Ich selbst ... lebe ziemlich zufrieden im Kreise meiner kleinen Familie, das heißt meiner Frau und meines Papageis. Diese beiden liebenswürdigen Geschöpfe liebe ich sehr, erstere am meisten; seit 11 Jahren bete ich sie an und sorge für sie unablässig.

(Brief an Emma Kaan de Albest, 1.2.1846)

Wir leben beide sehr glücklich, d.h. ich habe weder Tags noch Nachts eine Viertelstunde Ruhe ... Ich war immer der Meinung, daß man in der Liebe besitzen müßte, und ich habe immer Opposition gebildet gegen die Entsagungspoesie; aber das Platonische hat auch sein Gutes, es verhindert einen nicht am Tage zu träumen und des Nachts zu schlafen, und jedenfalls ist es nicht sehr kostspielig.

(Brief an August Lewald, 25.1.1837)

An die Engel

Das ist der böse Thanatos,
Er kommt auf einem fahlen Roß;
Ich hör den Hufschlag, hör den Trab,
Der dunkle Reiter holt mich ab –
Er reißt mich fort, Mathilden soll ich lassen,
O, den Gedanken kann mein Herz nicht fassen!

Sie war mir Weib und Kind zugleich,
Und geh ich in das Schattenreich,
Wird Witwe sie und Waise sein!
Ich laß in dieser Welt allein
Das Weib, das Kind, das, trauend meinem Mute,
Sorglos und treu an meinem Herzen ruhte.

Ihr Engel in den Himmelshöhn,
Vernehmt mein Schluchzen und mein Flehn:
Beschützt, wenn ich im öden Grab,
Das Weib, das ich geliebet hab;
Seid Schild und Vögte eurem Ebenbilde,
Beschützt, beschirmt mein armes Kind, Mathilde.

Bei allen Tränen, die ihr je
Geweint um unser Menschenweh,
Beim Wort, das nur der Priester kennt
Und niemals ohne Schauder nennt,
Bei eurer eignen Schönheit, Huld und Milde,
Beschwör ich euch, ihr Engel, schützt Mathilde.

(Romanzero: Lamentationen)

Allersüßeste fine mouche! Oder soll ich Sie, statt nach dem Emblême Ihres Petschafts, nach dem Dufte Ihres Briefes titulieren? In diesem Falle müßte ich Sie holdseligste Bisamkatze nennen. – Vorgestern erhielt ich ihr Schreiben, die Pattes de mouche krabbeln mir beständig im Kopfe herum und vielleicht sogar im Gemüte …

Ja ich freue mich, Sie wiederzusehen! Fine mouche de mon âme! Holdeste Bisamkatze, die aber zugleich so sanft ist wie eine Angorakatze, meine Lieblingsgattung – Lange Zeit liebte ich Tigerkatzen, aber die sind zu gefährlich et les empreintes vivantes, die sie zuweilen in meinem Gesichte zurückließen, waren nicht sehr angenehm. – Ich befinde mich noch immer sehr schlecht; beständige Krämpfe und Ärgernisse – Ärger über meinen Zustand, der hoffnungslos! Ein Toter, lechzend nach den lebendigsten Lebensgenüssen! Das ist schrecklich. Leben Sie wohl!

(Brief an Elise Krienitz, 20.7.1855)

Lotosblume

Wahrhaftig, wir beide bilden
Ein kurioses Paar,
Die Liebste ist schwach auf den Beinen,
Der Liebhaber lahm sogar.

Sie ist ein leidendes Kätzchen,
Und er ist krank wie ein Hund,
Ich glaube, im Kopfe sind beide
Nicht sonderlich gesund.

Vertraut sind ihre Seelen,
Doch jedem von beiden bleibt fremd
Was bei dem andern befindlich
Wohl zwischen Seel und Hemd.

Sie sei eine Lotosblume,
Bildet die Liebste sich ein;
Doch er, der blasse Geselle,
Vermeint der Mond zu sein.

Die Lotosblume erschließet
Ihr Kelchlein im Mondenlicht,
Doch statt des befruchtenden Lebens
Empfängt sie nur ein Gedicht.

(Poetische Nachlese)

3.
Rheinische Herkunft, Lebensstationen

Seid ruhig, ich werde den Rhein nimmermehr den Franzosen abtreten, schon aus dem ganz einfachen Grunde: weil mir der Rhein gehört. Ja mir gehört er, durch unveräußerliches Geburtsrecht, ich bin des freien Rheins noch weit freierer Sohn, an seinem Ufer stand meine Wiege, und ich sehe gar nicht ein, warum der Rhein irgend einem Andern gehören soll als den Landeskindern.

(Vorwort zu »Deutschland. Ein Wintermärchen«)

Sei es nun durch den einförmigen Ruderschlag, oder durch das Schaukeln des Fahrzeugs, oder durch den Duft jener Bergesufer, worauf die Freude wächst, immer geschieht es, daß auch der Betrübteste seltsam beruhigt wird, wenn er in der Frühlingsnacht, in einem leichten Kahne, leicht dahin fährt auf dem lieben, klaren Rheinstrom. Wahrlich, der alte, gutherzige Vater Rhein kanns nicht leiden, wenn seine Kinder weinen; tränenstillend wiegt er sie auf seinen treuen Armen, und erzählt ihnen seine schönsten Märchen und verspricht ihnen seine goldigsten Schätze, vielleicht gar den uralt versunkenen Niblungshort.

(Der Rabbi von Bacherach)

Das Licht der Welt erblickte ich an den Ufern jenes schönen Stromes, wo auf grünen Bergen die Torheit wächst und im Herbste gepflückt, gekeltert, in Fässer gegossen und ins Ausland geschickt wird – Wahrhaftig, gestern bei Tische hörte ich jemanden eine Torheit sprechen, die Anno 1811 in einer Weintraube gesessen, welche ich damals selbst auf dem Johannisberge wachsen sah. – Viel Torheit wird aber auch im Lande selbst konsumiert, und die Menschen dort sind wie überall: – sie werden geboren, essen, trinken, schlafen, lachen, weinen, verleumden, sind ängstlich besorgt um die Fortpflanzung ihrer Gattung, suchen zu scheinen, was sie nicht sind, und zu tun, was sie nicht können, lassen sich nicht eher rasieren, als bis sie einen Bart haben, und haben oft einen Bart, ehe sie verständig sind, und wenn sie verständig sind, berauschen sie sich wieder mit weißer und roter Torheit.

(Ideen. Das Buch Le Grand)

Die Stadt Düsseldorf ist sehr schön, und wenn man in der Ferne an sie denkt und zufällig dort geboren ist, wird einem wunderlich zu Mute. Ich bin dort geboren, und es ist mir, als müßte ich gleich nach Hause gehn. Und wenn ich sage nach Hause gehn, so meine ich die Bolkerstraße und das Haus, worin ich geboren bin. Dieses Haus wird einst sehr merkwürdig sein, und der alten Frau, die es besitzt, habe ich sagen lassen, daß sie bei Leibe das Haus nicht verkaufen solle. Für das ganze Haus bekäme sie jetzt doch kaum so viel wie

schon allein das Trinkgeld betragen wird, das einst die grünverschleierten, vornehmen Engländerinnen dem Dienstmädchen geben, wenn es ihnen die Stube zeigt, worin ich das Licht der Welt erblickt, und den Hühnerwinkel, worin mich Vater gewöhnlich einsperrte, wenn ich Trauben genascht, und auch die braune Türe, worauf Mutter mich die Buchstaben mit Kreide schreiben lehrte – ach Gott! Madame, wenn ich ein berühmter Schriftsteller werde, so hat das meiner armen Mutter genug Mühe gekostet …
Mein Ruhm schläft jetzt noch in den Marmorbrüchen von Carrara, der Makulatur-Lorbeer, womit man meine Stirne geschmückt, hat seinen Duft noch nicht durch die ganze Welt verbreitet, und wenn jetzt die grünverschleierten, vornehmen Engländerinnen nach Düsseldorf kommen, so lassen sie das berühmte Haus noch unbesichtigt und gehen direkt nach dem Marktplatz und betrachten die dort in der Mitte stehende, schwarze, kolossale Reuterstatue.

(Ideen. Das Buch Le Grand)

Düsseldorf ist eine Stadt am Rhein, es leben da 16000 Menschen, und viele hunderttausend Menschen liegen noch außerdem da begraben …
Auch der kleine Wilhelm liegt dort, und daran bin ich Schuld. Wir waren Schulkameraden im Franziskanerkloster und spielten auf jener Seite desselben, wo zwischen steinernen Mauern die Düssel fließt, und ich sagte: »Wilhelm, hol doch das Kätzchen, das eben hin-

eingefallen« – und lustig stieg er hinab auf das Brett, das über dem Bach lag, riß das Kätzchen aus dem Wasser, fiel aber selbst hinein, und als man ihn herauszog, war er naß und tot. Das Kätzchen hat noch lange Zeit gelebt.

(Ideen. Das Buch Le Grand)

Erinnerung

Dem einen die Perle, dem andern die Truhe,
O Wilhelm Wisetzki, du starbest so fruhe –
Doch die Katze, die Katz ist gerettet.

Der Balken brach, worauf er geklommen,
Da ist er im Wasser umgekommen –
Doch die Katze, die Katz ist gerettet.

Wir folgten der Leiche, dem lieblichen Knaben,
Sie haben ihn unter Maiblumen begraben, –
Doch die Katze, die Katz ist gerettet.

Bist klug gewesen, du bist entronnen
Den Stürmen, hast früh ein Obdach gewonnen –
Doch die Katze, die Katz ist gerettet.

Bist früh entronnen, bist klug gewesen,
Noch eh du erkranktest, bist du genesen –
Doch die Katze, die Katz ist gerettet.

Seit langen Jahren, wie oft, o Kleiner,
Mit Neid und Wehmut gedenk ich deiner –
Doch die Katze, die Katz ist gerettet.

(Romanzero: Lamentationen. Lazarus)

Im Rhein, im schönen Strome,
Da spiegelt sich in den Welln,
Mit seinem großen Dome,
Das große, heilige Köln.

Im Dom da steht ein Bildnis,
Auf goldenem Leder gemalt;
In meines Lebens Wildnis
Hats freundlich hineingestrahlt.

Es schweben Blumen und Englein
Um unsre liebe Frau;
Die Augen, die Lippen, die Wänglein,
Die gleichen der Liebsten genau.

(Buch der Lieder: Lyrisches Intermezzo)

Es war im Jahr 1815, nach Christi Geburt ... Ich befand mich mit meinem seligen Vater auf der Frankfurter Messe, wohin er mich mitgenommen, damit ich mich in der Welt einmal umsehe; das sei bildend. Da bot sich mir ein großes Schauspiel. In den sogenannten Hütten, oberhalb der Zeil, sah ich die Wachsfiguren, wilde Tiere, außerordentliche Kunst- und Naturwerke. Auch zeigte mir mein Vater die großen, sowohl christlichen als jüdischen Magazine, worin man die Waren 10 Prozent unter den Fabrikpreis einkauft, und man doch immer betrogen wird. Auch das Rathaus, den Römer, ließ er mich sehen, wo die deutschen Kaiser gekauft wurden, 10 Prozent unter den Fabrikpreis. Der Artikel ist am Ende ganz ausgegangen.

(Ludwig Börne. Eine Denkschrift)

Als die schöne Sara die Augen aufschlug, ward sie fast geblendet von den Strahlen der Sonne. Die hohen Türme einer großen Stadt erhoben sich, und der stumme Wilhelm stand mit der Hakenstange aufrecht im Kahne und leitete denselben durch das lustige Gewühl vieler buntbewimpelten Schiffe, deren Mannschaft entweder müßig hinabschaute auf die Vorbeifahrenden, oder vielhändig beschäftigt war mit dem Ausladen von Kisten, Ballen und Fässern, die auf kleineren Fahrzeugen ans Land gebracht wurden; wobei ein betäubender Lärm, das beständige Hallorufen der Barkenführer, das Geschrei der Kaufleute vom Ufer her und das Keifen der Zöllner, die in ihren roten Rökken, mit weißen Stäbchen und weißen Gesichtern, von Schiff zu Schiff hüpften.

»Ja, schöne Sara« – sagte der Rabbi zu seiner Frau, heiter lächelnd – »das ist hier die weltberühmte freie Reichs- und Handelstadt Frankfurt am Main, und das ist eben der Mainfluß worauf wir jetzt fahren. Da drüben die lachenden Häuser, umgeben von grünen Hügeln, das ist das Sachsenhausen, woher uns der lahme Gumpertz, zur Zeit des Lauberhüttenfestes, die schönen Myrrhen holt. Hier siehst du auch die starke Mainbrücke mit ihren dreizehn Bögen, und gar viel Volk, Wagen und Pferde, geht sicher darüberhin, und in der Mitte steht das Häuschen, wovon die Mühmele Täubchen erzählt hat, daß ein getaufter Jude darin wohnt, der jedem, der ihm eine tote Ratte bringt, sechs Heller auszahlt für Rechnung der jüdischen Gemeinde, die dem Stadtrate jährlich fünftausend Rattenschwänze abliefern soll!«

(Der Rabbi von Bacherach)

Kaum betrat ich das Weichbild Hamburgs so wars mir plötzlich als ob ich nie dieses Nest verlassen hätte und alles was ich in jenen 2 Jahren der Abwesenheit erlebt, gedacht und gefühlt erlosch aus meinem Gedächtnis.

Ich saß eine Stunde schweigend und fast ohne eigentlich an etwas zu denken. Diese Stunde ist ein bedeutungsloser und dennoch vielsagender Gedankenstrich im Buche meines Lebens. Wie wird dieses Buch endigen? Hat der göttliche Autor eine Tragödie oder ein Lustspiel schreiben wollen? Dieu merci, ich habe auch noch ein Wort mitzusprechen, von meinem Willen hängt die Katastrophe ab, und es kostet mir nur ein Lot Pulver um dem Helden des Stücks die Narrenkappe vom Kopfe zu donnern. Was liegt mir dran ob die Galerie pfeift oder klatscht? Auch das Parterre mag zischen. Ich lache.

(Brief an Heinrich Straube, im März 1821)

Schlechtes Leben hier. Regen, Schnee und zu viel Essen. Und ich sehr verdrießlich. Hamburg ist am Tag eine große Rechenstube und in der Nacht ein großes Bordell. Alle Menschen sehn mich an als wollten sie das lyrische Intermezzo parodieren. Und ich selbst bin voller Ironie, und Sentimentalität. –

(Brief an Rudolf Christiani, 6.12.1825)

Hamburg ist die beste Republik. Seine Sitten sind englisch und sein Essen ist himmlisch. Wahrlich, es gibt Gerichte zwischen den Wandrahmen und dem Dreckwall, wovon unsere Philosophen keine Ahnung haben. Die Hamburger sind gute Leute und essen gut. Über Religion, Politik und Wissenschaft sind ihre respektiven Meinungen sehr verschieden, aber in Betreff des Essens herrscht das schönste Einverständnis.

(Aus den Memoiren des Herren von Schnabelewopski)

Für Leser denen die Stadt Hamburg nicht bekannt ist – und es gibt deren vielleicht in China und Oberbayern – für diese muß ich bemerken: daß der schönste Spaziergang der Söhne und Töchter Hammonias den rechtmäßigen Namen Jungfernsteg führt; daß er aus einer Lindenallee besteht, die auf der einen Seite von einer Reihe Häuser, auf der anderen Seite von dem großen Alsterbassin begrenzt wird; und daß vor letzterem, ins Wasser hineingebaut, zwei zeltartige lustige Kaffeehäuslein stehen, die man Pavillons nennt. Besonders vor dem einem, dem sogenannten Schweizerpavillon, läßt sich gut sitzen wenn es Sommer ist und die Nachmittagssonne nicht zu wild glüht, sondern nur heiter lächelt und mit ihrem Glanze die Linden, die Häuser, die Menschen, die Alster und die Schwäne, die sich darauf wiegen, fast märchenhaft lieblich übergießt. Da läßt sich gut sitzen, und da saß ich gut, gar manchen Sommernachmittag, und dachte, was ein junger Mensch zu denken pflegt, nämlich gar nichts, und betrachtete, was ein junger Mensch zu betrachten pflegt, nämlich die jungen Mädchen, die vorübergingen – und da flatterten sie vorüber jene holden Wesen mit ihren geflügelten Häubchen und ihren verdeckten Körbchen, worin nichts enthalten ist – da trippelten sie dahin, die bunten Vierlanderinnen, die ganz Hamburg mit Erdbeeren und eigener Milch versehen, und deren Röcke noch immer viel zu lang sind – da stolzierten die schönen Kaufmannstöchter, mit deren Liebe man auch so viel bares Geld bekömmt – da hüpft eine Amme, auf den Armen ein rosiges Knäbchen, das sie beständig küßt, während sie an ihren Geliebten denkt – da wandeln Priesterinnen der schaumentstiegenen Göttin, hanseatische Vestalen, Dianen die auf die Jagd gehn, Najaden, Dryaden, Hamadryaden und sonstige Predigertöchter – ach! da wandelt auch Minka und Heloisa!

(Aus den Memoiren des Herren von Schnabelewopski)

Und mein armes Hamburg liegt in Trümmern, und die Orte, die mir so wohl bekannt, mit welchen alle Erinnerungen meiner Jugend so innig verwachsen, sie sind ein rauchender Schutthaufen! Am meisten beklage ich den Verlust jenes Petriturmes – er war über die Kleinlichkeit seiner Umgebung so erhaben! Die Stadt wird bald wieder aufgebaut sein mit neuen gradlinigen Häusern und nach der Schnur gezogenen Straßen, aber es wird doch nicht mehr mein altes Hamburg sein, mein altes, schiefwinklichtes, schlabbriges Hamburg!

(Korrespondenzartikel)

Die Nacht auf dem Drachenfels

An Fritz v. B.

Um Mitternacht war schon die Burg erstiegen,
Der Holzstoß flammte auf am Fuß der Mauern,
Und wie die Burschen lustig niederkauern,
Erscholl das Lied von Deutschlands heilgen Siegen.

Wir tranken Deutschlands Wohl aus Rheinweinkrügen,
Wir sahn den Burggeist auf dem Turme lauern,
Viel dunkle Ritterschatten uns umschauern,
Viel Nebelfraun bei uns vorüberfliegen.

Und aus den Trümmern steigt ein tiefes Ächzen,
Es klirrt und rasselt, und die Eulen krächzen;
Dazwischen heult des Nordsturms Wutgebrause. –

Sieh nun, mein Freund, so eine Nacht durchwacht ich
Auf hohem Drachenfels, doch leider bracht ich
Den Schnupfen und den Husten mit nach Haus.

(Poetische Nachlese)

Mir lodert und wogt im Hirn eine Flut
Von Wäldern, Bergen und Fluren;
Aus dem tollen Wust tritt endlich hervor
Ein Bild mit festen Konturen.

Das Städtchen, das mir im Sinne schwebt,
Ist Godesberg, ich denke.
Dort wieder unter dem Lindenbaum
Sitz ich vor der alten Schenke.

Der Hals ist mir trocken, als hätt ich verschluckt
Die untergehende Sonne.
Herr Wirt! Herr Wirt! Eine Flasche Wein
Aus Eurer besten Tonne!

Es fließt der holde Rebensaft
Hinunter in meine Seele
Und löscht bei dieser Gelegenheit
Den Sonnenbrand der Kehle.

Und noch eine Flasche, Herr Wirt! Ich trank
Die erste in schnöder Zerstreuung,
Ganz ohne Andacht! Mein edler Wein,
Ich bitte dich drob um Verzeihung.

Ich sah hinauf nach dem Drachenfels,
Der, hochromantisch beschienen
Vom Abendrot, sich spiegelt im Rhein
Mit seinen Burgruinen.

Ich horchte dem fernen Winzergesang
Und dem kecken Gezwitscher der Finken –
So trank ich zerstreut, und an den Wein
Dacht ich nicht während dem Trinken.

Jetzt aber steck ich die Nase ins Glas,
Und ernsthaft zuvor beguck ich
Den Wein, den ich schlucke; manchmal auch,
Ganz ohne zu gucken, schluck ich.

Doch sonderbar! Während dem Schlucken wird mir
Zu Sinne, als ob ich verdoppelt,
Ein andrer armer Schlucker sei
Mit mir zusammengekoppelt.

Der sieht so krank und elend aus,
So bleich und abgemergelt.
Gar schmerzlich verhöhnend schaut er mich an,
Wodurch er mich seltsam nergelt.

Der Bursche behauptet, er sei ich selbst,
Wir wären nur eins, wir beide.
Wir wären ein einziger armer Mensch,
Der jetzt am Fieber leide.

Nicht in der Schenke von Godesberg,
In einer Krankenstube
Des fernen Paris befänden wir uns –
Du lügst, du bleicher Bube!

Du lügst, ich bin so gesund und rot
Wie eine blühende Rose,
Auch bin ich stark, nimm dich in acht,
Daß ich mich nicht erbose!

Er zuckt die Achseln und seufzt: »O Narr!«
Das hat meinen Zorn entzügelt;
Und mit dem verdammten zweiten Ich
Hab ich mich endlich geprügelt.

Doch sonderbar! jedweden Puff,
Den ich dem Burschen erteile,
Empfinde ich am eignen Leib,
Und ich schlage mir Beule auf Beule.

Bei dieser fatalen Balgerei
Ward wieder der Hals mir trocken,
Und will ich rufen nach Wein und Wirt,
Die Worte im Munde stocken.

Mir schwinden die Sinne, und traumhaft hör
Ich von Kataplasmen reden,
Auch von der Mixtur – ein Eßlöffel voll –
Zwölf Tropfen stündlich in jeden.

(Poetische Nachlese)

Ich weiß nicht was soll es bedeuten,
Daß ich so traurig bin;
Ein Märchen aus alten Zeiten,
Das kommt mir nicht aus dem Sinn.

Die Luft ist kühl und es dunkelt,
Und ruhig fließt der Rhein;
Der Gipfel des Berges funkelt
Im Abendsonnenschein.

Die schönste Jungfrau sitzet
Dort oben wunderbar;
Ihr goldnes Geschmeide blitzet,
Sie kämmt ihr goldenes Haar.

Sie kämmt es mit goldenem Kamme
Und singt ein Lied dabei;

Das hat eine wundersame,
Gewaltige Melodei.

Den Schiffer im kleinen Schiffe
Ergreift es mit wildem Weh;
Er schaut nicht die Felsenriffe,
Er schaut nur hinauf in die Höh.

Ich glaube, die Wellen verschlingen
Am Ende Schiff und Kahn;
Und das hat mit ihrem Singen
Die Lore-Ley getan.

(Buch der Lieder: Die Heimkehr)

Unterhalb des Rheingaus, wo die Ufer des Stromes ihre lachende Miene verlieren, Berg und Felsen, mit ihren abenteuerlichen Burgruinen, sich trotziger gebärden, und eine wildere, ernstere Herrlichkeit emporsteigt, dort liegt, wie eine schaurige Sage der Vorzeit, die finstre, uralte Stadt Bacherach. Nicht immer waren so morsch und verfallen diese Mauern mit ihren zahnlosen Zinnen und blinden Warttürmchen, in deren Luken der Wind pfeift und die Spatzen nisten; in diesen armselig häßlichen Lehmgassen, die man durch das zerrissene Tor erblickt, herrschte nicht immer jene öde Stille, die nur dann und wann unterbrochen wird von schreienden Kindern, keifenden Weibern und brüllenden Kühen. Diese Mauern waren einst stolz und stark, und in diesen Gassen bewegte sich frisches, freies Leben, Macht und Pracht, Lust und Leid, viel Liebe und viel Haß.

(Der Rabbi von Bacherach)

Ich sehne mich nach einem Lande, das noch nicht entdeckt ist. Manchmal auch nach Berlin.

(Brief an Karl August Varnhagen von Ense, 28.11.1827)

Ich habe es längst gewußt, daß eine Stadt wie ein junges Mädchen ist, und ihr holdes Angesicht gern wiedersieht im Spiegel fremder Korrespondenz. Aber nie hätte ich gedacht, daß Berlin bei einem solchen Bespiegeln sich wie ein altes Weib, wie eine echte Klatschliese, gebärden würde. Ich machte bei dieser Gelegenheit die Bemerkung: Berlin ist ein großes Krähwinkel.

(Briefe aus Berlin)

Berlin ist gar keine Stadt, sondern Berlin gibt bloß den Ort dazu her, wo sich eine Menge Menschen, und zwar darunter viele Menschen von Geist, versammeln, denen der Ort ganz gleichgültig ist; diese bilden das geistige Berlin. Der durchreisende Fremde sieht nur die langgestreckten, uniformen Häuser, die langen, breiten Straßen, die nach der Schnur und meistens nach dem Eigenwillen eines Einzelnen gebaut sind, und keine Kunde geben von der Denkweise der Menge. Nur Sonntagskinder vermögen etwas von der Privatgesinnung der Einwohner zu erraten, wenn sie die langen Häuserreihen betrachten, die sich, wie die Menschen selbst, von einander fern zu halten streben, erstarrend im gegenseitigen Groll. Nur einmal, in einer Mondnacht, als ich etwas spät von Lutter und Wegener heimkehrte, sah ich, wie jene harte Stimmung sich in milde Wehmut aufgelöst hatte, wie die Häuser, die einander so feindlich gegenüber gestanden, sich gerührt baufällig christlich anblickten, und sich versöhnt in die Arme stürzen wollten, so daß ich armer Mensch, der in der Mitte der Straße ging, zerquetscht zu werden fürchtete. Manche werden diese Furcht lächerlich finden, und auch ich lächelte darüber, als ich, nüchternen Blicks, den andern Morgen durch eben jene Straßen wanderte, und sich die Häuser wieder so prosaisch entgegen gähnten. Es sind wahrlich mehrere Flaschen Poesie dazu nötig, wenn man in Berlin etwas anderes sehen will als tote Häuser und Berliner. Hier ist es schwer, Geister zu sehen.

(Reise von München nach Genua)

Posen, die Hauptstadt des Großherzogtums, hat ein trübsinniges, unerfreuliches Ansehen. Das einzige Anziehende ist, daß sie eine große Menge katholischer Kirchen hat. Aber keine einzige ist schön. Vergebens wallfahrte ich alle Morgen von einer Kirche zur andern, um schöne alte Bilder auf zu suchen. Die alten

Gemälde finde ich hier nicht schön, und die einigermaßen schönen sind nicht alt. Die Polen haben die fatale Gewohnheit, ihre Kirchen zu renovieren. Im uralten Dom zu Gnesen, der ehemaligen Hauptstadt Polens, fand ich lauter neue Bilder und neue Verzierungen. Dort interessierte mich nur die figurenreiche, aus Eisen gegossene Kirchentür, die einst das Tor von Kiew war, welches der siegreiche Boguslaw erbeutete, und worin noch sein Schwerthieb zu sehen ist. Der Kaiser Napoleon hat sich, als er in Gnesen war, ein Stückchen aus dieser Tür heraus schneiden lassen, und diese hat, durch solche hohe Aufmerksamkeit, noch mehr an Wert gewonnen.

(Über Polen)

Ich bin jetzt wieder in Lüneburg, in der Residenz der Langeweile.

(Brief an Moses Moser, 30.9.1823)

Bildung ist hier gar keine; ich glaube auf dem Rathause steht ein Kulturableiter. Aber die Menschen sind nicht schlimm.

(Brief an Charlotte Embden, 6.11.1823)

Die Stadt Göttingen, berühmt durch ihre Würste und Universität, gehört dem Könige von Hannover, und enthält 999 Feuerstellen, diverse Kirchen, eine Entbindungsanstalt, eine Sternwarte, einen Karzer, eine Bibliothek und einen Ratskeller, wo das Bier sehr gut ist. Der vorbeifließende Bach heißt »die Leine« und dient des Sommers zum Baden; das Wasser ist sehr kalt und an einigen Orten so breit, daß Lüder wirklich einen großen Anlauf nehmen mußte, als er hinüber sprang. Die Stadt selbst ist schön, und gefällt einem am besten, wenn man sie mit dem Rücken ansieht. Sie muß schon sehr lange stehen; denn ich erinnere mich, als ich vor fünf Jahren dort immatrikuliert und bald darauf konsiliert wurde, hatte sie schon dasselbe graue, altkluge Ansehen, und war schon vollständig eingerichtet mit Schnurren, Pudeln, Dissertationen, Teedansants, Wäscherinnen, Kompendien, Taubenbraten, Guelfenorden, Promotionskutschen, Pfeifenköpfen, Hofräten, Justizräten, Relegationsräten, Profaxen und anderen Faxen.

(Die Harzreise)

Der Name Goslar klingt so erfreulich, und es knüpfen sich daran so viele uralte Kaisererinnerungen, daß ich eine imposante, stattliche Stadt erwartete. Aber so geht es, wenn man die Berühmten in der Nähe besieht! Ich fand ein Nest mit meistens schmalen, labyrinthisch krummen Straßen, allwo mittendurch ein kleines Wasser, wahrscheinlich die Gose, fließt, verfallen und dumpfig, und ein Pflaster, so holprig wie Berliner Hexameter. Nur die Altertümlichkeiten der Einfassung, nämlich Reste von Mauern, Türmen und Zinnen, geben der Stadt etwas Pikantes.

(Die Harzreise)

Ja, in hohem Grade wunderbar erscheint uns alles beim ersten Hinabschauen vom Brocken, alle Seiten unseres Geistes empfangen neue Eindrücke, und diese, meistens verschiedenartig, sogar sich widersprechend, verbinden sich in unserer Seele zu einem großen, noch unentworrenen, unverstandenen Gefühl. Gelingt es uns, dieses Gefühl in seinem Begriffe zu erfassen, so erkennen wir den Charakter des Berges. Dieser Charakter ist ganz deutsch, sowohl in Hinsicht seiner Fehler, als auch seiner Vorzüge. Der Brocken ist ein Deutscher. Mit deutscher Gründlichkeit zeigt er uns, klar und deutlich, wie ein Riesenpanorama, die vielen hundert Städte, Städtchen und Dörfer, die meistens nördlich liegen, und ringsum alle Berge, Wälder, Flüsse, Flächen, unendlich weit. Aber eben dadurch erscheint alles wie eine scharf gezeichnete, rein illuminierte Spezialkarte, nirgends wird das Auge durch eigentlich schöne Landschaften erfreut; wie es denn immer geschieht, daß wir deutschen Kompilatoren wegen der ehrlichen Genauigkeit, womit wir alles und alles hingeben wollen, nie daran denken können, das einzelne auf eine schöne Weise zu geben. Der Berg hat auch so etwas Deutsch-ruhiges, Verständiges, Tolerantes; eben weil er die Dinge so weit und klar überschauen kann. Und wenn solch ein Berg seine Riesenaugen öffnet, mag er wohl noch etwas mehr sehen, als wir Zwerge, die wir mit unsern blöden Äuglein auf ihm herum klettern.

(Die Harzreise)

Zu Weimar, dem Musenwitwensitz,
Da hört ich viel Klagen erheben,
Man weinte und jammerte: Goethe sei tot,
Und Eckermann sei noch am Leben!

(Elementargeister)

Ich war in Weimar; es gibt dort sehr gutes Bier …
Ich war in Weimar; es gibt dort auch guten Gänsebraten. Auch war ich in Halle, Jena, Erfurt, Gotha, Eisenach und in Kassel. Große Touren, immer zu Fuß, und bloß mit meinem schlechten braunen abgeschabten Überrock. Das Bier in Weimar ist wirklich gut, mündlich mehr darüber.

(Brief an Moses Moser, 25.10.1824)

Schickt einen Philosophen nach London; bei Leibe keinen Poeten! Schickt einen Philosophen hin und stellt ihn an eine Ecke von Cheapside, er wird hier mehr lernen, als aus allen Büchern der letzten Leipziger Messe; und wie die Menschenwogen ihn umrauschen, so wird auch ein Meer von neuen Gedanken vor ihm aufsteigen, der ewige Geist, der darüber schwebt, wird ihn anwehen, die verborgensten Geheimnisse der gesellschaftlichen Ordnung werden sich ihm plötzlich offenbaren, er wird den Pulsschlag der Welt hörbar vernehmen und sichtbar sehen – denn wenn London die rechte Hand der Welt ist, die tätige, mächtige rechte Hand, so ist jene Straße, die von der Börse nach Downingstreet führt, als die Pulsader der Welt zu betrachten.

(Englische Fragmente)

Aber schickt keinen Poeten nach London! Dieser bare Ernst aller Dinge, diese kolossale Einförmigkeit, diese maschinenhafte Bewegung, diese Verdrießlichkeit der Freude selbst, dieses übertriebene London erdrückt die Phantasie und zerreißt das Herz. Und wolltet ihr gar einen deutschen Poeten hinschicken, einen Träumer, der vor jeder einzelnen Erscheinung stehen bleibt, etwa vor einem zerlumpten Bettelweib oder einem blanken Goldschmiedladen – o! dann geht es ihm erst recht schlimm, und er wird von allen Seiten fortgeschoben oder gar mit einem milden God damn! niedergestoßen.

(Englische Fragmente)

München … ist eine Stadt, gebaut von dem Volke selbst, und zwar von auf einander folgenden Generationen, deren Geist noch immer in ihren Bauwerken sichtbar, so daß man dort, wie in der Hexenszene des Macbeth, eine chronologische Geisterreihe erblickt, von dem dunkelrohen Geiste des Mittelalters, der geharnischt aus gotischen Kirchenpforten hervortritt, bis auf den gebildet lichten Geist unserer eignen Zeit, der uns einen Spiegel entgegenhält, worin jeder sich selbst mit Vergnügen anschaut. In dieser Reihenfolge liegt eben das Versöhnende; das Barbarische empört uns nicht mehr und das Abgeschmackte verletzt uns nicht mehr, wenn wir es als Anfänge und notwendige Übergänge betrachten. Wir sind ernst, aber nicht unmutig bei dem Anblick jenes barbarischen Doms, der sich noch immer, in stiefelknechtlicher Gestalt, über die ganze Stadt erhebt und die Schatten und Gespenster des Mittelalters in seinem Schoße verbirgt. Mit eben so wenig Unmut, ja sogar mit spaßhafter Rührung betrachten wir die haarbeuteligen Schlösser der spätern Periode, die plump deutschen Nachäffungen der glatt französischen Unnatur, die Prachtgebäude der Abgeschmacktheit, toll schnörkelhaft von außen, von innen noch putziger dekoriert mit schreiend bunten Allegorien, vergoldeten Arabesken, Stuckaturen und jenen Schildereien, worauf die seligen hohen Herrschaften abkonterfeit sind: die Kavaliere mit roten, betrunken nüchternen Gesichtern, worüber die Allongeperücken, wie gepuderte Löwenmähnen, herabhängen, die Damen mit steifem Toupet, stählernem Korsett, das ihr Herz zusammenschnürte, und ungeheurem Reifrock, der ihnen desto mehr prosaische Ausdehnung gewährte.

(Reise von München nach Genua)

Tirol ist sehr schön, aber die schönsten Landschaften können uns nicht entzücken, bei trüber Witterung und ähnlicher Gemütsstimmung. Diese ist bei mir immer die Folge von jener, und da es draußen regnete, so war auch in mir schlechtes Wetter. Nur dann und wann durfte ich den Kopf zum Wagen hinausstrecken, und dann schaute ich himmelhohe Berge, die mich ernsthaft ansahen, und mir mit den ungeheuern Häuptern und langen Wolkenbärten eine glückliche Reise zunickten. Hie und da bemerkte ich auch ein fernblaues Berglein, das sich auf die Fußzehen zu stellen schien, und den anderen Bergen recht neugierig über die Schultern blickte, wahrscheinlich um mich zu sehen. Dabei kreischten überall die Waldbäche, die sich wie toll von den Höhen herabstürzten und in den dunkeln Talstrudeln versammelten. Die Menschen steckten in ihren niedlichen, netten Häuschen, die über der Halde, an den schroffsten Abhängen und bis auf die Bergspitzen zerstreut liegen; niedliche, nette Häuschen, gewöhnlich mit einer langen, balkonartigen Galerie, und diese wieder mit Wäsche, Heiligenbildchen, Blumentöpfen und Mädchengesichtern ausgeschmückt. Auch hübsch bemalt sind diese Häuschen, meistens weiß und grün, als trügen sie ebenfalls die Tiroler Landestracht, grüne Hosenträger über dem weißen Hemde.

Wenn ich solch Häuschen im einsamen Regen liegen sah, wollte mein Herz oft aussteigen und zu den Menschen gehen, die gewiß trocken und vergnügt da drinnen saßen. Da drinnen, dacht ich, muß sichs recht lieb und innig leben lassen, und die alte Großmutter erzählt gewiß die heimlichsten Geschichten. Während der Wagen unerbittlich vorbeifuhr, schaut ich noch oft zurück, um die bläulichen Rauchsäulen aus den kleinen Schornsteinen steigen zu sehen, und es regnete dann immer stärker, außer mir und in mir, daß mir fast die Tropfen aus den Augen herauskamen.

(Reise von München nach Genua)

Während die Sonne immer schöner und herrlicher aus dem Himmel hervorblühte, und Berg und Burgen mit Goldschleiern umkleidete, wurde es auch in meinem Herzen immer heißer und leuchtender, ich hatte wieder die ganze Brust voll Blumen, und diese sproßten hervor und wuchsen mir gewaltig über den Kopf, und durch die eignen Herzblumen hindurch lächelte wieder himmlisch die schöne Spinnerin. Befangen in solchen Träumen, selbst ein Traum, kam ich nach Italien, und da ich während der Reise schon ziemlich vergessen hatte, daß ich dorthin reiste, so erschrak ich fast, als mich all die großen italienischen Augen plötzlich ansahen, und das buntverwirrte italienische Leben mir leibhaftig, heiß und summend, entgegenströmte.
Es geschah dieses aber in der Stadt Trient, wo ich an einem schönen Sonntag des Nachmittags ankam, zur

Zeit, wo die Hitze sich legt und die Italiener aufstehen und in den Straßen auf und ab spazieren. Diese Stadt liegt alt und gebrochen in einem weiten Kreise von blühend grünen Bergen, die, wie ewig junge Götter, auf das morsche Menschenwerk herabsehen. Gebrochen und morsch liegt daneben auch die hohe Burg, die einst die Stadt beherrschte, ein abenteuerlicher Bau aus abenteuerlicher Zeit, mit Spitzen, Vorsprüngen, Zinnen und mit einem breitrunden Turm, worin nur noch Eulen und östreichische Invaliden hausen. Auch die Stadt selbst ist abenteuerlich gebaut, und wundersam wird einem zu Sinn beim ersten Anblick dieser uraltertümlichen Häuser mit ihren verblichenen Freskos, mit ihren zerbröckelten Heiligenbildern, mit ihren Türmchen, Erkern, Gitterfensterchen, und jenen hervorstehenden Giebeln, die estradenartig auf grauen alterschwachen Pfeilern ruhen, welche selbst einer Stütze bedürften. Solcher Anblick wäre allzu wehmütig, wenn nicht die Natur diese abgestorbenen Steine mit neuem Leben erfrischte, wenn nicht süße Weinreben jene gebrechlichen Pfeiler, wie die Jugend das Alter, innig und zärtlich umrankten, und wenn nicht noch süßere Mädchengesichter aus jenen trüben Bogenfenstern hervorguckten, und über den deutschen Fremdling lächelten, der, wie ein schlafwandelnder Träumer, durch die blühenden Ruinen einherschwankt.

(Reise von München nach Genua)

Verona, die uralte, weltberühmte Stadt, gelegen auf beiden Seiten der Etsch, war immer gleichsam die erste Station für die germanischen Wandervölker, die ihre kaltnordischen Wälder verließen und über die Alpen stiegen, um sich im güldenen Sonnenschein des lieblichen Italiens zu erlustigen. Einige zogen weiter hinab, anderen gefiel es schon gut genug am Orte selbst, und sie machten es sich heimatlich bequem, und zogen seidne Hausgewänder an, und ergingen sich friedlich unter Blumen und Zypressen, bis neue Ankömmlinge, die noch ihre frischen Eisenkleider anhatten, aus dem Norden kamen und sie verdrängten, – eine Geschichte, die sich oft wiederholte, und von den Historikern die Völkerwanderung genannt wird. Wandelt man jetzt durch das Weichbild Veronas, so findet man überall die abenteuerlichen Spuren jener Tage, so wie auch die Spuren der älteren und der späteren Zeiten. An die Römer mahnt besonders das Amphitheater und der Triumphbogen; an die Zeit des Theoderichs, des Dietrichs von Bern, von dem die Deutschen noch singen und sagen, erinnern die fabelhaften Reste so mancher byzantinisch vorgotischen Bauwerke; tolle Trümmer erinnern an König Alboin und seine wütenden Longobarden; sagenreiche Denkmale mahnen an Carolum Magnum, dessen Paladine an der Pforte des Doms eben so fränkisch roh gemeißelt sind, wie sie gewiß im Leben gewesen – es will uns bedünken, als sei die Stadt eine große Völkerherberge, und gleich wie man in Wirtshäusern seinen Namen auf Wand und Fenster zu schreiben pflegt, so habe dort jedes Volk die Spuren seiner Anwesenheit zurückgelassen, freilich oft nicht in der leserlichsten Schrift, da mancher deutsche Stamm noch nicht schreiben konnte, und sich damit behelfen mußte, zum Andenken etwas zu zertrümmern, welches auch hinreichend war, da diese Trümmer noch deutlicher sprechen, als zierliche Buchstaben. Die Barbaren, welche jetzt die alte Herberge bezogen haben, werden nicht ermangeln, eben solche Denkmäler ihrer holden Gegenwart zu hinterlassen, da es ihnen an Bildhauern und Dichtern fehlt, um sich durch mildere Mittel im Andenken der Menschen zu erhalten.

(Reise von München nach Genua)

Indessen eine Merkwürdigkeit Mailands, die in jeder Hinsicht die größte ist, kann ich nicht unerwähnt lassen – Das ist der Dom.

In der Ferne scheint es, als sei er aus weißem Postpapier geschnitzelt, und in der Nähe erschrickt man, daß dieses Schnitzwerk aus unwiderlegbarem Marmor besteht. Die unzähligen Heiligenbilder, die das ganze Gebäude bedecken, die überall unter den gotischen Krondächlein hervorgucken, und oben auf allen Spitzen gepflanzt stehen, dieses steinerne Volk verwirrt einem fast die Sinne. Betrachtet man das ganze Werk etwas länger, so findet man es doch recht hübsch, kolossal niedlich, ein Spielzeug für Riesenkinder. Im mitternächtlichen Mondschein gewährt es noch den besten Anblick, dann kommen all die weißen Steinmenschen aus ihrer wimmelnden Höhe herabgestiegen, und gehen mit einem über die Piazza, und flüstern einem alte Geschichten ins Ohr, putzig heilige, ganz geheime Geschichten von Galeazzo Visconti, der den Dombau begonnen, und von Napoleon Buonaparte, der ihn späterhin fortgesetzt.

(Reise von München nach Genua)

Unfern von Genua, auf der Spitze der Apenninen, sieht man das Meer, zwischen den grünen Gebirgsgipfeln kommt die blaue Flut zum Vorschein, und Schiffe, die man hie und da erblickt, scheinen mit vollen Segeln über die Berge zu fahren. Hat man aber diesen Anblick zur Zeit der Dämmerung, wo die letzten Sonnenlichter mit den ersten Abendschatten ihr wunderliches Spiel beginnen, und alle Farben und Formen sich nebelhaft verweben: dann wird einem ordentlich märchenhaft zu Mute, der Wagen rasselt bergab, die schläfrig süßesten Bilder der Seele werden aufgerüttelt und nicken wieder ein, und es träumt einem endlich, man sei in Genua.

Diese Stadt ist alt ohne Altertümlichkeit, eng ohne Traulichkeit, und häßlich über alle Maßen. Sie ist auf einem Felsen gebaut, am Fuße von amphitheatralischen Bergen, die den schönsten Meerbusen gleichsam umarmen. Die Genueser erhielten daher von der Natur den besten und sichersten Hafen. Da, wie gesagt, die ganze Stadt auf einem einzigen Felsen steht, so mußten, der Raum-Ersparnis wegen, die Häuser sehr hoch und die Straßen sehr eng gebaut werden, so daß diese fast alle dunkel sind, und nur auf zweien derselben ein Wagen fahren kann. Aber die Häuser dienen hier den Einwohnern, die meistens Kaufleute sind, fast nur zu Warenlagern, und des Nachts zu Schlafstellen; den schachernden Tag über laufen sie umher in der Stadt oder sitzen vor ihrer Haustüre, oder vielmehr in der Haustüre, denn sonst würden sich die Gegenüberwohnenden einander mit den Knieen berühren.

Von der Seeseite, besonders gegen Abend, gewährt die Stadt einen bessern Anblick. Da liegt sie am Meere, wie das gebleichte Skelett eines ausgeworfenen Riesentiers, dunkle Ameisen, die sich Genueser nennen, kriechen darin herum, die blauen Meereswellen bespülen es plätschernd wie ein Ammenlied, der Mond, das blasse Auge der Nacht, schaut mit Wehmut darauf hinab.

(Reise von München nach Genua)

Es war schon Nacht als ich die Stadt Lucca erreichte. Wie ganz anders erschien sie mir die Woche vorher, als ich am Tage durch die widerhallend öden Straßen wandelte, und mich in eine jener verwunschenen Städte versetzt glaubte, wovon mir einst die Amme so viel erzählt. Da war die ganze Stadt so still wie das Grab, alles war so verblichen und verstorben, auf den Dächern spielte der Sonnenglanz, wie Goldflitter auf dem Haupte einer Leiche, hie und da aus den Fenstern eines altverfallenen Hauses hingen Efeuranken, wie

vertrocknet grüne Tränen, überall glimmernder Moder und ängstlich stockender Tod, die Stadt schien nur das Gespenst einer Stadt, ein steinerner Spuk am hellen Tage. Da suchte ich lange vergebens die Spur eines lebendigen Wesens. Ich erinnere mich nur, vor einem alten Palazzo lag ein schlafender Bettler mit ausgestreckt offner Hand …
Als ich jetzt, acht Tage später, wieder nach Lucca kam, wie erstaunte ich über den veränderten Anblick dieser Stadt! Was ist das? rief ich, als die Lichter mein Auge blendeten und die Menschenströme durch die Gassen sich wälzten. Ist ein ganzes Volk als nächtliches Gespenst aus dem Grabe gestiegen, um im tollsten Mummenschanz das Leben nachzuäffen? Die hohen, trüben Häuser sind mit Lampen verziert, überall aus den Fenstern hängen bunte Teppiche, die morschgrauen Wände fast bedeckend, und darüber lehnen sich holde Mädchengesichter, so frisch, so blühend, daß ich wohl merke, es ist das Leben selbst, das sein Vermählungsfest mit dem Tode feiert und Schönheit und Jugend dazu eingeladen hat.

(Die Stadt Lucca)

Der Mangel an Kenntnis der italienischen Sprache quält mich sehr. Ich versteh' die Leute nicht und kann nicht mit ihnen sprechen. Ich sehe Italien, aber ich höre es nicht. Dennoch bin ich oft nicht ganz ohne Unterhaltung. Hier sprechen die Steine, und ich verstehe ihre stumme Sprache. Auch sie scheinen tief zu fühlen, was ich denke. So eine abgebrochene Säule aus der Römerzeit, so ein zerbröckelter Longobardenturm, so ein verwittertes gotisches Pfeilerstück versteht mich recht gut.

(Brief an Eduard von Schenk, Anfang Sept. 1828)

Und ich habe es weit gebracht in dieser Welt! Des seid mir Zeugen, toskanische Nächte, du hellblauer Himmel mit großen silbernen Sternen, Ihr wilden Lorbeerbüsche und heimlichen Myrten, und Ihr, o Nymphen des Apennins, die Ihr mit bräutlichen Tänzen uns umschwebtet, und Euch zurückträumtet in jene besseren Götterzeiten, wo es noch keine gotische Lüge gab, die nur blinde, tappende Genüsse im Verborgenen erlaubt und jedem freien Gefühl ihr heuchlerisches Feigenblättchen vorklebt.
Es bedurfte keiner besonderen Feigenblätter; denn ein ganzer Feigenbaum mit vollen ausgebreiteten Zweigen rauschte über den Häuptern der Glücklichen.

(Die Bäder von Lucca)

Diesen Morgen um 7 Uhr bin ich hier angelangt, und mein Erstes war, nach der Post zu eilen – und da finde ich keinen Brief von meinem lieben Schenk. Zum Glück ist die Post hier auf dem Markt, und der Markt von Florenz ist der herrlichste und interessanteste Anblick, den nur ein Mensch finden kann. Die Altertümlichkeit, die bedeutungsvollen Statuen, die hohen Arkaden, die Großartigkeit, dabei dennoch überall der Hauch altflorentinischer Grazie, überall Blüte des Mediçäertums, und gar oben im Palast Uffizi die griechischen Götterwohnungen! Ich will Ihnen freimütig gestehen, im Boudoir der medicäischen Venus vergaß ich Schenk und seinen Brief. Es war aber doch nicht die uralte zusammengeflickte Göttin der Liebe, die mich so gewaltig erhob, vielmehr waren's die Augen einer Italienerin, die gar andächtig an sie hinaufsah – ich glaube, die alten Götter werden in Italien noch immer angebetet.

(Brief an Eduard von Schenk, 1.10.1828)

...

Ihr Wolken droben, nehmt mich mit,
Gleichviel nach welchem fernen Ort!
Nach Lappland oder Afrika,
Und seis nach Pommern – fort! nur fort!

O, nehmt mich mit – Sie hören nicht –
Die Wolken droben sind so klug!
Vorüberreisend dieser Stadt,
Ängstlich beschleunigen sie den Flug.

(Neue Gedichte: Romanzen)

Das Meer erglänzte weit hinaus,
Im letzten Abendscheine;
Wir saßen am einsamen Fischerhaus,
Wir saßen stumm und alleine.

Der Nebel stieg, das Wasser schwoll,
Die Möwe flog hin und wieder;
Aus deinen Augen, liebevoll,
Fielen die Tränen nieder.

Ich sah sie fallen auf deine Hand,
Und bin aufs Knie gesunken;
Ich hab von deiner weißen Hand
Die Tränen fortgetrunken.

Seit jener Stunde verzehrt sich mein Leib,
Die Seele stirbt vor Sehnen; –
Mich hat das unglückselge Weib
Vergiftet mit ihren Tränen.

(Buch der Lieder: Die Heimkehr)

… denn das Meer ist meine Seele –

(Die Nordsee. Dritte Abteilung)

Das Meer war so wild, daß ich oft zu versaufen glaubte. Aber dies wahlverwandte Element tut mir nichts Schlimmes. Es weiß recht gut, daß ich noch toller sein kann. Und dann, bin ich nicht der Hofdichter der Nordsee? – Sie weiß auch, daß ich noch eine zweite Abteilung zu schreiben habe.

(Brief an Julius Campe, 29.7.1826)

Das Meer ist mein wahlverwandtes Element und schon sein Anblick ist mir heilsam.

(Brief an Moses Moser, 6.8.1829)

In zwanzig Minuten war ich in Paris, und zog ein durch die Triumphpforte des Boulevard Saint-Denis, die ursprünglich zu Ehren Ludwigs XIV. errichtet worden, jetzt aber zur Verherrlichung meines Einzugs in Paris diente. Wahrhaft überraschte mich die Menge von geputzten Leuten, die sehr geschmackvoll gekleidet waren wie Bilder eines Modejournals. Dann imponierte mir, daß sie alle französisch sprachen, was bei uns ein Kennzeichen der vornehmen Welt; hier ist also das ganze Volk so vornehm wie bei uns der Adel. Die Männer waren alle so höflich, und die schönen Frauen so lächelnd. Gab mir jemand unversehens einen Stoß, ohne gleich um Verzeihung zu bitten, so konnte ich darauf wetten, daß es ein Landsmann war; und wenn irgendeine Schöne etwas allzu säuerlich aussah, so hatte sie entweder Sauerkraut gegessen, oder sie konnte Klopstock im Original lesen. Ich fand alles so amüsant, und der Himmel war so blau und die Luft so liebenswürdig, so generös, und dabei flimmerten noch hie und da die Lichter der Julisonne; die Wangen der schönen Lutetia waren noch rot von den Flammenküssen dieser Sonne, und an ihrer Brust war noch nicht ganz verwelkt der bräutliche Blumenstrauß. An den Straßenecken waren freilich hie und da die liberté, égalité, fraternité schon wieder abgewischt.

(Geständnisse)

La force des choses! Die Macht der Dinge! Ich habe wahrhaftig nicht die Dinge auf die Spitze gestellt, sondern die Dinge haben mich auf die Spitze gestellt, auf die Spitze der Welt, auf Paris – ja, gestern Morgen stand ich sogar auf die Spitze dieser Spitze, auf das Pantheon. »Aux grands hommes la patrie reconnoissante!« so, glaube ich, lautet wieder die goldne Inschrift. – welcher Hohn! Die kleinen Menschen errichten solche Tempel für die großen Menschen, nach ihrem Tode – man sollte solche Inschriften lieber auf Verys Restauration setzen, und die großen Männer bei Lebzeit gut füttern statt sie nach ihrem Hungertode oder sonstigem Qualtode zu verehren. Aber Very ist das Pantheon der lebenden kleinen Menschen und da sitzen sie und essen und trinken und erfinden ironische Inschriften.

(Brief an Karl August Varnhagen von Ense, 27.6.1831)

Es kann mir hier nicht schlechter gehn wie in der Heimat, wo ich nichts als Kampf und Not habe, wo ich nicht sicher schlafen kann, wo man mir alle Lebensquellen vergiftet. Hier freilich ertrinke ich im Strudel der Begebenheiten, der Tageswellen, der brausenden Revolution; – obendrein bestehe ich jetzt ganz aus Phosphor, und während ich in einem wilden Menschenmeere ertrinke – verbrenne ich auch durch meine eigne Natur. –

(Brief an Karl August Varnhagen von Ense, 27.6.1831)

Fragt Sie jemand wie ich mich hier befinde, so sagen Sie: wie ein Fisch im Wasser. Oder vielmehr, sagen Sie den Leuten; daß, wenn im Meere ein Fisch den anderen nach seinem Befinden fragt, so antworte dieser: ich befinde mich wie Heine in Paris.

(Brief an Ferdinand Hiller, 24.10.1832)

Paris ist nicht bloß die Hauptstadt von Frankreich, sondern der ganzen zivilisierten Welt, und ist ein Sammelplatz ihrer geistigen Notabilitäten. Versammelt ist hier alles, was groß ist durch Liebe oder Haß, durch Fühlen oder Denken, durch Wissen oder Können, durch Glück oder Unglück, durch Zukunft oder Vergangenheit. Betrachtet man den Verein von berühmten oder ausgezeichneten Männern, die hier zusammentreffen, so hält man Paris für ein Pantheon der Lebenden. Eine neue Kunst, eine neue Religion, ein neues Leben wird hier geschaffen, und lustig tummeln sich hier die Schöpfer einer neuen Welt. Die Gewalthaber gebärden sich kleinlich, aber das Volk ist groß und fühlt seine schauerlich erhabene Bestimmung. Die Söhne wollen wetteifern mit den Vätern, die so ruhmvoll und heilig ins Grab gestiegen. Es dämmern gewaltige Taten, und unbekannte Götter wollen sich offenbaren. Und dabei lacht und tanzt man überall, überall blüht der leichte Scherz, die heiterste Mokerie, und da jetzt Karneval ist, so maskieren sich viele als Doktrinäre, und schneiden possierlich-pedantische Gesichter, und behaupten, sie hätten Furcht vor den Preußen.

(Französische Zustände)

»Sehen Sie, wie glücklich das Volk ist«, bemerkte mein Begleiter, indem er mir die vielen Wagen voll Masken zeigte, die laut jubelten, und die lustigsten Narreteien trieben. Die Boulevards gewährten wirklich einen überaus ergötzlich bunten Anblick, und ich dachte an das alte Sprüchwort: »Wenn der liebe Gott sich im Himmel langweilt, dann öffnet er das Fenster und betrachtet die Boulevards von Paris.«

(Französische Zustände)

Eben war die Sonne untergegangen, ihre letzten Strahlen schienen wehmütig Abschied zu nehmen, die Nebel der Dämmerung umhüllten wie weiße Laken das kranke Paris, und ich weinte bitterlich über die unglückliche Stadt, die Stadt der Freiheit, der Begeisterung und des Martyrtums, die Heilandstadt, die für die weltliche Erlösung der Menschheit schon so viel gelitten!

(Französische Zustände)

»Wir tanzen hier auf einem Vulkan« – aber wir tanzen.

(Lutetia 1. Teil)

Ich wiederhole es, mit einer unsäglichen Trauer erfüllt mich immer der Anblick des tanzenden Volks an den öffentlichen Vergnügungsorten von Paris; und gar besonders ist dies der Fall in den Karnevalstagen, wo der tolle Mummenschanz die dämonische Lust bis zum Ungeheuerlichen steigert. Fast ein Grauen wandelte mich an, als ich einem jener bunten Nachtfeste beiwohnte, die jetzt in der Opéra comique gegeben werden, und wo, nebenbei gesagt, weit prächtiger als auf den Bällen der großen Oper der taumelnde Spuk sich gebärdet. Hier musiziert Beelzebub mit vollem Orchester, und das freche Höllenfeuer der Gasbeleuchtung zerreißt einem die Augen. Hier ist das verlorne Tal, wovon die Amme erzählt; hier tanzen die Unholden wie bei uns in der Walpurgisnacht, und manche ist darunter, die sehr hübsch, und bei aller Verworfenheit jene Grazie, die den verteufelten Französinnen angeboren ist, nicht ganz verleugnen kann. Wenn aber gar die Galopp-Ronde erschmettert, dann erreicht der satanische Spektakel seine unsinnigste Höhe, und es ist dann, als müsse die Saaldecke platzen und die ganze Sippschaft sich plötzlich emporschwingen auf Besenstielen, Ofengabeln, Kochlöffeln – »oben hinaus, nirgends an!« – ein gefährlicher Moment für viele unserer Landsleute, die leider keine Hexenmeister sind und nicht das Sprüchlein kennen, das man herbeten muß, um nicht von dem wütenden Heer fortgerissen zu werden.

(Lutetia 1. Teil)

Vor 14 Tagen ist es mir endlich gelungen aus Paris zu entschlüpfen und seitdem reise ich in der schönen Provence; aber was hilft es, meine Schmerzen reisen überall mit, das sanfte Klima bildet einen peinigenden Kontrast mit meinen Gefühlen, und der klar blaue Himmel von Marseille, der immer klar und blau ist, mahnt mich an jene blauen Augen der Heimat, deren ungetrübte Ruhe mich so oft in Verweiflung brachte.

(Brief an Franz Liszt, 12.10.1836)

Man hat mich nun hierher nach Marseille geschickt, und vorgestern bin ich hier angelangt, ziemlich wohl, aber die Nerven sehr irritiert; mit Mühe halte ich die Feder. Schwerlich werde ich länger als einige Tage hier bleiben, das Geräusch der schachernden Seestadt wirkt peinigend auf meinen Körper, Marseille ist Hamburg ins Französische übersetzt, und ich kann letzteres jetzt auch in der besten Übersetzung nicht vertragen.

(Brief an Julius Campe, 7.10.1836)

Die Hautes Pyrénées sind wunderbar schön. Besonders seelenerquickend ist die Musik der Bergwasser, die wie ein volles Orchester in den rauschenden Talfluß, den sogenannten Gâve, hinabstürzen. Gar lieblich ist dabei das Geklingel der Lämmerherden, zumal wenn sie in großer Anzahl wie jauchzend von den Bergeshalden heruntergesprungen kommen, voran die langwolligen Mutterschafe und dorisch gehörnten Widder, welche große Glocken an den Hälsen tragen, und nebenherlaufend der junge Hirt, der sie nach dem Taldorfe zur Schur führt, und bei dieser Gelegenheit auch die Liebste besuchen will. Einige Tage später ist das Geklingel minder heiter, denn es hat unterdessen gewittert, aschgraue Nebelwolken hängen tief herab, und mit seinen geschornen, fröstelnd nackten Lämmern steigt der junge Hirt melancholisch wieder hinauf in seine Alpeneinsamkeit; er ist ganz eingewickelt in seinen braunen, reichgeflickten Baskesenmantel, und das Scheiden von Ihr war vielleicht bitter.

(Lutetia. Aus den Pyrenäen)

Rings umragt von dunklen Bergen,
Die sich trotzig übergipfeln,
Und von wilden Wasserstürzen
Eingelullet, wie ein Traumbild,

Liegt im Tal das elegante
Cauterets. Die weißen Häuschen
Mit Balkonen; schöne Damen
Stehn darauf und lachen herzlich.

Herzlich lachend schaun sie nieder
Auf den wimmelnd bunten Marktplatz,
Wo da tanzen Bär und Bärin
Bei des Dudelsackes Klängen.

(Atta Troll. Ein Sommernachtstraum)

Warum aber war die Freude bei meiner Rückkehr nach Paris diesmal so überschwenglich, daß es mich fast bedünkte als beträte ich den süßen Boden der Heimat, als hörte ich wieder die Laute des Vaterlandes? Warum übt Paris einen solchen Zauber auf Fremde, die in seinem Weichbild einige Jahre verlebt? Viele wackere Landsleute, die hier seßhaft, behaupten, an keinem Ort der Welt könne der Deutsche sich heimischer fühlen als eben in Paris, und Frankreich selbst sei am Ende unserm Herzen nichts anderes als ein französisches Deutschland.

(Lutetia 2. Teil)

Babylonische Sorgen

Mich ruft der Tod – Ich wollt, o Süße,
Daß ich dich in einem Wald verließe,
In einem jener Tannenforsten,
Wo Wölfe heulen, Geier horsten
Und schrecklich grunzt die wilde Sau,
Des blonden Ebers Ehefrau.

Mich ruft der Tod – Es wär noch besser,
Müßt ich auf hohem Seegewässer
Verlassen dich, mein Weib, mein Kind,
Wenngleich der tolle Nordpol-Wind
Dort peitscht die Wellen, und aus den Tiefen
Die Ungetüme, die dort schliefen,
Haifisch' und Krokodile, kommen
Mit offnem Rachen emporgeschwommen –
Glaub mir, mein Kind, mein Weib, Mathilde,
Nicht so gefährlich ist das wilde,
Erzürnte Meer und der trotzige Wald,
Als unser jetziger Aufenthalt!
Wie schrecklich auch der Wolf und der Geier,
Haifische und sonstige Meerungeheuer:
Viel grimmere, schlimmere Bestien enthält
Paris, die leuchtende Hauptstadt der Welt,
Das singende, springende, schöne Paris,
Die Hölle der Engel, der Teufel Paradies –
Daß ich dich hier verlassen soll,
Das macht mich verrückt, das macht mich toll!
Mit spöttischem Sumsen mein Bett umschwirrn
Die schwarzen Fliegen; auf Nas und Stirn

Setzen sie sich – fatales Gelichter!
Etwelche haben wie Menschengesichter,
Auch Elefantenrüssel daran,
Wie Gott Ganesa in Hindostan. – –
In meinem Hirne rumort es und knackt,
Ich glaube, da wird ein Koffer gepackt,
Und mein Verstand reist ab – o wehe –
Noch früher als ich selber gehe.

(Gedichte 1853 und 1854)

4.
Heimat und Vaterland, Zensur, Exil

Aber nie wird ein großer Mensch so weit die Gefühle seiner Seele verleugnen können, daß er das Unglück seiner Landsleute mit indifferenter Ruhe ansehen und sogar vermehren könnte. Wie wir unsere Mutter lieben, so lieben wir auch den Boden, worauf wir geboren sind, so lieben wir die Blumen, den Duft, die Sprache und die Menschen, die aus diesem Boden hervorgeblüht sind, keine Religion ist so schlecht und keine Politik ist so gut, daß sie im Herzen ihrer Bekenner solche Liebe ersticken könnte.

(Englische Fragmente)

Wie die Sterne eine Zierde des Himmels sind, so zieren große Menschen ihre Heimat, ja die ganze Erde. Die Herzen großer Menschen sind aber die Sterne der Erde, und ich glaube, wenn man von oben herabsähe auf unsern Planeten, würden uns diese Herzen wie klare Lichter, gleich den Sternen des Himmels, entgegenstrahlen. Vielleicht von so hohem Standpunkte würde man erkennen, wie viel herrliche Sterne auf dieser Erde zerstreut sind, wie viele derselben in obskuren Wüsten unbekannt und einsam leuchten, wie schöngestirnt unser deutsches Vaterland, wie glänzend, wie strahlend Frankreich ist, diese Milchstraße großer Menschenherzen!

(Französische Zustände)

Am eigentümlichsten, romantisch wunderbar, klingt im deutschen Volke die Sage von der Göttin Venus, die, als ihre Tempel gebrochen wurden, sich in einen geheimen Berg flüchtete, wo sie mit dem heitersten Luftgesindel, mit schönen Wald- und Wassernymphen, auch manchen berühmten Helden, die plötzlich aus der Welt verschwunden, das abenteuerlichste Freudenleben führt. Schon von weitem, wenn du dem Berge nahest, hörst du das vergnügte Lachen und die süßen Zitherklänge, die sich wie eine unsichtbare Kette um dein Herz schlingen, und dich hineinziehen in den Berg. Zum Glück, unfern des Eingangs, hält Wache ein alter Ritter, geheißen der getreue Eckhart; er steht gestützt auf seinem großen Schlachtschwert, wie eine Bildsäule, aber sein ehrliches eisgraues Haupt wackelt beständig und er warnt dich betrübsam vor den zärtlichen Gefahren die deiner im Berge harren. Mancher ließ sich noch bei Zeiten zurückschrecken, mancher hingegen überhörte die meckernde Stimme des alten Warners, und stürzte blindlings in den Abgrund der verdammten Lust. Eine Weile lang gehts gut. Aber der Mensch ist nicht immer aufgelegt zum Lachen, er wird manchmal still und ernst, und denkt zurück in die Vergangenheit; denn die Vergangenheit ist die eigentliche Heimat seiner Seele, und es erfaßt ihn ein Heimweh nach den Gefühlen die er einst empfunden hat, und seien es auch Gefühle des Schmerzes.

(Elementargeister)

Wir sind aber auch Patrioten, denn wir glauben an Deutschland, an das große, heilige Deutschland der Zukunft, an ein schönes, teures Vaterland, das in unseren Herzen hervorblüht. Nicht wo deutsche Eichen wachsen, ist Deutschland; Eichen sind nur große Holzklötze, woran im Sommer grüne Blätter hängen und Eicheln, läppisch kleine Früchte, allzu klein für einen so großen Baum und genießbar nur für Schweine. Das Deutschland der Vergangenheit mochte immerhin einen solchen Baum zu seinem Symbol wählen. Das neue Deutschland bedarf eines besseren Symbols, und seine Dichter und Künstler werden es schon ersinnen.

(Zum Projekt »Deutsche Zeitung«)

Lebensfahrt

Ein Lachen und Singen! Es blitzen und gaukeln
Die Sonnenlichter. Die Wellen schaukeln
Den lustigen Kahn. Ich saß darin
Mit lieben Freunden und leichtem Sinn.

Der Kahn zerbrach in eitel Trümmer,
Die Freunde waren schlechte Schwimmer,
Sie gingen unter, im Vaterland;
Mich warf der Sturm an den Seinestrand.

Ich hab ein neues Schiff bestiegen,
Mit neuen Genossen; es wogen und wiegen

Die fremden Fluten mich hin und her –
Wie fern die Heimat! mein Herz wie schwer!

Und das ist wieder ein Singen und Lachen –
Es pfeift der Wind, die Planken krachen –
Am Himmel erlischt der letzte Stern –
Wie schwer mein Herz! die Heimat wie fern!

(Neue Gedichte: Zeitgedichte)

Sehen Sie, teurer Freund, das ist eben der geheime Fluch des Exils, daß uns nie ganz wöhnlich zu Mute wird in der Atmosphäre der Fremde, daß wir mit unserer mitgebrachten, heimischen Denk- und Gefühlsweise immer isoliert stehen unter einem Volke, das ganz anders fühlt und denkt als wir, daß wir beständig verletzt werden von sittlichen, oder vielmehr unsittlichen Erscheinungen, womit der Einheimische sich längst ausgesöhnt, ja wofür er durch die Gewohnheit allen Sinn verloren hat, wie für die Naturerscheinungen seines Landes … Ach! das geistige Klima ist uns in der Fremde eben so unwirtlich wie das physische; ja, mit diesem kann man sich leichter abfinden, und höchstens erkrankt dadurch der Leib, nicht die Seele!

(Über die französische Bühne)

Wer das Exil nicht kennt, begreift nicht, wie grell es unsere Schmerzen färbt, und wie es Nacht und Gift in unsere Gedanken gießt. Dante schrieb seine »Hölle« im Exil. Nur wer im Exil gelebt hat, weiß auch was Vaterlandsliebe ist, Vaterlandsliebe mit all ihren süßen Schrecken und sehnsüchtigen Kümmernissen!

(Ludwig Börne. Eine Denkschrift)

Jetzt wohin?

Jetzt wohin? Der dumme Fuß
Will mich gern nach Deutschland tragen;
Doch es schüttelt klug das Haupt
Mein Verstand und scheint zu sagen:

Zwar beendigt ist der Krieg,
Doch die Kriegsgerichte blieben,
Und es heißt, du habest einst
Viel Erschießliches geschrieben.

Das ist wahr, unangenehm
Wär mir das Erschossenwerden;
Bin kein Held, es fehlen mir
Die pathetischen Gebärden.

Gern würd ich nach England gehn,
Wären dort nicht Kohlendämpfe
Und Engländer – schon ihr Duft
Gibt Erbrechen mir und Krämpfe.

Manchmal kommt mir in den Sinn
Nach Amerika zu segeln,
Nach dem großen Freiheitstall,
Der bewohnt von Gleichheitsflegeln –

Doch es ängstet mich ein Land,
Wo die Menschen Tabak käuen,
Wo sie ohne König kegeln,
Wo sie ohne Spucknapf speien.

Rußland, dieses schöne Reich,
Würde mir vielleicht behagen,
Doch im Winter könnte ich
Dort die Knute nicht ertragen.

Traurig schau ich in die Höh,
Wo viel tausend Sterne nicken –
Aber meinen eignen Stern
Kann ich nirgends dort erblicken.

Hat im güldnen Labyrinth
Sich vielleicht verirrt am Himmel,
Wie ich selber mich verirrt
In dem irdischen Getümmel. –

(Romanzero: Lamentationen)

Es wäre für mich ein entsetzlicher, wahnsinniger Gedanke, wenn ich mir sagen müßte, ich sei ein deutscher Poet und zugleich ein naturalisierter Franzose. – Ich käme mir selber vor wie eine jener Mißgeburten mit zwei Köpfchen, die man in den Buden der Jahrmärkte zeigt …

Wenn ich jene sogenannte poésie lyrique der Franzosen betrachte, erkenne ich erst ganz die Herrlichkeit der deutschen Dichtkunst, und ich könnte mir alsdann wohl etwas darauf einbilden, daß ich mich rühmen darf, in diesem Gebiete meine Lorbeern errungen zu haben. – Wir wollen auch kein Blatt davon aufgeben, und der Steinmetz, der unsre letzte Schlafstätte mit einer Inschrift zu verzieren hat, soll keine Einrede zu gewärtigen haben, wenn er dort eingräbt die Worte: »Hier ruht ein deutscher Dichter.«

(Lutetia: Retrospektive Aufklärung)

Mein Geist fühlt sich in Frankreich exiliert, in eine fremde Sprache verbannt.

(Aufzeichnungen)

Komme ich einst in den Himmel, ich werde mich gewiß auch dort unglücklich fühlen, unter den Engeln, die so schön singen und so gut riechen … sie sprechen ja kein deutsch und rauchen keinen Kanaster … Nur im Vaterland ist mir wohl! Vaterlandsliebe! Ich lache über dieses

Wort im Munde von Leuten, die nie im Exil gelebt … Sie könnten eben so gut von Milchbreiliebe sprechen.

(Ludwig Börne. Eine Denkschrift)

Der Mohrenkönig

Ins Exil der Alpuxarren
Zog der junge Mohrenkönig;
Schweigsam und das Herz voll Kummer
Ritt er an des Zuges Spitze.

Hinter ihm auf hohen Zeltern
Oder auch in güldnen Sänften
Saßen seines Hauses Frauen;
Schwarze Mägde trägt das Maultier.

Hundert treue Diener folgen
Auf arabisch edlen Rappen;
Stolze Gäule, doch die Reiter
Hängen schlottrig in den Sätteln.

Keine Zimbel, keine Pauke,
Kein Gesangeslaut ertönte;
Nur des Maultiers Silberglöckchen
Wimmern schmerzlich in der Stille.

Auf der Höhe, wo der Blick
Ins Duero-Tal hinabschweift,

Und die Zinnen von Granada
Sichtbar sind zum letzten Male:

Dorten stieg vom Pferd der König
Und betrachtete die Stadt,
Die im Abendlichte glänzte,
Wie geschmückt mit Gold und Purpur.

Aber, Allah! Welch ein Anblick!
Statt des vielgeliebten Halbmonds,
Prangen Spaniens Kreuz und Fahnen
Auf den Türmen der Alhambra.

Ach, bei diesem Anblick brachen
Aus des Königs Brust die Seufzer,
Tränen überströmten plötzlich
Wie ein Sturzbach seine Wangen.

Düster von dem hohen Zelter
Schaut' herab des Königs Mutter,
Schaut' auf ihres Sohnes Jammer,
Und sie schalt ihn stolz und bitter.

»Boabdil el Chico«, sprach sie,
»Wie ein Weib beweinst du jetzo
Jene Stadt, die du nicht wußtest
Zu verteidgen wie ein Mann.«

Als des Königs liebste Kebsin
Solche harte Rede hörte,
Stürzte sie aus ihrer Sänfte
Und umhalste den Gebieter.

»Boabdil el Chico,« sprach sie,
»Tröste dich, mein Heißgeliebter,
Aus dem Abgrund deines Elends
Blüht hervor ein schöner Lorbeer.

Nicht allein der Triumphator,
Nicht allein der sieggekrönte
Günstling jener blinden Göttin,
Auch der blutge Sohn des Unglücks,

Auch der heldenmütge Kämpfer,
Der dem ungeheuren Schicksal
Unterlag, wird ewig leben
In der Menschen Angedenken.«

»Berg des letzten Mohrenseufzers«
Heißt bis auf den heutgen Tag
Jene Höhe, wo der König
Sah zum letzten Mal Granada.

Lieblich hat die Zeit erfüllet
Seiner Liebsten Prophezeiung,
Und des Mohrenkönigs Name
Ward verherrlicht und gefeiert.

Nimmer wird sein Ruhm verhallen,
Ehe nicht die letzte Saite
Schnarrend losspringt von der letzten
Andalusischen Gitarre.

(Romanzero: Historien)

Das war ein Vorspiel nur, dort wo man Bücher
Verbrennt, verbrennt man auch am Ende Menschen.

(Almansor)

Von dem Verfasser weiß ich auch nur wenig, außer daß er ein armer deutscher Dichter war, und den größten Teil seines Lebens auf der Festung saß und die Freiheit liebte. Er ist nun tot und längst vermodert, aber sein Lied lebt noch; denn das Wort kann man nicht auf die Festung setzen und vermodern lassen.

(Vorrede zu »Salon I«)

Die deutschen Zensoren – – – – – – – – –
– – – – – – – – – – – – – – – – – –
– – – – – – – – – – – – – – – – – –
– – – – – – – – – – – – – – – – – –
– – – – – – – – – – – – – – – – – –
– – – – – – – – – – – – – – – – – –
– – – – – – – – – – Dummköpfe – – –
– – – – – – – – – – – – – – – – – –
– – – – – – – – – – – – – – – – – –
– – – – – – – – – – – – – – – – – –
– – – – – – – – – –

(Ideen. Das Buch Le Grand)

Ich denke der Legrand wird Dir gefallen haben. … Ich habe durch dieses Buch einen ungeheuren Anhang und Popularität in Deutschland gewonnen; wenn ich gesund werde kann ich jetzt viel tun; ich habe jetzt eine weitschallende Stimme. Du sollst sie noch oft hören, donnernd gegen Gedankenschergen und Unterdrücker heiligster Rechte. – Ich werde eine ganz extraordinäre Professur erlangen in der Universitas hoher Geister.

(Brief an Moses Moser, 9.6.1827)

Die örtlichen Schwierigkeiten … waren die Zensur; diejenige welche die Redaktion der Allg. Ztg. ausübte, war noch beengender als die Zensur der bayrischen Staatsbehörde. Ich mußte das Schiff meines Gedankens oft mit Flaggen bewimpeln, deren Embleme nicht eben der rechte Ausdruck meiner Gesinnung waren. Aber den publizistischen Freibeuter kümmerte es wenig, von welcher Farbe der Lappen war, der am Mastbaum seines Fahrzeugs hing und womit die Winde ihr luftiges Spiel trieben: ich dachte nur an die gute Ladung, die ich an Bord hatte und in den Hafen der öffentlichen Meinung hineinschmuggeln wollte. Dieses gelang mir oft, und man darf mich nicht an dem Mittel mäkeln, das ich zuweilen anwandte, um den frommen Zweck zu erreichen.

(Lutetia: Vorrede)

Goethe hat nie die Wahrheit verschwiegen, sondern, wo er sie nicht nackt zeigen durfte, hat er sie in Humor und Ironie gekleidet. Die Schriftsteller, die unter Zensur und Geisteszwang aller Art schmachten und doch nimmermehr ihre Herzensmeinung verleugnen können, sind ganz besonders auf die ironische und humoristische Form angewiesen. Es ist der einzige Ausweg, welcher der Ehrlichkeit noch übrig geblieben, und in der humoristisch ironischen Verstellung offenbart sich diese Ehrlichkeit noch am rührendsten.

(Die Romantische Schule)

»Schönes Nannerl, die Ironie is ka Bier, sondern eine Erfindung der Berliner, der klügsten Leute von der Welt, die sich sehr ärgerten, daß sie zu spät auf die Welt gekommen sind, um das Pulver erfinden zu können, und die deshalb eine Erfindung zu machen suchten, die eben so wichtig und eben denjenigen, die das Pulver nicht erfunden haben, sehr nützlich ist. Ehemals, liebes Kind, wenn jemand eine Dummheit beging, was war da zu tun? das Geschehene konnte nicht ungeschehen gemacht werden, und die Leute sagten: der Kerl war ein Rindvieh. Das war unangenehm. In Berlin, wo man am klügsten ist und die meisten Dummheiten begeht, fühlte man am tiefsten diese Unannehmlichkeit. Das Ministerium suchte dagegen ernsthafte Maßregeln zu ergreifen: bloß die größeren Dummheiten durften noch gedruckt werden, die kleineren erlaubte man nur in Gesprächen, solche Erlaubnis erstreckte sich nur auf Professoren und hohe Staatsbeamte, geringere Leute durften ihre Dummheiten bloß im Verborgenen laut werden lassen; – aber alle diese Vorkehrungen halfen nichts, die unterdrückten Dummheiten traten bei außerordentlichen Anlässen desto gewaltiger hervor, sie wurden sogar heimlich von oben herab protegiert, sie stiegen öffentlich von unten hinauf, die Not war groß, bis endlich ein rückwirkendes Mittel erfunden ward, wodurch man jede Dummheit gleichsam ungeschehen machen und sogar in Weisheit umgestalten kann. Dieses Mittel ist ganz einfach, und besteht darin, daß man erklärt, man habe jene Dummheit bloß aus Ironie begangen oder gesprochen. So, liebes Kind, avanciert alles in dieser Welt, die Dummheit wird Ironie, verfehlte Speichelleckerei wird Satire, natürliche Plumpheit wird kunstreiche Persiflage, wirklicher Wahnsinn wird Humor, Unwissenheit wird brillanter Witz, und Du wirst am Ende noch die Aspasia des neuen Athens.«

(Reise von München nach Genua)

Da man aber in der Prosa nicht ausreicht mit dem schönen Wetter, Frühlingssonne, Maienwonne, Gelbveiglein und Quetschenbäumen, so mußte ich auch für die neue Form einen neuen Stoff suchen; dadurch geriet ich auf die unglückliche Idee mich mit Ideen zu beschäftigen, und ich dachte nach über die innere Bedeutung der Erscheinungen, über die letzten Gründe der Dinge, über die Bestimmung des Menschengeschlechts, über die Mittel wie man die Leute besser und glücklicher machen kann, usw. Die Begeisterung, die ich von Natur für diese Stoffe empfand, erleichterte mir ihre Behandlung, und ich konnte bald in einer äußerst schönen, vortrefflichen Prosa meine Gedanken darstellen ... Aber ach! als ich es endlich im Schreiben so weit gebracht hatte, da ward mir das Schreiben selber verboten. Ihr kennt den Bundestagsbeschluß vom Dezember 1835, wodurch meine ganze Schriftstellerei mit dem Interdikte belegt ward. Ich weinte wie ein Kind! Ich hatte mir so viel Mühe gegeben mit der deutschen Sprache, mit dem Akkusativ und Dativ, ich wußte die Worte so schön an einander zu reihen, wie Perl an Perl, ich fand schon Vergnügen an dieser Beschäftigung, sie verkürzte mir die langen Winterabende des Exils, ja, wenn ich deutsch schrieb, so konnte ich mir einbilden, ich sei in der Heimat, bei der Mutter ... Und nun ward mir das Schreiben verboten!

(Über den Denunzianten)

Durch ein Dekret meiner heimischen Regierung wurden nicht bloß alle Schriften verboten, die ich bisher geschrieben, sondern auch die künftigen, alle Schriften, welche ich hinfüro schreiben würde; mein Gehirn wurde konfisziert, und meinem armen unschuldigen Magen sollten durch dieses Interdikt alle Lebensmittel abgeschnitten werden.

(Lutetia: Retrospektive Aufklärung)

Glücklich sind die, welche in den Kerkern der Heimat ruhig hinmodern ... denn diese Kerker sind eine Heimat mit eisernen Stangen, und deutsche Luft weht hindurch und der Schlüsselmeister, wenn er nicht ganz stumm ist, spricht er die deutsche Sprache! ... Es sind heute über sechs Monate, daß kein deutscher Laut an mein Ohr klang, und alles was ich dichte und trachte, kleidet sich mühsam in ausländische Redensarten ... Ihr habt vielleicht einen Begriff vom leiblichen Exil, jedoch vom geistigen Exil kann nur ein deutscher Dichter sich eine Vorstellung machen, der sich gezwungen sähe, den ganzen Tag französisch zu sprechen, zu schreiben, und sogar des Nachts, am Herzen der Geliebten französisch zu seufzen!

(Ludwig Börne. Eine Denkschrift)

Ich sehnte mich nach dem blauen Rauch,
Der aufsteigt aus deutschen Schornsteinen,
Nach niedersächsischen Nachtigalln,
Nach stillen Buchenhainen.

Ich sehnte mich nach den Plätzen sogar,
Nach jenen Leidensstationen,
Wo ich geschleppt das Jugendkreuz
Und meine Dornenkronen.

Ich wollte weinen, wo ich einst
Geweint die bittersten Tränen –
Ich glaube, Vaterlandsliebe nennt
Man dieses törigte Sehnen.

(Deutschland. Ein Wintermärchen)

Im traurigen Monat November wars,
Die Tage wurden trüber,
Der Wind riß von den Bäumen das Laub,
Da reist ich nach Deutschland hinüber.

Und als ich an die Grenze kam,
Da fühlt ich ein stärkeres Klopfen
In meiner Brust, ich glaube sogar
Die Augen begunnen zu tropfen.

Und als ich die deutsche Sprache vernahm,
Da ward mir seltsam zu Mute;
Ich meinte nicht anders, als ob das Herz
Recht angenehm verblute.

(Deutschland. Ein Wintermärchen)

Und allen Leuten drückte ich die Hand, und zog vor allen hübsch den Hut ab; und alle Menschen waren auch so höflich gegen mich. Nur ein deutscher Jüngling wurde grob, und schimpfte über mein Nachäffen des welschen Babeltums, und donnerte im urteutonischen Bierbaß: »Auf einer teutschen Mummerei soll der Teutsche teutsch sprechen!« O deutscher Jüngling, wie finde ich dich und deine Worte sündlich und läppisch in solchen Momenten, wo meine Seele die ganze Welt mit Liebe umfaßt, wo ich Russen und Türken jauchzend umarmen würde, und wo ich weinend hinsinken möchte an die Bruderbrust des gefesselten Afrikaners! Ich liebe Deutschland und die Deutschen; aber ich liebe nicht minder die Bewohner des übrigen Teils der Erde, deren Zahl vierzig mal größer ist, als die der Deutschen. Die Liebe gibt dem Menschen seinen Wert. Gott lob! ich bin also vierzig mal mehr wert als jene, die sich nicht aus dem Sumpfe der Nationalselbstsucht hervorwinden können, und die nur Deutschland und Deutsche lieben.

(Briefe aus Berlin)

Es ist eine eigene Sache mit dem Patriotismus, mit der wirklichen Vaterlandsliebe. Man kann sein Vaterland lieben, und achtzig Jahr dabei alt werden, und es nie gewußt haben; aber man muß dann auch zu Hause geblieben sein. Das Wesen des Frühlings erkennt man erst im Winter, und hinter dem Ofen dichtet man die besten Mailieder. Die Freiheitsliebe ist eine Kerkerblume und erst im Gefängnisse fühlt man den Wert der Freiheit. So beginnt die deutsche Vaterlandsliebe erst an der deutschen Grenze, vornehmlich aber beim Anblick deutschen Unglücks in der Fremde. In einem Buche, welches mir eben zur Hand liegt, und die Briefe einer verstorbenen Freundin enthält, erschütterte mich gestern die Stelle, wo sie in der Fremde den Eindruck beschreibt, den der Anblick ihrer Landsleute, im Krieg 1813, in ihr hervorbrachte. Ich will die lieben Worte hierhersetzen:
»Den ganzen Morgen hab ich häufige, bittere Tränen der Rührung und Kränkung geweint! O, ich habe es nie gewußt, daß ich mein Land so liebe! Wie Einer,

der durch Physik den Wert des Blutes etwa nicht kennt: wenn mans ihm abzieht, wird er doch hinstürzen.«
Das ist es. Deutschland, das sind wir selber.

(Vorrede zu »Salon I«)

Ich hatte einst ein schönes Vaterland.
Der Eichenbaum
Wuchs dort so hoch, die Veilchen nickten sanft.
Es war ein Traum.

Das küßte mich auf deutsch, und sprach auf deutsch
(Man glaubt es kaum
Wie gut es klang) das Wort: »ich liebe dich!«
Es war ein Traum.

(Neue Gedichte: Verschiedene. In der Fremde)

5.
Länder und Nationen, Europa, Kosmopolitismus

»Ach liebe Frau!« sagte ich ihr, »in unserem Lande ist es sehr frostig und feucht, unser Sommer ist nur ein grün angestrichener Winter, sogar die Sonne muß bei uns eine Jacke von Flanell tragen, wenn sie sich nicht erkälten will; bei diesem gelben Flanellsonnenschein können unsere Früchte nimmermehr gedeihen, sie sehen verdrießlich und grün aus, und unter uns gesagt, das einzige reife Obst, das wir haben, sind gebratene Äpfel.«

(Reise von München nach Genua)

Das ist schön bei uns Deutschen; keiner ist so verrückt, daß er nicht einen noch Verrückteren fände, der ihn versteht.

(Die Harzreise)

Der große Narr ist ein sehr großer Narr, riesengroß, und er nennt sich deutsches Volk.
O, das ist ein sehr großer Narr! Seine buntscheckige Jacke besteht aus sechsunddreißig Flicken. An seiner Kappe hängen, statt der Schellen, lauter zentnerschwere Kirchenglocken, und in der Hand trägt er eine ungeheure Pritsche von Eisen. Seine Brust aber ist voll Schmerzen. Nur will er an diese Schmerzen

nicht denken, und er reißt deshalb um so lustigere Possen, und er lacht manchmal um nicht zu weinen. Treten ihm seine Schmerzen allzubrennend in den Sinn, dann schüttelt er wie toll den Kopf, und betäubt sich selber mit dem christlich frommen Glockengeläute seiner Kappe. Kommt ein guter Freund zu ihm, der teilnehmend über seine Schmerzen mit ihm reden will, oder gar ihm ein Hausmittelchen dagegen anrät: dann wird er rein wütend und schlägt nach ihm mit der eisernen Pritsche. Er ist überhaupt wütend gegen jeden, der es gut mit ihm meint. Er ist der schlimmste Feind seiner Freunde und der beste Freund seiner Feinde.

(Französische Zustände: Vorrede)

Andere Völker mögen gewandter sein, und witziger und ergötzlicher, aber keines ist so treu, wie das treue deutsche Volk. Wüßte ich nicht, daß die Treue so alt ist, wie die Welt, so würde ich glauben, ein deutsches Herz habe sie erfunden. Deutsche Treue! sie ist keine moderne Adressenfloskel. An Euren Höfen, Ihr deutschen Fürsten, sollte man singen und wieder singen das Lied von dem getreuen Eckart und dem bösen Burgund, der ihm die lieben Kinder töten lassen, und ihn alsdann doch noch immer treu befunden hat. Ihr habt das treueste Volk, und Ihr irrt, wenn Ihr glaubt, der alte, verständige, treue Hund sei plötzlich toll geworden, und schnappe nach Euren geheiligten Waden.

(Die Harzreise)

Zur Beruhigung

Wir schlafen ganz, wie Brutus schlief –
Doch jener erwachte und bohrte tief
In Cäsars Brust das kalte Messer!
Die Römer waren Tyrannenfresser.

Wir sind keine Römer, wir rauchen Tabak.
Ein jedes Volk hat seinen Geschmack,
Ein jedes Volk hat seine Größe;
In Schwaben kocht man die besten Klöße.

Wir sind Germanen, gemütlich und brav,
Wir schlafen gesunden Pflanzenschlaf,
Und wenn wir erwachen, pflegt uns zu dürsten,
Doch nicht nach dem Blute unserer Fürsten.

Wir sind so treu wie Eichenholz,
Auch Lindenholz, drauf sind wir stolz;
Im Land der Eichen und der Linden
Wird niemals sich ein Brutus finden.

Und wenn auch ein Brutus unter uns wär,
Den Cäsar fänd er nimmermehr,
Vergeblich würd er den Cäsar suchen;
Wir haben gute Pfefferkuchen.

Wir haben sechsunddreißig Herrn
(Ist nicht zu viel!), und einen Stern
Trägt jeder schützend auf seinem Herzen,
Und er braucht nicht zu fürchten die Iden des Märzen.

Wir nennen sie Väter, und Vaterland
Benennen wir dasjenige Land,
Das erbeigentümlich gehört den Fürsten;
Wir lieben auch Sauerkraut mit Würsten.

Wenn unser Vater spazieren geht,
Ziehn wir den Hut mit Pietät;
Deutschland, die fromme Kinderstube,
Ist keine römische Mördergrube.

(Neue Gedichte: Zeitgedichte)

Was die Deutschen betrifft, so bedürfen sie weder der Freiheit noch der Gleichheit. Sie sind ein spekulatives Volk, Ideologen, Vor- und Nachdenker, Träumer, die nur in der Vergangenheit und in der Zukunft leben, und keine Gegenwart haben. Engländer und Franzosen haben eine Gegenwart, bei ihnen hat jeder Tag seinen Kampf und Gegenkampf und seine Geschichte. Der Deutsche hat nichts, wofür er kämpfen sollte, und da er zu mutmaßen begann, daß es doch Dinge geben könne, deren Besitz wünschenswert wäre, so haben wohlweise seine Philosophen ihn gelehrt, an der Existenz solcher Dinge zu zweifeln.

(Englische Fragmente)

Sonderbar! Wir Deutschen sind das stärkste und das klügste Volk. Unsere Fürstengeschlechter sitzen auf allen Thronen Europas, unsere Rothschilde beherrschen alle Börsen der Welt, unsere Gelehrten regieren in allen Wissenschaften, wir haben das Pulver erfunden und die Buchdruckerei; – und dennoch, wer bei uns eine Pistole losschießt bezahlt drei Taler Strafe, und wenn wir in den »Hamburger Correspondent« setzen wollen: »meine liebe Gattin ist in Wochen gekommen, mit einem Töchterlein, schön wie die Freiheit!« dann greift der Herr Doktor Hoffmann zu seinem Rotstift und streicht uns »die Freiheit«.

(Zur Geschichte der Religion und Philosophie in Deutschland)

Ich glaube nicht so bald an eine deutsche Revolution, und noch viel weniger an eine deutsche Republik; letztere erlebe ich auf keinen Fall; aber ich bin überzeugt, wenn wir längst ruhig in unseren Gräbern vermodert sind, kämpft man in Deutschland mit Wort und Schwert für die Republik. Denn die Republik ist eine Idee, und noch nie haben die Deutschen eine Idee aufgegeben, ohne sie bis in allen ihren Konsequenzen durchgefochten zu haben. Wir Deutschen, die wir in unserer Kunstzeit die kleinste ästhetische Streitfrage, z. B. über das Sonett, gründlichst ausgestritten, wir sollten jetzt, wo unsere politische Periode beginnt, jene wichtigere Frage unerörtert lassen?

(Französische Zustände)

Der gallische Hahn hat jetzt zum zweitenmale gekräht, und auch in Deutschland wird es Tag. In entlegene Klöster, Schlösser, Hansestädte und dergleichen letzte Schlupfwinkel des Mittelalters flüchten sich die unheimlichen Schatten und Gespenster, die Sonnenstrahlen blitzen, wir reiben uns die Augen, das holde Licht dringt uns ins Herz, das wache Leben umrauscht uns, wir sind erstaunt, wir befragen einander: – was taten wir in der vergangenen Nacht?
Nun ja, wir träumten, in unserer deutschen Weise, d.h. wir philosophierten. Zwar nicht über die Dinge, die uns zunächst betrafen, oder zunächst passierten, sondern wir philosophierten über die Realität der Dinge an und für sich, über die letzten Gründe der Dinge, und ähnliche metaphysische und transzendentale Träume, wobei uns der Mordspektakel der westlichen Nachbarschaft zuweilen recht störsam wurde, ja sogar recht verdrießlich, da nicht selten die französischen Flintenkugeln in unsere philosophische Systeme hineinpfiffen, und ganze Fetzen davon fortfegten.

(Einleitung zu »Kahldorf über den Adel«)

Wir Deutschen sind das geduldigste und gelehrigste Volk ... Wir sind ein denkendes Volk und weil wir so viel Gedanken hatten, daß wir sie nicht alle aufschreiben konnten, haben wir die Buchdruckerei erfunden, und weil wir manchmal vor lauter Denken und Bücherschreiben oft das liebe Brot nicht hatten, erfanden wir die Kartoffel.

(Ludwig Börne. Eine Denkschrift)

Wir Deutsche haben für das Komische vielleicht mehr Sinn und Empfänglichkeit als die Franzosen, wir, das Volk des Humors. Dabei findet man in Deutschland für die Lachlust ergiebigere Stoffe, mehr wahrhaft lächerliche Charaktere, als in Frankreich, wo die Persiflage der Gesellschaft jede außerordentliche Lächerlichkeit im Keime erstickt, wo kein Originalnarr sich ungehindert entwickeln und ausbilden kann. Mit Stolz darf ein Deutscher behaupten, daß nur auf deutschem Boden die Narren zu jener titanenhaften Höhe emporblühen können, wovon ein verflachter, frühunterdrückter französischer Narr keine Ahnung hat. Nur Deutschland erzeugt jene kolossalen Toren, deren Schellenkappe bis in den Himmel reicht und mit ihrem Geklingel die Sterne ergötzt! Laßt uns nicht die Verdienste der Landsleute verkennen und ausländischer Narrheit huldigen; laßt uns nicht ungerecht sein gegen das eigne Vaterland!

(Über die französische Bühne)

Deutsche – werden nicht besser im Ausland, wie das exportierte Bier –

(Aufzeichnungen)

Die Ehe, welche ich mit unserer lieben Frau Germania, der blonden Bärenhäuterin, geführt, war nie eine glückliche gewesen. Ich erinnere mich wohl noch einiger schönen Mondscheinnächte, wo sie mich zärtlich preßte an ihren großen Busen mit den tugendhaften Zitzen – doch diese sentimentalen Nächte lassen sich zählen, und gegen Morgen trat immer eine verdrießlich gähnende Kühle ein, und begann das Keifen ohne Ende. Auch lebten wir zuletzt getrennt von Tisch und Bett. Aber bis zu einer eigentlichen Scheidung sollte es nicht kommen. Ich habe es nie übers Herz bringen können, mich ganz loszusagen von meinem Hauskreuz. Jede Abtrünnigkeit ist mir verhaßt, und ich hätte mich von keiner deutschen Katze lossagen mögen, nicht von einem deutschen Hund, wie unausstehlich mir auch seine Flöhe und Treue. Das kleinste Ferkelchen meiner Heimat kann sich in dieser Beziehung nicht über mich beklagen.

(Lutetia 2. Teil)

Man schläft sehr gut und träumt auch gut
In unseren Federbetten.
Hier fühlt die deutsche Seele sich frei
Von allen Erdenketten.

Sie fühlt sich frei und schwingt sich empor
Zu den höchsten Himmelsräumen.
O deutsche Seele, wie stolz ist dein Flug
In deinen nächtlichen Träumen!

Die Götter erbleichen, wenn du nahst!
Du hast auf deinen Wegen
Gar manches Sternlein ausgeputzt
Mit deinen Flügelschlägen!

Franzosen und Russen gehört das Land,
Das Meer gehört den Briten,
Wir aber besitzen im Luftreich des Traums
Die Herrschaft unbestritten.

Hier üben wir die Hegemonie,
Hier sind wir unzerstückelt;
Die andern Völker haben sich
Auf platter Erde entwickelt. – –

(Deutschland. Ein Wintermärchen)

Leb wohl, auch Du, deutsche Heimat, Land der Rätsel und der Schmerzen; werde hell und glücklich. Lebt wohl, Ihr geistreichen, guten Franzosen, die ich so sehr geliebt habe! Ich danke euch für Eure heitere Gastfreundschaft.

(Testament)

Laßt uns die Franzosen preisen! sie sorgten für die zwei größten Bedürfnisse der menschlichen Gesellschaft, für gutes Essen und bürgerliche Gleichheit; in der Kochkunst und in der Freiheit haben sie die größten Fortschritte gemacht, und wenn wir einst alle, als gleiche Gäste, das große Versöhnungsmahl halten, und guter Dinge sind, – denn was gäbe es Besseres als eine Gesellschaft von Pairs an einem gutbesetzten Tische? – dann wollen wir den Franzosen den ersten Toast darbringen. Es wird freilich noch einige Zeit dauern, bis dieses Fest gefeiert werden kann, bis die Emanzipation durchgesetzt sein wird; aber sie wird doch endlich kommen, diese Zeit, wir werden, versöhnt und allgleich, um denselben Tisch sitzen; wir sind dann vereinigt, und kämpfen vereinigt gegen andere Weltübel, vielleicht am Ende gar gegen den Tod – dessen ernstes Gleichheitssystem uns wenigstens nicht so sehr beleidigt, wie die lachende Ungleichheitslehre des Aristokratismus.

(Reise von München nach Genua)

Mein Enthusiasmus für Frankreich war nie feuriger als jetzt. Wie ich die Freiheit liebe, liebe ich Frankreich, den lohen Herd der Freiheit, und liebe ich dessen Flammenwächter die Franzosen.

(Pariser Vorreden zu den Reisebildern)

Wahrlich, Ihr verdient es frei zu sein, Ihr Franzosen, denn Ihr tragt die Freiheit im Herzen.

(Ludwig Börne. Eine Denkschrift)

Die Unterstützung, welche ich von dem Ministerium Guizot empfing, war kein Tribut; sie war eben nur eine Unterstützung, sie war – ich nenne die Sache bei ihrem Namen – das große Almosen, welches das französische Volk an so viele Tausende von Fremden spendete, die sich durch ihren Eifer für die Sache der Revolution in ihrer Heimat mehr oder weniger glorreich kompromittiert hatten und an dem gastlichen Herde Frankreichs eine Freistätte suchten.

(Schriftstellernöte: Erklärung)

Die französische Sprache, und also auch die französische Deklamation, ist, wie das Volk selber, nur dem Tage, der Gegenwart, angewiesen, das dämmernde Reich der Erinnerung und der Ahnung ist ihr verschlossen: sie gedeiht im Lichte der Sonne, und von dieser stammt ihre schöne Klarheit und Wärme; fremd und unwirtlich ist ihr die Nacht mit dem blassen Mondschein, den mystischen Sternen, den süßen Träumen und schauerlichen Gespenstern.

(Über die französische Bühne)

Die Franzosen behalten immer den Leichtsinn der Jugend, und soviel sie auch gestern getan und gelitten, sie denken heute nicht mehr daran, die Vergangenheit erlöscht in ihrem Gedächtnis, und der neue Morgen treibt sie zu neuem Tun und neuen Leiden. Sie wollen nicht alt werden und sie glauben sich vielleicht die Jugend selbst zu erhalten, wenn sie nicht ablassen von jugendlicher Betörung, jugendlicher Sorglosigkeit und jugendlicher Großmut! Ja Großmut, eine fast kindische Güte im Verzeihen, bildet einen Grundzug des Charakters der Franzosen.

(Lutetia 2. Teil)

Jedes Volk hat seinen Nationalfehler, und wir Deutschen haben den unsrigen, nämlich jene berühmte Langsamkeit, wir wissen es sehr gut, wir haben Blei in den Stiefeln, sogar in den Pantoffeln. Aber was nützt den Franzosen alle Geschwindigkeit, all ihr flinkes anstelliges Wesen, wenn sie ebenso schnell vergessen, was sie getan? Sie haben kein Gedächtnis, und das ist ihr größtes Unglück. Die Frucht jeder Tat und jeder Untat geht hier verloren durch Vergeßlichkeit. Jeden Tag müssen sie den Kreislauf ihrer Geschichte wieder durchlaufen, ihr Leben wieder von vorne anfangen, ihre Kämpfe aufs neue durchkämpfen und morgen hat der Sieger vergessen, daß er gesiegt hatte, und der Überwundene hat ebenso leichtsinnig seine Niederlage und ihre heilsamen Lehren vergessen. Wer hat im Julius 1830 die große Schlacht gewonnen? Wer hat sie verloren?

(Lutetia 2. Teil)

Der öftere Regierungswechsel in Frankreich ist nicht bloß eine Nachwirkung der Revolution, sondern auch ein Ergebnis des Nationalcharakters der Franzosen, denen das Handeln, die Tätigkeit, die Bewegung, ein ebenso großes Bedürfnis ist, wie uns Deutschen das Tabaksrauchen, das stille Denken und die Gemütsruhe.

(Lutetia 2. Teil)

Überhaupt haben die Engländer, wo es Handeln gilt, den Vorteil, daß sie, als freie Menschen immer befugt sich frei auszusprechen, über jede Frage ein Urteil in Bereitschaft haben. Sie urteilen gleichsam mehr, als sie denken. Wir Deutsche hingegen, wir denken immer, vor lauter Denken kommen wir zu keinem Urteil; auch ist es nicht immer ratsam, sich auszusprechen; den einen hält die Furcht vor dem Mißfallen des Herrn Polizeidirektors, den andern die Bescheidenheit oder gar die Blödigkeit davor zurück, ein Urteil zu fällen; viele deutsche Denker sind ins Grab gestiegen, ohne über irgend eine große Frage ein eigenes Urteil ausgesprochen zu haben. Die Engländer sind hingegen bestimmt, praktisch, alles Geistige verfestet sich bei ihnen, so daß ihre Gedanken, ihr Leben und sie selbst eine einzige Tatsache werden, deren Rechte unabweisbar. Ja, sie sind »brutal wie eine Tatsache« und widerstehen materiell.

(Französische Zustände)

Das Bestimmte, das Genaue, das Ausgemessene und die Pünktlichkeit im Leben der Engländer beängstigte mich nicht minder; denn gleichwie die Maschinen in England uns wie Menschen vorkommen, so erscheinen uns dort die Menschen wie Maschinen. Ja, Holz, Eisen und Messing scheinen dort den Geist des Menschen usurpiert zu haben und vor Geistesfülle fast wahnsinnig geworden zu sein, während der entgeistete Mensch, als ein hohles Gespenst, ganz maschinenmäßig seine Gewohnheitsgeschäfte verrichtet, zur bestimmten Minute Beefsteake frißt, Parlamentsreden hält, seine Nägel bürstet, in die Stage-Coach steigt oder sich aufhängt.

(Florentinische Nächte)

Es sind wunderliche Käuze, diese Engländer. Ich kann sie nicht leiden. Sie sind erstens langweilig, und dann sind sie ungesellig, eigensüchtig, sie quäken wie die Frösche, sie sind geborne Feinde aller guten Musik, sie gehen in die Kirche mit vergoldeten Gebetbüchern, und sie verachten uns Deutsche, weil wir Sauerkraut essen.

(Französische Zustände)

Die gütige Natur enterbt nie gänzlich ihre Geschöpfe, und indem sie den Engländern alles was schön und lieblich ist versagte, und ihnen weder Stimme zum Gesang, noch Sinne zum Genuß verliehen, und sie vielleicht nur mit ledernen Porterschläuchen, statt mit menschlichen Seelen begabt hat, erteilte sie ihnen zum Ersatz ein groß Stück bürgerlicher Freiheit, das Talent, sich häuslich bequem einzurichten, und den William Shakespeare.

(Shakespeares Mädchen und Frauen)

Engländer … haben keine Phantasie; das ist das ganze Geheimnis. Ihre Dichter sind nur glänzende Ausnahmen; deshalb geraten sie auch in Opposition mit ihrem Volke, dem kurznasigen, halbstirnigen und hinterkopflosen Volke, dem auserwählten Volke der Prosa, das in Indien und Italien ebenso prosaisch, kühl und berechnend bleibt, wie in Threadneedlestreet. Der Duft der Lotusblume berauscht sie ebensowenig, wie die Flamme des Vesuvs sie erwärmt. Bis an den Rand des letztern schleppen sie ihre Teekessel, und trinken dort Tee gewürzt mit cant!

(Lutetia 1. Teil)

Sie irren sich nicht, Maria, ich gehe wirklich in die Oper, um die Gesichter der schönen Italienerinnen zu betrachten. Freilich, sie sind schon außerhalb dem Theater schön genug, und ein Geschichtsforscher konnte an der Idealität ihrer Züge sehr leicht den Einfluß der bildenden Künste auf die Leiblichkeit des italienischen Volkes nachweisen. Die Natur hat hier den Künstlern das Kapital zurückgenommen, das sie ihnen einst geliehen, und siehe! es hat sich aufs entzückendste verzinst. Die Natur welche einst den Künstlern ihre Modelle lieferte, sie kopiert heute ihrer Seits die Meisterwerke die dadurch entstanden. Der Sinn für das Schöne hat das ganze Volk durchdrungen, und wie einst das Fleisch auf den Geist, so wirkt jetzt der Geist auf das Fleisch. Und nicht fruchtlos ist die Andacht vor jenen schönen Madonnen, den lieblichen Altarbildern, die sich dem Gemüte des Bräutigams einprägen, während die Braut einen schönen Heiligen im brünstigen Sinne trägt. Durch solche Wahlverwandtschaft ist hier ein Menschengeschlecht entstanden, das noch schöner ist als der holde Boden, worauf es blüht, und der sonnige Himmel, der es, wie ein goldner Rahmen, umstrahlt. Die Männer interessieren mich nie viel, wenn sie nicht entweder gemalt oder gemeißelt sind, und Ihnen, Maria, überlasse ich allen möglichen Enthusiasmus in Betreff jener schönen, geschmeidigen Italiener, die so wildschwarze Backenbärte und so kühn edle Nasen und so sanft kluge Augen haben. Man sagt die Lombarden seien die schönsten Männer. Ich habe nie darüber Untersuchungen angestellt, nur über die Lombardinnen habe ich ernsthaft nachgedacht, und diese, das habe ich wohl gemerkt, sind wirklich so schön wie der Ruhm meldet.

(Florentinische Nächte)

Dem armen geknechteten Italien ist ja das Sprechen verboten, und es darf nur durch Musik die Gefühle seines Herzens kund geben. All sein Groll gegen fremde Herrschaft, seine Begeisterung für die Freiheit, sein Wahnsinn über das Gefühl der Ohnmacht, seine Wehmut bei der Erinnerung an vergangene Herrlichkeit, dabei sein leises Hoffen, sein Lauschen, sein Lechzen nach Hülfe, alles dieses verkappt sich in jene Melodieen, die von grotesker Lebenstrunkenheit zu elegischer Weichheit herabgleiten, und in jene Pantomimen, die von schmeichelnden Karessen zu drohendem Ingrimm überschnappen.

Das ist der esoterische Sinn der Opera Buffa. Die exoterische Schildwache, in deren Gegenwart sie gesungen und dargestellt wird, ahnt nimmermehr die Bedeutung dieser heiteren Liebesgeschichten, Liebesnöten und Liebesneckereien, worunter der Italiener seine tödlichsten Befreiungsgedanken verbirgt, wie Harmodius und Aristogiton ihren Dolch verbargen in einem Kranze von Myrten. Das ist halb närrisches Zeug, sagt die exoterische Schildwache, und es ist gut, daß sie nichts merkt.

(Reise von München nach Genua)

Aber immer liegt mir Spanien im Sinne und es zieht mich unwiderstehlich nach Madrid. Ich will mal den Donquixote in der Mancha lesen; auch hoffe ich mich im Assonanzenbau dort sehr zu vervollkommnen.

(Brief an August Lewald, 21. 11. 1836)

Polen liegt zwischen Rußland und – Frankreich. Das noch vor Frankreich liegende Deutschland will ich nicht rechnen, da ein großer Teil der Polen es ungerechterweise wie einen breiten Sumpf ansah, den man schnell überspringen müsse, um nach dem gebenedeiten Lande zu gelangen, wo die Sitten und die Pomaden am feinsten fabriziert werden. Den heterogensten Einflüssen war Polen dadurch ausgesetzt. Eindringende Barbarei von Osten, durch die feindlichen Berührungen mit Rußland; eindringende Überkultur von Westen, durch die freundschaftlichen Berührungen mit Frankreich: daher jene seltsamen Mischungen von Kultur und Barbarei im Charakter und im häuslichen Leben der Polen. Ich sage just nicht, daß alle Barbarei von Osten eingedrungen, ein sehr beträchtlicher Teil mag im Lande selbst vorrätig gewesen sein; aber in der neuern Zeit war dieses Eindrängen sehr sichtbar.

(Über Polen)

Leugnen läßt es sich indessen nicht, daß der polnische Bauer oft mehr Verstand und Gefühl hat, als der deutsche Bauer in manchen Ländern. Nicht selten fand ich bei dem geringsten Polen jenen originellen Witz (nicht Gemütswitz, Humor), der bei jedem Anlaß mit wunderlichem Farbenspiel hervor sprudelt, und jenen schwärmerisch-sentimentalen Zug, jenes brillante Aufleuchten eines ossianschen Naturgefühls, dessen plötzliches Hervorbrechen bei leidenschaftlichen Anlässen eben so unwillkürlich ist, wie das Insgesichtsteigen des Blutes.

(Über Polen)

Eben so gut wie die Helden deutscher Zunge, haben auch die Polen manche bittere, aber nützliche Erfahrung gemacht, und viele von ihnen konnten die schreckliche Muße des Exils zum Studium der Zivilisation benutzen. Das Unglück hat sie ernsthaft geschult und sie haben etwas Tüchtiges lernen können. Wenn sie einst in ihr Vaterland zurückkehren, werden sie dort die heilsamste Saat ausstreuen, und wo nicht ihre Heimat, doch gewiß die Welt wird die Früchte dieser Aussaat ernten. …

Nein, Polen ist noch nicht verloren … Mit seiner politischen Existenz ist sein wirkliches Leben noch nicht abgeschlossen. Wie einst Israel nach dem Falle Jerusalems, so vielleicht nach dem Falle Warschaus erhebt Polen sich zu den höchsten Bestimmungen. Es sind diesem Volke vielleicht noch Taten vorbehalten, die der Genius der Menschheit höher schätzt, als die gewonnenen Schlachten und das rittertümliche Schwertergeklirre nebst Pferdegetrampel seiner nationalen Vergangenheit! Und auch ohne solche nachblühende Bedeutung wird Polen nie ganz verloren sein ... Es wird ewig leben auf den rühmlichsten Blättern der Geschichte!!!

(Ludwig Börne)

Aber alle Völker Europas und der ganzen Erde werden diesen Todeskampf überstehen müssen, damit aus dem Tode das Leben, aus der heidnischen Nationalität die christliche Fraternität hervorgehe. Ich meine hier nicht alles Aufgeben schöner Besonderheiten, worin sich die Liebe am liebsten abspiegelt, sondern jene von uns Deutschen am meisten erstrebte und von unsern edelsten Volkssprechern, Lessing, Herder, Schiller usw. am schönsten ausgesprochene allgemeine Menschenverbrüderung, das Urchristentum.

(Über Polen)

Der Patriotismus des Franzosen besteht darin daß sein Herz erwärmt wird, durch diese Wärme sich ausdehnt, sich erweitert, daß es nicht mehr bloß die nächsten Angehörigen, sondern ganz Frankreich, das ganze Land der Zivilisation, mit seiner Liebe umfaßt; der Patriotismus des Deutschen hingegen besteht darin daß sein Herz enger wird, daß es sich zusammenzieht wie Leder in der Kälte, daß er das Fremdländische haßt, daß er nicht mehr Weltbürger, nicht mehr Europäer, sondern nur ein enger Deutscher sein will. Da sahen wir nun das idealische Flegeltum, das Herr Jahn in System gebracht; es begann die schäbige, plumpe, ungewaschene Opposition gegen eine Gesinnung die eben das Herrlichste und Heiligste ist was Deutschland hervorgebracht hat, nämlich gegen jene Humanität, gegen jene allgemeine Menschen-Verbrüderung, gegen jenen Kosmopolitismus, dem unsere großen Geister, Lessing, Herder, Schiller, Goethe, Jean Paul, dem alle Gebildeten in Deutschland immer gehuldigt haben.

(Die romantische Schule)

Ich werde in jenem Journale alles Mögliche tun, um den Franzosen das geistige Leben der Deutschen bekannt zu machen; dieses ist meine jetzige Lebensaufgabe, und ich habe vielleicht überhaupt die pazifische Mission, die Völker einander näher zu bringen. Das aber fürchten die Aristokraten am meisten; mit der Zerstörung der nationalen Vorurteile, mit dem Vernichten der patriotischen Engsinnigkeit schwindet ihr bestes Hilfsmittel der Unterdrückung. Ich bin daher der inkarnierte Kosmopolitismus, ich weiß, daß dieses am Ende die allgemeine Gesinnung wird in Europa, und ich bin daher überzeugt, daß ich mehr Zukunft habe, als unsere deutschen Volkstümler, diese sterblichen Menschen, die nur der Vergangenheit angehören.

(Brief an einen Freund in Hamburg, Anfang April 1833)

Täglich verschwinden mehr und mehr die törigten Nationalvorurteile, alle schroffen Besonderheiten gehen unter in der Allgemeinheit der europäischen Zivilisation, es gibt jetzt in Europa keine Nationen mehr, sondern nur Parteien, und es ist ein wundersamer Anblick, wie diese trotz der mannigfaltigsten Farben sich sehr gut erkennen, und trotz der vielen Sprachverschiedenheiten sich sehr gut verstehen.

(Reise von München nach Genua)

Die Grundlage der menschlichen Gesellschaft wird einst eine bessere sein, und alle großen Herzen Europas sind schmerzhaft beschäftigt, diese neue bessere Basis zu entdecken.

(Die Romantische Schule)

Ein neues Lied, ein besseres Lied,
Es klingt wie Flöten und Geigen!
Das Miserere ist vorbei,
Die Sterbeglocken schweigen.

Die Jungfer Europa ist verlobt
Mit dem schönen Geniusse
Der Freiheit, sie liegen einander im Arm,
Und schwelgen im ersten Kusse.

Und fehlt der Pfaffensegen dabei,
Die Ehe wird gültig nicht minder –
Es lebe Bräutigam und Braut,
Und ihre zukünftigen Kinder!

Ein Hochzeitkarmen ist mein Lied,
Das bessere, das neue!
In meiner Seele gehen auf
Die Sterne der höchsten Weihe –

(Deutschland. Ein Wintermärchen)

In diesem Augenblick freilich sind die meisten Völker noch darauf hingewiesen ihr Nationalgefühl auszubilden oder vielmehr auszubeuten, um zur innern Einheit, zur Zentralisation ihrer Kräfte zu gelangen und somit auch nach außen den bedrohlichen Nachbarn gegenüber zu erstarken. Aber das Nationalgefühl ist nur Mittel zum Zweck, es wird wieder erlöschen, sobald dieser erreicht ist, und es hat keine so große Zukunft wie jenes Bewußtsein des Weltbürgertums, das von den edelsten Geistern des 18. Jahrhunderts proklamiert worden und früh oder spät, aber auf immer, auf ewig zur Herrschaft gelangen muß. Wie tief dieser Kosmopolitismus in den Herzen der Franzosen wurzelt, das beurkundete sich recht sichtbar bei Gelegenheit des Hamburger Brandes. Die Partei der Menschheit hat da einen großen Triumph gefeiert. Es übersteigt alle Begriffe, wie gewaltig das Mitgefühl hier alle Volksklassen erfaßte, als sie von dem Unglück hörten, das jene ferne deutsche Stadt betroffen, deren geographische Lage vielleicht den wenigsten bekannt war. Ja, bei solchen Anlässen zeigt es sich, daß die Völker dieser Erde inniger verbunden sind, als man da und dort ahnen oder wünschen mag, und daß bei aller Verschiedenheit der Interessen dennoch eine glühende Bruderliebe in Europa auflodern kann, wenn die rechte Stunde kommt.

(Korrespondenzartikel)

Dieses ist Amerika!
Dieses ist die neue Welt!
Nicht die heutige, die schon
Europäisieret abwelkt. –

Dieses ist die neue Welt!
Wie sie Christoval Kolumbus
Aus dem Ozean hervorzog.
Glänzet noch in Flutenfrische,

Träufelt noch von Wasserperlen,
Die zerstieben, farbensprühend,
Wenn sie küßt das Licht der Sonne.
Wie gesund ist diese Welt!

Ist kein Kirchhof der Romantik,
Ist kein alter Scherbenberg
Von verschimmelten Symbolen
Und versteinerten Perucken.

Aus gesundem Boden sprossen
Auch gesunde Bäume – keiner
Ist blasiert und keiner hat
In dem Rückgratmark die Schwindsucht.
...

(Romanzero: Historien)

Oder soll ich nach Amerika, nach diesem ungeheuren Freiheitsgefängnis, wo die unsichtbaren Ketten mich noch schmerzlicher drücken würden, als zu Hause die sichtbaren, und wo der widerwärtigste aller Tyrannen, der Pöbel, seine rohe Herrschaft ausübt! Du weißt, wie ich über dieses gottverfluchte Land denke, das ich einst liebte, als ich es nicht kannte ... Und doch muß ich es öffentlich loben und preisen, aus Metierpflicht ... Ihr lieben deutschen Bauern! geht nach Amerika! dort gibt es weder Fürsten noch Adel, alle Menschen sind dort gleich, gleiche Flegel ... mit Ausnahme freilich einiger Millionen, die eine schwarze oder braune Haut haben und wie die Hunde behandelt werden!

(Ludwig Börne. Eine Denkschrift)

Die Worte Napoleons auf Sankt Helena, daß in baldiger Zukunft die Welt eine amerikanische Republik oder eine russische Universalmonarchie sein werde, sind eine sehr entmutigende Prophezeiung. Welche Aussicht! Günstigenfalls als Republikaner vor monotoner Langeweile sterben! Arme Enkel!

(Lutetia 1. Teil)

6.
Geschichtliche Ereignisse, Historische Gestalten

Warum ich eigentlich erschuf
Die Welt, ich will es gern bekennen:
Ich fühlte in der Seele brennen,
Wie Flammenwahnsinn, den Beruf.

Krankheit ist wohl der letzte Grund
Des ganzen Schöpferdrangs gewesen;
Erschaffend konnte ich genesen,
Erschaffend wurde ich gesund.

(Neue Gedichte: Verschiedene. Schöpfungslieder)

Jede Zeit hat ihre Aufgabe und durch die Lösung derselben rückt die Menschheit weiter.

(Reise von München nach Genua)

Aber ach! jeder Zoll, den die Menschheit weiter rückt, kostet Ströme Blutes; und ist das nicht etwas zu teuer? Ist das Leben des Individuums nicht vielleicht eben so viel wert wie das des ganzen Geschlechtes? Denn jeder einzelne Mensch ist schon eine Welt, die mit ihm geboren wird und mit ihm stirbt, unter jedem Grabstein liegt eine Weltgeschichte – Still davon, so würden die Toten sprechen, die hier gefallen sind, wir aber leben und wollen weiter kämpfen im heiligen Befreiungskriege der Menschheit.

(Reise von München nach Genua)

Nicht den Werkstätten der Parteien will ich ihren banalen Maßstab entborgen, um Menschen und Dinge damit zu messen, noch viel weniger will ich Wert und Größe derselben nach träumenden Privatgefühlen bestimmen, sondern ich will so viel als möglich parteilos das Verständnis der Gegenwart befördern, und den Schlüssel der lärmenden Tagesrätsel zunächst in der Vergangenheit suchen. Die Salons lügen, die Gräber sind wahr. Aber ach! die Toten, die kalten Sprecher der Geschichte, reden vergebens zur tobenden Menge, die nur die Sprache der Leidenschaft versteht.

(Französische Zustände)

Was ist Traum? Was ist Tod? Ist dieser nur eine Unterbrechung des Lebens? oder gänzliches Aufhören desselben? Ja, für Leute, die nur Vergangenheit und Zukunft kennen und nicht in jedem Momente der Gegenwart eine Ewigkeit leben können, ja für solche muß der Tod schrecklich sein! Wenn ihnen die beiden Krücken, Raum und Zeit, entfallen, dann sinken sie ins ewige Nichts.

Und der Traum? Warum fürchten wir uns vor dem Schlafengehn nicht weit mehr als vor dem Begrabenwerden? Ist es nicht furchtbar, daß der Leib eine ganze Nacht leichentot sein kann, während der Geist in uns das bewegteste Leben führt, ein Leben mit allen Schrecknissen jener Scheidung, die wir eben zwischen Leib und Geist gestiftet? Wenn einst, in der Zukunft, beide wieder in unserem Bewußtsein vereinigt sind, dann gibt es vielleicht keine Träume mehr, oder nur kranke Menschen, Menschen deren Harmonie gestört, werden träumen. Nur leise und wenig träumten die Alten; ein starker, gewaltiger Traum war bei ihnen wie ein Ereignis und wurde in die Geschichtsbücher eingetragen. Das rechte Träumen beginnt erst bei den Juden, dem Volke des Geistes, und erreichte seine höchste Blüte bei den Christen, dem Geistervolk. Unsere Nachkommen werden schaudern, wenn sie einst lesen, welch ein gespenstisches Dasein wir geführt, wie der Mensch in uns gespalten war und nur die eine Hälfte ein eigentliches Leben geführt. Unsere Zeit – und sie beginnt am Kreuze Christi – wird als eine große Krankheitsperiode der Menschheit betrachtet werden. Und doch, welche süße Träume haben wir träumen können! Unsere gesunden Nachkommen werden es kaum begreifen. Um uns her verschwanden alle Herrlichkeiten der Welt, und wir fanden sie wieder in unserer inneren Seele – in unsere Seele flüchtete sich der Duft der zertretenen Rosen und der lieblichste Gesang der verscheuchten Nachtigallen –

(Aus den Memoiren des Herren von Schnabelewopski)

Lieber Leser! wir wollen uns hier ein für allemal verständigen. Ich preise nie die Tat, sondern nur den menschlichen Geist, die Tat ist nur dessen Gewand, und die Geschichte ist nichts anders als die alte Garderobe des menschlichen Geistes.

(Reise von München nach Genua)

Jahre kommen und vergehen –
In dem Webstuhl läuft geschäftig
Schnurrend hin und her die Spule –
Was er webt, das weiß kein Weber.

(Romanzero: Hebräische Melodien)

Ein ehrliches Daguerreotyp muß eine Fliege ebensogut wie das stolzeste Pferd treu wiedergeben, und meine Berichte sind ein daguerreotypisches Geschichtsbuch, worin jeder Tag sich selber abkonterfeite, und durch die Zusammenstellung solcher Bilder hat der ordnende Geist des Künstlers ein Werk geliefert, worin das Dargestellte seine Treue authentisch durch sich selbst dokumentiert. Mein Buch ist daher zugleich ein Produkt der Natur und der Kunst, und während es jetzt vielleicht den populären Bedürfnissen der Leserwelt genügt, kann es auf jeden Fall dem späteren Historiographen als eine Geschichtsquelle dienen, die, wie gesagt, die Bürgschaft ihrer Tageswahrheit in sich trägt.

(Lutetia 1. Teil)

Die Wahrheit hat sich des Gewandes der Wahrscheinlichkeit ganz entledigt. Credo quia absurdum est, wird jetzt ein richtiger Wahlspruch. – Aber nicht bloß die Welt ist aus ihren Angeln gerissen, auch der Verstand der einzelnen Individuen. Die Hirnkasten bersten, weil auf einmal so viel Neuigkeiten, vielleicht auch neue Gedanken hineindrängen. – So plötzlich ist das alles gekommen! Doch wie ist das gekommen? Werden die Angelegenheiten dieser Welt wirklich gelenkt von einem vernünftigen Gedanken, von der denkenden Vernunft? Oder regiert sie nur ein lachender Gamin, der Gott-Zufall?

(Über die Februarrevolution 1848)

Valkyren

Unten Schlacht. Doch oben schossen
Durch die Luft auf Wolkenrossen
Drei Valkyren, und es klang
Schilderklirrend ihr Gesang:

Fürsten hadern, Völker streiten,
Jeder will die Macht erbeuten;
Herrschaft ist das höchste Gut,
Höchste Tugend ist der Mut.

Heisa! vor dem Tod beschützen
Keine stolzen Eisenmützen,
Und das Heldenblut zerrinnt
Und der schlechtre Mann gewinnt.

Lorbeerkränze, Siegesbogen!
Morgen kommt er eingezogen,
Der den Bessern überwand
Und gewonnen Leut und Land.

Bürgermeister und Senator
Holen ein den Triumphator,
Tragen ihm die Schlüssel vor,
Und der Zug geht durch das Tor.

Hei! da böllerts von den Wällen,
Zinken und Trompeten gellen,
Glockenklang erfüllt die Luft,
Und der Pöbel Vivat! ruft.

Lächelnd stehen auf Balkonen
Schöne Fraun, und Blumenkronen
Werfen sie dem Sieger zu.
Dieser grüßt mit stolzer Ruh.

(Romanzero: Historien)

Ich spreche von der französischen Revolution, jener Weltepoche, wo die Lehre der Freiheit und Gleichheit so siegreich emporstieg aus jener allgemeinen Erkenntnisquelle, die wir Vernunft nennen.

(Englische Fragmente)

Was einst, im Bauernkrieg, die Lehrer des Evangeliums versucht, das taten die Philosophen jetzt in Frankreich, und mit besserem Erfolg; sie demonstrierten dem Volke die Usurpationen des Adels und der Kirche; sie zeigten ihm, daß beide kraftlos geworden; –

und das Volk jubelte auf, und als am 14. Julius 1789 das Wetter günstig war, begann das Volk das Werk seiner Befreiung, und wer am 14. Julius 1790 den Platz besuchte, wo die alte, dumpfe, mürrisch unangenehme Bastille gestanden hatte, fand dort, statt dieser, ein luftig lustiges Gebäude, mit der lachenden Aufschrift: Ici on danse.

(Französische Zustände)

Der heutige Tag ist ein Resultat des gestrigen. Was dieser gewollt hat, müssen wir erforschen, wenn wir zu wissen wünschen, was jener will. Die Revolution ist eine und dieselbe; nicht, wie uns die Doktrinäre einreden möchten, nicht für die Charte schlug man sich in der großen Woche, sondern für dieselben Revolutionsinteressen, denen man seit vierzig Jahren das beste Blut Frankreichs geopfert hatte.

(Französische Zustände)

Wiederholt sich der große Autor? Geht ihm die Schöpfungskraft aus? Hat er das Drama das er uns vorigen Februar zum Besten gab, nicht schon vor achtzehn Jahren ebenfalls zu Paris aufführen lassen unter dem Titel »die Juliusrevolution«? Aber ein gutes Stück kann man zweimal sehen. Jedenfalls ist es verbessert und vermehrt, und zumal der Schluß ist neu und ward mit rauschendem Beifall aufgenommen. Ich hatte einen guten Platz um der Vorstellung beizuwohnen, ich hatte gleichsam einen Sperrsitz, da die Straße, wo ich mich zufällig befand, von beiden Seiten durch Barrikaden gesperrt wurde. Nur mit knapper Not konnte man mich wieder nach meiner Behausung bringen.

(Über die Februarrevolution 1848)

Ludwig Philipp war leutselig und gutherzig. Grausamkeit, Blutvergießen war ihm zuwider, er war ein König des Friedens, der Ölzweig war sein Szepter; er war so zu sagen ein persönlicher Feind des Krieges. Er besaß Kenntnisse in allen Fächern des Wissens, und die Aufklärung, Toleranz und Philanthropie des 18. Jahrhunderts war bei ihm in Geist und Gemüt übergegangen. Er war gesund. Nicht bloß die Kuhpocken, sondern auch die Revolution waren ihm frühzeitig inokuliert worden, und er war frei von jenem geheimen Erbgroll gegen das junge Frankreich, woran seine Vettern von der älteren Linie kränkelten. Er zeugte schöne, reine Kinder, ein blühendes Geschlecht. Er saß gut zu Pferde und zeigte in Gefahren, zumal wenn sie nur sein eigenes Leben bedrohten, den kaltblütigsten Mut; bei Hoffesten und im Zwiegespräch bewunderte man seine Liebenswürdigkeit, seine Huld und Anmut. Dieser Ludwig Philipp hatte alle bürgerlichen Tugenden und kein einziges adliches Laster, und er war keusch von Sitte wie ein schottischer Landpfarrer, genügsam in seinen Genüssen wie ein Beduine Arabiens, von unermüdlichem Fleiße wie ein Privatdozent in Göttingen, kurz er hatte alle möglichen guten Eigenschaften – und dennoch haben ihn die Franzosen eines frühen Morgens vom Throne hinabgeschmissen, und dennoch haben sie ihn mit Schimpf und Schande zum Lande hinausgejagt. Als der unglückliche Monarch das Schiff bestieg, das ihn nach dem traurigen England brachte, sprach er die merkwürdigen Worte: »mit mir wird das Königtum in Frankreich begraben, ich war der letzte König der Franzosen!«

(Über die Februarrevolution 1848)

Gibts in der Geschichte auch Tag und Nacht wie in der Natur? – Mit den drei ersten Jahrhunderten des Christentums beginnt die Dämmerung, wehmütiges Abendrot der Neoplatoniker, Mittelalter dicke Nacht, jetzt Morgenlicht – ich grüße dich, Phöbus Apollo – welche Träume in jener Nacht, welche Gespenster, welche Nachtwandler, welcher Straßenlärm, Mord und Totschlag – ich werde davon erzählen –

(Aufzeichnungen)

O, dieser Streit wird endgen nimmermehr,
Stets wird die Wahrheit hadern mit dem Schönen,
Stets wird geschieden sein der Menschheit Heer
In zwei Partein: Barbaren und Hellenen.

(Poetische Nachlese)

König David

Lächelnd scheidet der Despot,
Denn er weiß, nach seinem Tod
Wechselt Willkür nur die Hände,
Und die Knechtschaft hat kein Ende.

Armes Volk! wie Pferd' und Farrn
Bleibt es angeschirrt am Karrn,
Und der Nacken wird gebrochen,
Der sich nicht bequemt den Jochen.

Sterbend spricht zu Salomo
König David: Apropos,
Daß ich Joab dir empfehle,
Einen meiner Generäle.

Dieser tapfre General
Ist seit Jahren mir fatal,
Doch ich wagte den Verhaßten
Niemals ernstlich anzutasten.

Du, mein Sohn, bist fromm und klug,
Gottesfürchtig, stark genug,
Und es wird dir leicht gelingen,
Jenen Joab umzubringen.

(Romanzero: Historien)

An die Jungen

Laß dich nicht kirren, laß dich nicht wirren
Durch goldne Äpfel in deinem Lauf!
Die Schwerter klirren, die Pfeile schwirren,
Doch halten sie nicht den Helden auf.

Ein kühnes Beginnen ist halbes Gewinnen,
Ein Alexander erbeutet die Welt!
Kein langes Besinnen! Die Königinnen
Erwarten schon kniend den Sieger im Zelt.

Wir wagen, wir werben! besteigen als Erben
Des alten Darius Bett und Thron.
O süßes Verderben! o blühendes Sterben!
Berauschter Triumphtod zu Babylon!

(Romanzero: Lamentationen)

Schlachtfeld bei Hastings

Der Abt von Waltham seufzte tief,
Als er die Kunde vernommen,
Daß König Harold elendiglich
Bei Hastings umgekommen.

Zwei Mönche, Asgod und Ailrik genannt,
Die schickt' er aus als Boten,
Sie sollten suchen die Leiche Harolds
Bei Hastings unter den Toten.

Die Mönche gingen traurig fort
Und kehrten traurig zurücke:
»Hochwürdiger Vater, die Welt ist uns gram,
Wir sind verlassen vom Glücke.

Gefallen ist der beßre Mann,
Es siegte der Bankert, der schlechte,
Gewappnete Diebe verteilen das Land
Und machen den Freiling zum Knechte.

Der lausigste Lump aus der Normandie
Wird Lord auf der Insel der Britten;
Ich sah einen Schneider aus Bayeux, er kam
Mit goldnen Sporen geritten.

Weh dem, der jetzt ein Sachse ist!
Ihr Sachsenheilige droben
Im Himmelreich, nehmt euch in acht,
Ihr seid der Schmach nicht enthoben.

Jetzt wissen wir, was bedeutet hat
Der große Komet, der heuer
Blutrot am nächtlichen Himmel ritt
Auf einem Besen von Feuer.

Bei Hastings in Erfüllung ging
Des Unsterns böses Zeichen,
Wir waren auf dem Schlachtfeld dort
Und suchten unter den Leichen.

Wir suchten hin, wir suchten her,
Bis alle Hoffnung verschwunden –
Den Leichnam des toten Königs Harold.
Wir haben ihn nicht gefunden.«
...

(Romanzero: Historien)

Das deutsche Mittelalter liegt nicht vermodert im Grabe, es wird vielmehr manchmal von einem bösen Gespenste belebt, und tritt am hellen, lichten Tage in unsere Mitte und saugt uns das rote Leben aus der Brust ...

(Die Romantische Schule)

Ich habe mich mit dem Kaiser gezankt
Im Traum, im Traum versteht sich, –
Im wachenden Zustand sprechen wir nicht
Mit Fürsten so widersetzig.

Nur träumend, im idealen Traum,
Wagt ihnen der Deutsche zu sagen
Die deutsche Meinung, die er so tief
Im treuen Herzen getragen.

Als ich erwacht', fuhr ich einem Wald
Vorbei, der Anblick der Bäume,

Der nackten hölzernen Wirklichkeit,
Verscheuchte meine Träume.

Die Eichen schüttelten ernsthaft das Haupt,
Die Birken und Birkenreiser
Sie nickten so warnend – und ich rief:
Vergib mir, mein teurer Kaiser!

Vergib mir, o Rotbart, das rasche Wort!
Ich weiß, du bist viel weiser
Als ich, ich habe so wenig Geduld –
Doch komme du bald, mein Kaiser!

Behagt dir das Guillotinieren nicht,
So bleib bei den alten Mitteln:
Das Schwert für Edelleute, der Strick
Für Bürger und Bauern in Kitteln.

Nur manchmal wechsle ab, und laß
Den Adel hängen, und köpfe
Ein bißchen die Bürger und Bauern, wir sind
Ja alle Gottesgeschöpfe.

Stell wieder her das Halsgericht,
Das peinliche Karls des Fünften,
Und teile wieder ein das Volk
Nach Ständen, Gilden und Zünften.

Das alte heilige römische Reich,
Stells wieder her, das ganze,

Gib uns den modrigsten Plunder zurück
Mit allem Firlifanze.

Das Mittelalter, immerhin,
Das wahre, wie es gewesen,
Ich will es ertragen – erlöse uns nur
Von jenem Zwitterwesen,

Von jenem Kamaschenrittertum,
Das ekelhaft ein Gemisch ist
Von gotischem Wahn und modernem Lug,
Das weder Fleisch noch Fisch ist.

Jag fort das Komödiantenpack,
Und schließe die Schauspielhäuser,
Wo man die Vorzeit parodiert –
Komme du bald, o Kaiser!

(Deutschland. Ein Wintermärchen)

Jehuda ben Halevy

»Lechzend klebe mir die Zunge
An dem Gaumen, und es welke
Meine rechte Hand, vergäß ich
Jemals dein, Jerusalem –«

Wort und Weise, unaufhörlich
Schwirren sie mir heut im Kopfe,

Und mir ist als hört ich Stimmen,
Psalmodierend, Männerstimmen –

Manchmal kommen auch zum Vorschein
Bärte, schattig lange Bärte –
Traumgestalten, wer von euch
Ist Jehuda ben Halevy?

Doch sie huschen rasch vorüber;
Die Gespenster scheuen furchtsam
Der Lebendgen plumpen Zuspruch –
Aber ihn hab ich erkannt –

Ich erkannt ihn an der bleichen
Und gedankenstolzen Stirne,
An der Augen süßer Starrheit –
Sahn mich an so schmerzlich forschend –

Doch zumeist erkannt ich ihn
An dem rätselhaften Lächeln
Jener schön gereimten Lippen,
Die man nur bei Dichtern findet.
...

(Romanzero: Hebräische Melodien)

Zwei tiefsinnige Männer, deutscher Nation, entdeckten den heilsamsten Gegenzauber wider die schlimmste aller egyptischen Plagen, und durch schwarze Kunst – durch die Buchdruckerei und das Pulver – brachen sie die Gewalt jener geistlichen und weltlichen Hierarchie, die sich aus einer Verbündung des Priestertums und der Kriegerkaste, nämlich der sogenannten katholischen Kirche und des Feudaladels, gebildet hatte, und die ganz Europa weltlich und geistlich knechtete. Die Druckerpresse zersprengte das Dogmengebäude, worin der Großpfaffe von Rom die Geister gekerkert, und Nordeuropa atmete wieder frei, entlastet von dem nächtlichen Alp jener Klerisei, die zwar in der Form von der egyptischen Standeserblichkeit abgewichen war, im Geiste aber dem egyptischen Priestersysteme um so getreuer bleiben konnte, da sie sich nicht durch natürliche Fortpflanzung, sondern unnatürlich, durch mameluckenhafte Rekrutierung, als eine Korporation von Hagestolzen, noch schroffer darstellte.

(Englische Fragmente)

Es ist, in der Tat, sehr bedeutsam, daß zur Zeit, wo, nach der Volksmeinung, der Faust gelebt hat, eben die Reformation beginnt, und daß er selber, die Kunst erfunden haben soll, die dem Wissen einen Sieg über den Glauben verschafft, nämlich die Buchdruckerei, eine Kunst die uns aber auch die katholische Gemütsruhe geraubt und uns in Zweifel und Revolutionen gestürzt – ein anderer als ich würde sagen, endlich in die Gewalt des Teufels geliefert hat.

(Die Romantische Schule)

Erst zur Zeit der Reformation wurde der Kampf von allgemeiner und geistiger Art, und die Freiheit wurde verlangt, nicht als ein hergebrachtes sondern als ein ursprüngliches, nicht als ein erworbenes sondern als ein angeborenes Recht. Da wurden nicht mehr alte Pergamente, sondern Prinzipien vorgebracht; und der Bauer in Deutschland und der Puritaner in England beriefen sich auf das Evangelium, dessen Aussprüche damals an Vernunft Statt galten, ja noch höher galten, nämlich als eine geoffenbarte Vernunft Gottes. Da stand deutlich ausgesprochen: daß die Menschen von gleich edler Geburt sind, daß hochmütiges Besserdünken verdammt werden muß, daß der Reichtum eine Sünde ist, und daß auch die Armen berufen sind zum Genusse, in dem schönen Garten Gottes, des gemeinsamen Vaters.

(Englische Fragmente)

Indem Luther den Satz aussprach, daß man seine Lehre nur durch die Bibel selber, oder durch vernünftige Gründe, widerlegen müsse, war der menschlichen Vernunft das Recht eingeräumt, die Bibel zu erklären und sie, die Vernunft, war als oberste Richterin in allen religiösen Streitfragen anerkannt. Dadurch entstand in Deutschland die sogenannte Geistesfreiheit, oder, wie man sie ebenfalls nennt, die Denkfreiheit. Das Denken ward ein Recht und die Befugnisse der Vernunft wurden legitim.

(Zur Geschichte der Religion und Philosophie in Deutschland)

Luther ... war zugleich ein träumerischer Mystiker und ein praktischer Mann in der Tat. Seine Gedanken hatten nicht bloß Flügel, sondern auch Hände; er sprach und handelte. Er war nicht bloß die Zunge, sondern auch das Schwert seiner Zeit. Auch war er zugleich ein kalter scholastischer Wortklauber und ein begeisterter, gottberauschter Prophet. Wenn er des Tags über mit seinen dogmatischen Distinktionen sich mühsam abgearbeitet, dann griff er des Abends zu seiner Flöte, und betrachtete die Sterne und zerfloß in Melodie und Andacht. Derselbe Mann, der wie ein Fischweib schimpfen konnte, er konnte auch weich sein, wie eine zarte Jungfrau. Er war manchmal wild wie der Sturm, der die Eiche entwurzelt, und dann war er wieder sanft wie der Zephyr, der mit Veilchen kost. Er war voll der schauerlichsten Gottesfurcht, voll Aufopferung zu Ehren des heiligen Geistes, er konnte sich ganz versenken ins reine Geisttum; und dennoch kannte er sehr gut die Herrlichkeiten dieser Erde, und wußte sie zu schätzen, und aus seinem Munde erblühte der famose Wahlspruch: Wer nicht liebt Wein, Weiber und Gesang, der bleibt ein Narr sein Lebenlang. Er war ein kompletter Mensch, ich möchte sagen: ein absoluter Mensch, in welchem Geist und Materie nicht getrennt sind. Ihn einen Spiritualisten nennen, wäre daher eben so irrig, als nennte man ihn einen Sensualisten. Wie soll ich sagen, er hatte etwas Ursprüngliches, Unbegreifliches, Mirakulöses, wie wir es bei allen providentiellen Männern finden, etwas Schauerlich-Naives, etwas Tölpelhaft-Kluges, etwas Erhaben-Borniertes, etwas Unbezwingbar-Dämonisches.

(Zur Geschichte der Religion und Philosophie in Deutschland)

Martin Luther gab uns nicht bloß die Freiheit der Bewegung, sondern auch das Mittel der Bewegung, dem Geist gab er nämlich einen Leib. Er gab dem Gedanken auch das Wort. Er schuf die deutsche Sprache.
Dieses geschah, indem er die Bibel übersetzte ...
Dieser Umstand wird, wenn bei uns die politische Revolution ausbricht, gar merkwürdige Erscheinungen zur Folge haben. Die Freiheit wird überall sprechen können und ihre Sprache wird biblisch sein.

(Zur Geschichte der Religion und Philosophie in Deutschland)

Thomas Münzer, einer der heldenmütigsten und unglücklichsten Söhne des deutschen Vaterlandes, ein Prediger des Evangeliums, das, nach seiner Meinung nicht bloß die Seligkeit im Himmel verhieß, sondern auch die Gleichheit und Brüderschaft der Menschen auf Erden befehle. Der Doktor Martinus Luther war anderer Meinung, und verdammte solche aufrührerische Lehren, wodurch sein eigenes Werk, die Losreißung von Rom und die Begründung des neuen Bekenntnisses gefährdet wurde; und vielleicht mehr aus Weltklugheit, denn aus bösem Eifer, schrieb er das unrühmliche Buch gegen die unglücklichen Bauern. Pietisten und servile Duckmäuser haben in jüngster Zeit dieses Buch wieder ins Leben gerufen und die neuen Abdrücke ins Land herum verbreitet, einerseits um den hohen Protektoren zu zeigen, wie die reine lutherische Lehre den Absolutismus unterstütze, andererseits um durch Luthers Autorität den Freiheitsenthusiasmus in Deutschland niederzudrücken. Aber ein heiligeres Zeugnis, das aus dem Evangelium hervorblutet, widerspricht der knechtischen Ausdeutung und vernichtet die irrige Autorität; Christus, der für die Gleichheit und Brüderschaft der Menschen gestorben ist, hat sein Wort nicht als Werkzeug des Absolutismus offenbart, und Luther hatte Unrecht und Thomas Münzer hatte Recht.

(Französische Zustände)

Die Maler Italiens polemisierten gegen das Pfaffentum vielleicht weit wirksamer als die sächsischen Theologen. Das blühende Fleisch auf den Gemälden des Tizian, das ist alles Protestantismus. Die Lenden seiner Venus sind viel gründlichere Thesen, als die welche der deutsche Mönch an die Kirchentüre von Wittenberg angeklebt. – Es war damals als hätten die Menschen sich plötzlich erlöst gefühlt von tausendjährigem Zwang; besonders die Künstler atmeten wieder frei, als ihnen der Alp des Christentums von der Brust gewälzt schien; enthusiastisch stürzten sie sich in das Meer griechischer Heiterkeit, aus dessen Schaum ihnen wieder die Schönheitsgöttinnen entgegentauchten; die Maler malten wieder die ambrosische Freude des Olymps; die Bildhauer meißelten wieder mit alter Lust die alten Heroen aus dem Marmorblock hervor; die Poeten besangen wieder das Haus des Atreus und des Lajos; es entstand die Periode der neu-klassischen Poesie.

(Die Romantische Schule)

Woher die Vorliebe für diese Zeit der Renaissance, der Wiedergeburt oder vielmehr der Auferstehung, wo die antike Welt gleichsam aus dem Grabe stieg, um dem sterbenden Mittelalter seine letzten Stunden zu verschönen? Empfindet unsre Jetztzeit eine Wahlverwandtschaft mit jener Periode, die, ebenso wie wir, in der Vergangenheit eine verjüngende Quelle suchte, lechzend nach frischem Lebenstrank? ...

In den Kunst- und Lebensgestaltungen, die der Vermählung jener heterogensten Elemente ihr abenteuerliches Dasein verdankten, liegt ein so süßer melancholischer Witz, ein so ironischer Versöhnungskuß, ein blühender Übermut, ein elegantes Grauen, das uns unheimlich bezwingt, wir wissen nicht wie.

(Lutetia 1. Teil)

Ich wäre kein Deutscher, wenn ich bei Erwähnung des »Faustes« nicht einige erklärende Gedanken darüber ausspräche. Denn vom größten Denker bis zum kleinsten Markör, vom Philosophen bis herab zum Doktor der Philosophie, übt jeder seinen Scharfsinn an diesem Buche. Aber es ist wirklich eben so weit wie die Bibel, und, wie diese, umfaßt es Himmel und Erde, mitsamt dem Menschen und seiner Exegese. Der Stoff ist hier wieder der Hauptgrund weshalb der »Faust« so populär ist; daß er jedoch diesen Stoff herausgesucht aus den Volkssagen, das zeugt eben von Goethes unbewußtem Tiefsinn, von seinem Genie, das immer das Nächste und Rechte zu ergreifen wußte.

(Die Romantische Schule)

Denn das deutsche Volk ist selber jener gelehrte Doktor Faust, es ist selber jener Spiritualist, der mit dem Geiste endlich die Ungenügbarkeit des Geistes begriffen und nach materiellen Genüssen verlangt, und dem Fleische seine Rechte wiedergibt; – doch noch befangen in der Symbolik der katholischen Poesie, wo Gott als der Repräsentant des Geistes und der Teufel als der Repräsentant des Fleisches gilt, bezeichnete man jene Rehabilitation des Fleisches als einen Abfall von Gott, als ein Bündnis mit dem Teufel.

(Die Romantische Schule)

Cervantes, Shakespeare und Goethe bilden das Dichtertriumvirat, das in den drei Gattungen poetischer Darstellung, im Epischen, Dramatischen und Lyrischen, das Höchste hervorgebracht.

(Einleitung zu Cervantes' »Don Quixote von La Mancha«)

Er war ein schöner, kräftiger Mann, Don Miguel Cervantes de Saavedra. Seine Stirn war hoch und sein Herz war weit. Wundersam war die Zauberkraft seines Auges. Wie es Leute gibt, welche durch die Erde schauen und die darin begrabenen Schätze oder Leichen sehen können, so drang das Auge des großen Dichters durch die Brust der Menschen, und er sah deutlich, was dort vergraben. Den Guten war sein Blick ein Sonnenstrahl, der ihr Inneres freudig erhellte; den Bösen war sein

Blick ein Schwert, das ihre Gefühle grausam zerschnitt. Sein Blick drang forschend in die Seele eines Menschen und sprach mit ihr, und wenn sie nicht antworten wollte, folterte er sie, und die Seele lag blutend auf der Folter, während vielleicht ihre leibliche Hülle sich herablassend vornehm gebärdete. Was Wunder, daß ihm dadurch sehr viele Leute abhold wurden, und ihn auf seiner irdischen Laufbahn nur saumselig beförderten! Auch gelangte er niemals zu Rang und Wohlstand, und von all seinen mühseligen Pilgerfahrten brachte er keine Perlen, sondern nur leere Muscheln nach Hause. Man sagt, er habe den Wert des Geldes nicht zu schätzen gewußt; aber ich versichere Euch, er wußte den Wert des Geldes sehr zu schätzen, sobald er keins mehr hatte. Nie aber schätzte er es so hoch, wie seine Ehre.

(Einleitung zu Cervantes' »Don Quixote von La Mancha«)

Bei Cervantes finden wir noch nicht diese einseitige Richtung, das Unedle ganz abgesondert darzustellen; er vermischt nur das Ideale mit dem Gemeinen, das Eine dient dem Andern zur Abschattung oder zur Beleuchtung, und das adeltümliche Element ist darin noch eben so mächtig wie das volkstümliche.

(Einleitung zu Cervantes' »Don Quixote von La Mancha«)

Keiner kann furchtbarere Leidenschaften und Handlungen auf die Bühne bringen, als Shakespeare, und doch geschieht es nie, daß unser Inneres, unser Gemüt durch ihn gänzlich empört würde.

(Zur Literatur: »Tassos Tod« von Smets)

Der Schauplatz seiner Dramen ist dieser Erdball, und das ist seine Einheit des Ortes; die Ewigkeit ist die Periode, während welcher seine Stücke spielen, und das ist seine Einheit der Zeit; und beiden angemäß ist der Held seiner Dramen, der dort als Mittelpunkt strahlt, und die Einheit des Interesse repräsentiert ... Die Menschheit ist jener Held, jener Held, welcher beständig stirbt und beständig aufersteht – beständig liebt, beständig haßt, doch noch mehr liebt als haßt – sich heute wie ein Wurm krümmt, morgen als ein Adler zur Sonne fliegt – heute eine Narrenkappe, morgen einen Lorbeer verdient, noch öfters beides zu gleicher Zeit – der große Zwerg, der kleine Riese, der homöopathisch zubereitete Gott, in welchem die Göttlichkeit zwar sehr verdünnt, aber doch immer existiert – ach!

(Shakespeares Mädchen und Frauen)

Die Aufgabe Shakespeares war nicht bloß die Poesie, sondern auch die Geschichte; er konnte die gegebenen Stoffe nicht willkürlich modeln, er konnte nicht die Ereignisse und Charaktere nach Laune gestalten; und eben so wenig, wie Einheit der Zeit und des Ortes, konnte er Einheit des Interesse für eine einzige Person oder für eine einzige Tatsache beobachten. Dennoch in diesen Geschichtsdramen strömt die Poesie reichlicher und gewaltiger und süßer als in den Tragödien jener Dichter, die ihre Fabeln entweder selbst erfinden oder nach Gutdünken umarbeiten, das strengste Ebenmaß der Form erzielen, und in der eigentlichen Kunst, namentlich aber in dem enchaînement des scènes, den armen Shakespeare übertreffen.

(Shakespeares Mädchen und Frauen)

Besser als die Engländer haben die Deutschen den Shakespeare begriffen. Und hier muß wieder zuerst jener teure Name genannt werden, den wir überall antreffen, wo es bei uns eine große Initiative galt. Gotthold Ephraim Lessing war der erste, welcher in Deutschland seine Stimme für Shakespeare erhob. Er trug den schwersten Baustein herbei zu einem Tempel für den größten aller Dichter, und, was noch preisenswerter, er gab sich die Mühe, den Boden, worauf dieser Tempel erbaut werden sollte, von dem alten Schutte zu reinigen. ... Man könnte behaupten, die ganze Lessingsche »Dramaturgie« sei im Interesse Shakespeares geschrieben.

Nach Lessing ist Wieland zu nennen. Durch seine Übersetzung des großen Poeten vermittelte er noch wirksamer die Anerkennung desselben in Deutschland. ... Die dritte große Stimme, die für Shakespeare in Deutschland erklang, gehörte unserem lieben teuern Herder, der sich mit unbedingter Begeisterung für ihn erklärte. Auch Goethe huldigte ihm mit großem Trompetentusch; kurz, es war eine glänzende Reihe von Königen, welche, einer nach dem andern, ihre Stimme in die Urne warfen, und den William Shakespeare zum Kaiser der Literatur erwählten.

(Shakespeares Mädchen und Frauen)

Karl I.

Im Wald, in der Köhlerhütte, sitzt
Trübsinnig allein der König;
Er sitzt an der Wiege des Köhlerkinds
Und wiegt und singt eintönig:

Eiapopeia, was raschelt im Stroh?
Es blöken im Stalle die Schafe –
Du trägst das Zeichen an der Stirn
Und lächelst so furchtbar im Schlafe.

Eiapopeia, das Kätzchen ist tot –
Du trägst auf der Stirne das Zeichen –
Du wirst ein Mann und schwingst das Beil,
Schon zittern im Walde die Eichen.

Der alte Köhlerglaube verschwand,
Es glauben die Köhlerkinder –
Eiapopeia – nicht mehr an Gott,
Und an den König noch minder.

Das Kätzchen ist tot, die Mäuschen sind froh –
Wir müssen zuschanden werden –
Eiapopeia – im Himmel der Gott,
Und ich, der König auf Erden.

Mein Mut erlischt, mein Herz ist krank,
Und täglich wird es kränker –
Eiapopeia – du Köhlerkind,
Ich weiß es, du bist mein Henker.

Mein Todesgesang ist dein Wiegenlied –
Eiapopeia – die greisen
Haarlocken schneidest du ab zuvor –
Im Nacken klirrt mir das Eisen.

Eiapopeia, was raschelt im Stroh?
Du hast das Reich erworben,
Und schlägst mir das Haupt vom Rumpf herab –
Das Kätzchen ist gestorben.

Eiapopeia, was raschelt im Stroh?
Es blöken im Stalle die Schafe.
Das Kätzchen ist tot, die Mäuschen sind froh –
Schlafe, mein Henkerchen, schlafe!

(Romanzero: Historien)

Es ist ein gewisser Hauch in den Schriften des Spinoza, der unerklärlich. Man wird angeweht wie von den Lüften der Zukunft. Der Geist der hebräischen Propheten ruhte vielleicht noch auf ihrem späten Enkel. Dabei ist ein Ernst in ihm, ein selbstbewußter Stolz, eine Gedankengrandezza, die ebenfalls ein Erbteil zu sein scheint; denn Spinoza gehörte zu jenen Märtyrerfamilien, die damals von den allerkatholischsten Königen aus Spanien vertrieben worden. Dazu kommt noch die Geduld des Holländers, die sich ebenfalls, wie im Leben, so auch in den Schriften des Mannes, niemals verleugnet hat.
Konstatiert ist es, daß der Lebenswandel des Spinoza frei von allem Tadel war, und rein und makellos wie das Leben seines göttlichen Vetters, Jesu Christi. Auch wie dieser litt er für seine Lehre, wie dieser trug er die Dornenkrone. Überall, wo ein großer Geist seine Gedanken ausspricht, ist Golgatha.

(Zur Geschichte der Religion und Philosophie in Deutschland)

Voltaire und Rousseau sind zwei Schriftsteller, die mehr als alle andere der Revolution vorgearbeitet, die späteren Bahnen derselben bestimmt haben, und noch jetzt das französische Volk geistig leiten und beherrschen. Sogar die Feindschaft dieser beiden Schriftsteller hat wunderbar nachgewirkt; vielleicht war der Parteikampf unter den Revolutionsmännern selbst, bis auf diese Stunde, nur eine Fortsetzung eben dieser Feindschaft.

(Französische Zustände)

Mendelssohn hat jedoch vor allen übrigen eine große soziale Bedeutung. Er war der Reformator der deutschen Israeliten, seiner Glaubensgenossen, er stürzte das Ansehen des Talmudismus, er begründete den reinen Mosaismus. Dieser Mann, den seine Zeitgenossen den deutschen Sokrates nannten und wegen seines Seelenadels und seiner Geisteskraft so ehrfurchtsvoll bewunderten, war der Sohn eines armen Küsters der Synagoge von Dessau. …

Wie Luther das Papsttum, so stürzte Mendelssohn den Talmud, und zwar in derselben Weise, indem er nämlich die Tradition verwarf, die Bibel für die Quelle der Religion erklärte und den wichtigsten Teil derselben übersetzte.

(Zur Geschichte der Religion und Philosophie in Deutschland)

Seit Luther hat Deutschland keinen größeren und besseren Mann hervorgebracht, als Gotthold Ephraim Lessing. Diese beiden sind unser Stolz und unsere Wonne. In der Trübnis der Gegenwart schauen wir hinauf nach ihren tröstenden Standbildern und sie nikken eine glänzende Verheißung. Ja, kommen wird auch der dritte Mann, der da vollbringt was Luther begonnen, was Lessing fortgesetzt, und dessen das deutsche Vaterland so sehr bedarf, – der dritte Befreier! – Ich sehe schon seine goldne Rüstung, die aus dem purpurnen Kaisermantel hervorstrahlt, »wie die Sonne aus dem Morgenrot!«

(Zur Geschichte der Religion und Philosophie in Deutschland)

Vor dem Lessingschen Schwerte zitterten alle. Kein Kopf war vor ihm sicher. Ja, manchen Schädel hat er sogar aus Übermut heruntergeschlagen, und dann war er dabei noch so boshaft, ihn vom Boden aufzuheben, und dem Publikum zu zeigen, daß er inwendig hohl war. Wen sein Schwert nicht erreichen konnte, den tötete er mit den Pfeilen seines Witzes. Die Freunde bewunderten die bunten Schwungfedern dieser Pfeile; die Feinde fühlten die Spitze in ihren Herzen. ...
Merkwürdig ist es, daß jener witzigste Mensch in Deutschland, auch zugleich der ehrlichste war. Nichts gleicht seiner Wahrheitsliebe. Lessing machte der Lüge nicht die mindeste Konzession, selbst wenn er dadurch, in der gewöhnlichen Weise der Weltklugen, den Sieg der Wahrheit befördern konnte. Er konnte alles für die Wahrheit tun, nur nicht lügen. ...
Daß ein Mann wie Lessing niemals glücklich sein konnte, werdet Ihr leicht begreifen. Und wenn er auch nicht die Wahrheit geliebt hätte, und wenn er sie auch nicht selbstwillig überall verfochten hätte, so mußte er doch unglücklich sein; denn er war ein Genie.

(Zur Geschichte der Religion und Philosophie in Deutschland)

In der Tat, Voß ist ein niedersächsischer Bauer, so wie Luther es war; es fehlte ihm alles Chevalereske, alle Courtoisie, alle Graziösität; er gehörte ganz zu jenem derbkräftigen, starkmännlichen Volksstamme, dem das Christentum mit Feuer und Schwert gepredigt werden mußte, der sich erst nach drei verlorenen Schlachten dieser Religion unterwarf, der aber immer noch, in seinen Sitten und Weisen, viel nordisch heidnische Starrheit behalten, und in seinen materiellen und geistigen Kämpfen, so tapfer und hartnäckig sich zeigt wie seine alten Götter. Ja, wenn ich mir den Johann Heinrich Voß in seiner Polemik und in seinem ganzen Wesen betrachte, so ist mir als sähe ich den alten einäugigen Odin selbst, der seine Asenburg verlassen, um Schulmeister zu werden zu Otterndorf im Lande Hadeln, und der da den blonden Holsteinern die lateinischen Deklinationen und den christlichen Katechismus einstudiert, und der in seinen Nebenstunden die griechischen Dichter ins Deutsche übersetzt, und von Thor den Hammer borgt, um die Verse damit zurecht zu klopfen, und der endlich, des mühsamen Geschäftes überdrüssig, den armen Fritz Stolberg mit dem Hammer auf den Kopf schlägt.

(Die Romantische Schule)

Der wütendste dieser Gegner Spinozas war Fr. Heinr. Jacobi, dem man zuweilen die Ehre erzeigt, ihn unter den deutschen Philosophen zu nennen. Er war nichts als ein zänkischer Schleicher, der sich in dem Mantel der Philosophie vermummt, und sich bei den Philosophen einschlich, ihnen erst viel von seiner Liebe und weichem Gemüte vorwimmerte und dann auf die Vernunft losschmähte. Sein Refrain war immer: die Philosophie, die Erkenntnis durch Vernunft, sei eitel Wahn, die Vernunft wisse selbst nicht, wohin sie führe, sie bringe den Menschen in ein dunkles Labyrinth von Irrtum und Widerspruch, und nur der Glaube könne ihn sicher leiten. Der Maulwurf! er sah nicht, daß die Vernunft der ewigen Sonne gleicht, die, während sie droben sicher einherwandelt, sich selber mit ihrem eignen Lichte ihren Pfad beleuchtet. Nichts gleicht dem frommen, gemütlichen Hasse des kleinen Jacobi gegen den großen Spinoza.

(Zur Geschichte der Religion und Philosophie in Deutschland)

Ich spreche jetzt von einem Manne, dessen Name schon eine exorzierende Macht ausübt, ich spreche von Immanuel Kant!
Man sagt, die Nachtgeister erschrecken, wenn sie das Schwert eines Scharfrichters erblicken – Wie müssen sie erst erschrecken, wenn man ihnen Kants »Kritik der reinen Vernunft« entgegenhält! Dieses Buch ist das Schwert, womit der Deismus hingerichtet worden in Deutschland.

(Zur Geschichte der Religion und Philosophie in Deutschland)

Wenn aber Immanuel Kant, dieser große Zerstörer im Reiche der Gedanken, an Terrorismus den Maximilian Robespierre weit übertraf, so hat er doch mit diesem manche Ähnlichkeiten, die zu einer Vergleichung beider Männer auffordern. Zunächst finden wir in beiden dieselbe unerbittliche, schneidende, poesielose, nüchterne Ehrlichkeit. Dann finden wir in beiden dasselbe Talent des Mißtrauens, nur daß es der eine gegen Gedanken ausübt und Kritik nennt, während der andere es gegen Menschen anwendet und republikanische Tugend betitelt. Im höchsten Grade jedoch zeigt sich in beiden der Typus des Spießbürgertums – die Natur hatte sie bestimmt, Kaffee und Zucker zu wiegen, aber das Schicksal wollte, daß sie andere Dinge abwögen, und legte dem Einen einen König und dem Anderen einen Gott auf die Wagschale …

Und sie gaben das richtige Gewicht!

(Zur Geschichte der Religion und Philosophie in Deutschland)

Der alte Nicolai suchte in Deutschland dasselbe zu tun, was die französischen Philosophen in Frankreich getan: er suchte die Vergangenheit im Geiste des Volks zu vernichten; eine löbliche Vorarbeit, ohne welche keine radikale Revolution stattfinden kann. Aber vergebens, er war solcher Arbeit nicht gewachsen. Die alten Ruinen standen noch zu fest, und die Gespenster stiegen daraus hervor und verhöhnten ihn; dann aber wurde er sehr unwirsch, und schlug blind drein, und die Zuschauer lachten, wenn ihm die Fledermäuse um die Ohren zischten und sich in seiner wohlgepuderten Perücke verfingen.

(Zur Geschichte der Religion und Philosophie in Deutschland)

Wir leben in einer traurigen Zeit, Schurken werden zu den Besten, und die Besten müssen Schurken werden. Ich verstehe sehr gut die Worte des Psalmisten: Herr Gott, gib mir mein täglich Brot, daß ich deinen Namen nicht lästre!

(Brief an Moses Moser, 27./30. 9. 1823)

Ich betrachte ... mit Besorgnis diesen preußischen Adler, und während andere rühmten wie kühn er in die Sonne schaue, war ich desto aufmerksamer auf seine Krallen. Ich traute nicht diesem Preußen, diesem langen frömmelnden Kamaschenheld mit dem weiten Magen, und mit dem großen Maule, und mit dem Korporalstock, den er erst in Weihwasser taucht, ehe er damit zuschlägt. Mir mißfiel dieses philosophisch christliche Soldatentum, dieses Gemengsel von Weißbier, Lüge und Sand. Widerwärtig, tief widerwärtig war mir dieses Preußen, dieses steife, heuchlerische, scheinheilige Preußen, dieser Tartüff unter den Staaten.

(Französische Zustände: Vorrede)

Ich hatte viel getan und gelitten, und als die Sonne der Juliusrevolution in Frankreich aufging, war ich nachgerade sehr müde geworden und bedurfte einiger Erholung. Auch ward mir die heimatliche Luft täglich ungesunder, und ich mußte ernstlich an eine Veränderung des Klimas denken. Ich hatte Visionen; die Wolkenzüge ängstigten mich und schnitten mir allerlei fatale Fratzen. Es kam mir manchmal vor, als sei die Sonne eine preußische Kokarde; des Nachts träumte ich von einem häßlichen schwarzen Geier, der mir die Leber fraß, und ich ward sehr melancholisch.

(Geständnisse)

Und dennoch beurkundete das Fest von Hambach einen großen Fortschritt, zumal wenn man es mit jenem anderen Feste vergleicht, das einst ebenfalls zur Verherrlichung gemeinsamer Volksinteressen auf der Wartburg statt fand. Nur in Außendingen, in Zufälligkeiten, sind sich beide Bergfeiern sehr ähnlich; keineswegs ihrem tieferen Wesen nach. Der Geist, der sich auf Hambach aussprach, ist grundverschieden von dem Geiste, oder vielmehr von dem Gespenste, das auf der Wartburg seinen Spuk trieb. Dort, auf Hambach, jubelte die moderne Zeit ihre Sonnenaufgangslieder und mit der ganzen Menschheit ward Brüderschaft getrunken; hier aber auf der Wartburg, krächzte die Vergangenheit ihren obskuren Rabengesang, und bei Fackellicht wurden Dummheiten gesagt und getan, die des blödsinnigsten Mittelalters würdig waren! Auf Hambach hielt der französische Liberalismus seine trunkensten Bergpredigten, und sprach man auch viel Unvernünftiges, so ward doch die Vernunft selber anerkannt als jene höchste Autorität die da bindet und löset und den Gesetzen ihre Gesetze vorschreibt; auf der Wartburg hingegen herrschte jener beschränkte Teutomanismus, der viel von Liebe und Glaube greinte, dessen Liebe aber nichts anders war als Haß des Fremden und dessen Glaube nur in der Unvernunft bestand, und der in seiner Unwissenheit nichts Besseres zu erfinden wußte als Bücher zu verbrennen!

(Ludwig Börne. Eine Denkschrift)

Was war es aber, was die Männer von Hambach abhielt die Revolution zu beginnen?
Ich wage es kaum zu sagen, denn es klingt unglaublich, aber ich habe die Geschichte aus authentischer Quelle, nämlich von einem Mann, der als wahrheitsliebender Republikaner bekannt und selber zu Hambach in dem Komitee saß, wo man über die anzufangende Revolution debattierte; er gestand mir nämlich im Vertrauen: als die Frage der Kompetenz zur Sprache gekommen, als man darüber stritt, ob die zu Hambach anwesenden Patrioten auch wirklich kompetent seien im Namen von ganz Deutschland eine Revolution anzufangen? da seien diejenigen, welche zur raschen Tat rieten, durch die Mehrheit überstimmt worden, und die Entscheidung lautete: »man sei nicht kompetent«.
O Schilda, mein Vaterland!

(Ludwig Börne. Eine Denkschrift)

7.
Zeitgenossen

Aber wie ward mir erst, als ich ihn selber sah, mit hochbegnadigten, eignen Augen, ihn selber, Hosiannah! den Kaiser.
Es war eben in der Allee des Hofgartens zu Düsseldorf. Als ich mich durch das gaffende Volk drängte, dachte ich an die Taten und Schlachten, die mir Monsieur Le Grand vorgetrommelt hatte, mein Herz schlug den Generalmarsch – und dennoch dachte ich zu gleicher Zeit an die Polizeiverordnung, daß man bei fünf Taler Strafe nicht mitten durch die Allee reiten dürfe. Und der Kaiser mit seinem Gefolge ritt mitten durch die Allee, die schauernden Bäume beugten sich vorwärts, wo er vorbeikam, die Sonnenstrahlen zitterten furchtsam neugierig durch das grüne Laub, und am blauen Himmel oben schwamm sichtbar ein goldner Stern. Der Kaiser trug seine scheinlose grüne Uniform und das kleine, welthistorische Hütchen. Er ritt ein weißes Rößlein, und das ging so ruhig stolz, so sicher, so ausgezeichnet – wär ich damals Kronprinz von Preußen gewesen, ich hätte dieses Rößlein beneidet. Nachlässig, fast hängend, saß der Kaiser, die eine Hand hielt hoch den Zaum, die andere klopfte gutmütig den Hals des Pferdchens – Es war eine sonnigmarmorne Hand, eine mächtige Hand, eine von den beiden Händen, die das vielköpfige Ungeheuer der Anarchie gebändigt und den Völkerzweikampf geordnet hatten – und sie klopfte gutmütig den Hals des Pferdes. Auch das Gesicht hatte jene Farbe, die wir bei marmornen Griechen- und Römerköpfen finden, die Züge

desselben waren ebenfalls edel gemessen, wie die der Antiken, und auf diesem Gesichte stand geschrieben: Du sollst keine Götter haben außer mir. Ein Lächeln, das jedes Herz erwärmte und beruhigte, schwebte um die Lippen – und doch wußte man, diese Lippen brauchten nur zu pfeifen, – et la Prusse n'existait plus – diese Lippen brauchten nur zu pfeifen – und die ganze Klerisei hatte ausgeklingelt – diese Lippen brauchten nur zu pfeifen – und das ganze heilige römische Reich tanzte. Und diese Lippen lächelten und auch das Auge lächelte – Es war ein Auge klar wie der Himmel, es konnte lesen im Herzen der Menschen, es sah rasch auf einmal alle Dinge dieser Welt, während wir anderen sie nur nach einander und nur ihre gefärbten Schatten sehen. Die Stirne war nicht so klar, es nisteten darauf die Geister zukünftiger Schatten, und es zuckte bisweilen über diese Stirn, und das waren die schaffenden Gedanken, die großen Siebenmeilenstiefel-Gedanken, womit der Geist des Kaisers unsichtbar über die Welt hinschritt – und ich glaube, jeder dieser Gedanken hätte einem deutschen Schriftsteller, Zeit seines Lebens, vollauf Stoff zum Schreiben gegeben.

(Ideen. Das Buch Le Grand)

Napoleon und Fichte repräsentieren das große unerbittliche Ich, bei welchem Gedanken und Tat eins sind, und die kolossalen Gebäude, welche beide zu konstruieren wissen, zeugen von einem kolossalen Willen. Aber durch die Schrankenlosigkeit dieses Willens gehen jene Gebäude gleich wieder zu Grunde, und die Wissenschaftslehre, wie das Kaiserreich, zerfallen und verschwinden ebenso schnell, wie sie entstanden.

(Zur Geschichte der Religion und Philosophie in Deutschland)

Die Grenadiere

Nach Frankreich zogen zwei Grenadier,
Die waren in Rußland gefangen.
Und als sie kamen ins deutsche Quartier,
Sie ließen die Köpfe hangen.

Da hörten sie beide die traurige Mär:
Daß Frankreich verloren gegangen,
Besiegt und zerschlagen das große Heer –
Und der Kaiser, der Kaiser gefangen.

Da weinten zusammen die Grenadier
Wohl ob der kläglichen Kunde.
Der eine sprach: Wie weh wird mir,
Wie brennt meine alte Wunde!

Der andre sprach: Das Lied ist aus,
Auch ich möcht mit dir sterben,
Doch hab ich Weib und Kind zu Haus,
Die ohne mich verderben.

Was schert mich Weib, was schert mich Kind,
Ich trage weit beßres Verlangen;

Laß sie betteln gehn, wenn sie hungrig sind –
Mein Kaiser, mein Kaiser gefangen!

Gewähr mir, Bruder, eine Bitt:
Wenn ich jetzt sterben werde,
So nimm meine Leiche nach Frankreich mit,
Begrab mich in Frankreichs Erde.

Das Ehrenkreuz am roten Band
Sollst du aufs Herz mir legen;
Die Flinte gib mir in die Hand,
Und gürt mir um den Degen.

So will ich liegen und horchen still,
Wie eine Schildwach, im Grabe,
Bis einst ich höre Kanonengebrüll
Und wiehernder Rosse Getrabe.

Dann reitet mein Kaiser wohl über mein Grab,
Viel Schwerter klirren und blitzen;
Dann steig ich gewaffnet hervor aus dem Grab –
Den Kaiser, den Kaiser zu schützen.

(Buch der Lieder: Junge Leiden)

Als ich gestern abend beim Nachhausegehen in ein einsam dunkles Gäßchen geriet, stand dort ein Kind von höchstens drei Jahren vor einem Talglichtchen, das in die Erde gesteckt war, und lallte ein Lied zum Ruhme des großen Kaisers. Als ich ihm einen Sou auf das ausgebreitete Taschentuch hinwarf, rutschte etwas neben mir, welches ebenfalls um einen Sou bat. Es war ein alter Soldat, der ebenfalls von dem Ruhme des großen Kaisers ein Liedchen singen konnte, denn dieser Ruhm hatte ihm beide Beine gekostet. Der arme Krüppel bat mich nicht im Namen Gottes, sondern mit gläubigster Innigkeit flehte er: »Au nom de Napoléon, donnez-moi un sou«. So dient dieser Name auch als das höchste Beschwörungswort des Volkes, Napoleon ist sein Gott, sein Kultus, seine Religion; und diese Religion wird am Ende langweilig, wie jede andere.

(Französische Zustände)

In der Tat, wir können gegen Östreich kämpfen, und todeskühn kämpfen, mit dem Schwert in der Hand; aber wir fühlen in tiefster Brust, daß wir nicht berechtigt sind, mit Scheltworten diese Macht zu schmähen. Östreich war immer ein offner ehrlicher Feind, der nie seinen Ankampf gegen den Liberalismus geleugnet oder auf eine kurze Zeit eingestellt hätte. Metternich hat nie mit der Göttin der Freiheit geliebäugelt, er hat nie in der Angst des Herzens den Demagogen gespielt, er hat nie Arndts Lieder gesungen und dabei Weißbier getrunken, er hat nie auf der Hasenheide geturnt, er hat nie pietistisch gefrömmelt, er hat nie mit den Festungsarrestanten geweint, geweint, während er sie an der Kette festhielt; – man wußte immer, wie man mit ihm dran war, man wußte, daß man sich vor ihm zu hüten hatte, und man hütete sich vor ihm. Er war immer ein sicherer Mann, der uns weder durch gnädige Blicke täuschte, noch durch Privatmalicen empörte. Man wußte, daß er weder aus Liebe noch aus kleinlichem Hasse, sondern großartig im Geiste eines Systems handelte, welchem Östreich seit drei Jahrhunderten treu geblieben. Es ist dasselbe System, für welches Östreich gegen die Reformation gestritten; es ist dasselbe System, wofür es mit der Revolution in den Kampf getreten.

(Französische Zustände: Vorrede)

Wo gibt es Marmor so rein wie das Herz, wo gibt es Metall so fest wie die Treue des alten Lafayette? Freilich, er war immer einseitig, aber einseitig wie die Magnetnadel, die immer nach Norden zeigt, niemals zur Abwechslung einmal nach Süden oder Osten. So sagt Lafayette seit vierzig Jahren täglich dasselbe, und zeigt beständig nach Nordamerika; er ist es, der die Revolution eröffnete mit der Erklärung der Menschenrechte; noch zu dieser Stunde beharrt er auf dieser Erklärung, ohne welche kein Heil zu erwarten sei – der einseitige Mann mit seiner einseitigen Himmelsgegend der Freiheit! Freilich! er ist kein Genie, wie Napoleon war, in dessen Haupte die Adler der Begeisterung horsteten, während in seinem Herzen die Schlangen des Kalkuls sich ringelten; aber er hat sich doch nie von Adlern einschüchtern oder von Schlangen verführen lassen. Als Jüngling weise wie ein Greis, als Greis feurig wie ein Jüngling, ein Schützer des Volkes gegen die List der Großen, ein Schützer der Großen gegen die Wut des Volkes, mitleidend und mitkämpfend, nie übermütig und nie verzagend, ebenmäßig streng und milde, so blieb Lafayette sich immer gleich; und so in seiner Einseitigkeit und Gleichmäßigkeit blieb er auch immer stehen auf demselben Platze, seit den Tagen Marie Antoinettens bis auf heutige Stunde; ein getreuer Eckart der Freiheit, steht er noch immer, auf seinem Schwerte gestützt und warnend, vor dem Eingange der Tuilerien, dem verführerischen Venusberge, dessen Zaubertöne so verlockend klingen, und aus dessen süßen Netzen die armen Verstrickten sich niemals wieder losreißen können.

(Französische Zustände)

Denn erstens ist Ludwig Philipp der mächtigste Fürst in Europa, seine materiellen Kräfte werden verzehnfacht durch die ihnen inwohnende Beweglichkeit, und zehnfach, ja hundertfach stärker noch sind die geistigen Mittel worüber er nötigenfalls gebieten könnte; und sollten dennoch die vereinigten Fürsten den Sturz dieses Mannes bewirken, so hätten sie selber die mächtigste und vielleicht letzte Stütze des Königtums in Europa umgestürzt. Ja, die Fürsten sollten dem Schöpfer der Kronen und Throne tagtäglich auf ihren Knieen dafür danken, daß Ludwig Philipp König von Frankreich ist.

(Französische Maler)

Die Klugheit dürfte daher den alliierten Mächten raten, das jetzige Regiment in Frankreich zu unterstützen, damit nicht weit gefährlichere und kontagiösere Elemente entzügelt werden und sich geltend machen. Die Gottheit selbst gibt ja ihren Stellvertretern ein so belehrendes Beispiel: der jüngste Mordversuch zeigt, wie die Vorsehung dem Haupte Ludwig Philipps einen ganz besonderen Schutz angedeihen läßt … sie schützt den großen Spritzenmeister, der die Flamme dämpft und einen allgemeinen Weltbrand verhütet.

(Lutetia 1. Teil)

Der König ist hier nicht mehr die erhabene Obergewalt, die von der Höhe des Thrones dem Kampfe der Parteien ruhig zuschaut und sie im heilsamen Gleichgewichte zu halten weiß; nein, er ist selbst herabgestiegen in die Arena. … Jetzt kann Ludwig Philipp nicht das vorhandene Regierungssystem ändern, ohne daß er alsdann in Widerspruch mit seiner Partei und sich selbst fiele. So kam es, daß ihn die Presse gleich dem ersten Chef einer Partei behandelt, in ihm selber alle Regierungsfehler rügt, jedes ministerielle Wort seiner eigenen Zunge zuschreibt und in dem Bürgerkönige nur den Königminister sieht. Wenn die Götterbilder von ihren erhabenen Postamenten herabsteigen, dann entweicht die heilige Ehrfurcht, die wir ihnen zollten, und wir richten sie nach ihren Taten und Worten, als wären sie unseresgleichen.

(Französische Zustände)

Richelieu, Robespierre und Rothschild sind für mich drei terroristische Namen, und sie bedeuten die graduelle Vernichtung der alten Aristokratie. Richelieu, Robespierre und Rothschild sind die drei furchtbarsten Nivelleurs Europas. Richelieu zerstörte die Souveränität des Feudaladels und beugte ihn unter jene königliche Willkür, die ihn entweder durch Hofdienst herabwürdigte, oder durch krautjunkerliche Untätigkeit in der Provinz vermodern ließ. Robespierre schlug diesem unterwürfigen und faulen Adel endlich das Haupt ab. Aber der Boden blieb, und der neue Herr desselben, der neue Gutsbesitzer, ward ganz wieder ein Aristokrat, wie seine Vorgänger, deren Prätentionen er unter anderem Namen fortsetzte. Da kam Rothschild, und zerstörte die Oberherrschaft des Bodens, indem er das Staatspapierensystem zur höchsten Macht emporhob, dadurch die großen Besitztümer und Einkünfte mobilisierte, und gleichsam das Geld mit den ehemaligen Vorrechten des Bodens belehnte. Er stiftete freilich dadurch eine neue Aristokratie, aber diese, beruhend auf dem unzuverlässigsten Elemente, auf dem Gelde, kann nimmermehr so nachhaltig mißwirken, wie die ehemalige Aristokratie, die im Boden, in der Erde selber, wurzelte. Geld ist flüssiger als Wasser, windiger als Luft, und dem jetzigen Geldadel verzeiht man gern seine Impertinenzen, wenn man seine Vergänglichkeit bedenkt … er zerrinnt und verdunstet, ehe man sich dessen versieht.

(Ludwig Börne. Eine Denkschrift)

Herr von Rothschild ist daher der Held des Tages, und er spielt überhaupt in der Geschichte unsrer heutigen Misère eine so große Rolle, daß ich ihn oft und so ernsthaft als möglich besprechen muß. Er ist in der Tat eine merkwürdige Person. Ich kann seine finanzielle Fähigkeit nicht beurteilen, aber nach Resultaten zu schließen muß sie sehr groß sein. Eine eigentümliche Kapazität ist bei ihm die Beobachtungsgabe oder der Instinkt, womit er die Kapazitäten andrer Leute in jeder Sphäre, wo nicht zu beurteilen, doch herauszufinden versteht. Man hat ihn ob solcher Begabnis mit Ludwig XIV. verglichen; und wirklich, im Gegensatz zu seinen Herren Kollegen, die sich gern mit einem Generalstab von Mittelmäßigkeit umgeben, sahen wir Hrn. James von Rothschild immer in intimster Verbindung mit den Notabilitäten jeder Disziplin: wenn ihm auch das Fach ganz unbekannt war, so wußte er doch immer wer darin der beste Mann. Er versteht vielleicht keine Note Musik, aber Rossini war beständig sein Hausfreund. Ary Scheffer ist sein Hofmaler; Carème war sein Koch. Hr. v. Rothschild weiß sicher kein Wort Griechisch, aber der Hellenist Letronne ist der Gelehrte, den er am meisten auszeichnet. Sein Leibarzt war der geniale Dupuytren, und es herrschte zwischen beiden die brüderlichste Zuneigung. Den Wert eines Cremieux, des großen Juristen, dem eine große Zukunft bevorsteht, hat Hr. v. Rothschild schon frühe begriffen, und er fand in ihm seinen treuen Anwalt. In gleicher Weise hat er die politischen Fähigkeiten Ludwig Philipps gleich von Anfang gewürdigt, und er stand immer auf vertrautem Fuße mit diesem Großmeister der Staatskunst. Den Emile Pereire, den Pontifex Maximus der Eisenbahnen, hat Hr. v. Rothschild ganz eigentlich entdeckt, er machte denselben gleich zu seinem ersten Ingenieur, und durch ihn gründete er die Eisenbahn nach Versailles. Die Poesie, sowohl die französische wie die deutsche, ist ebenfalls in der Gunst des Hrn. v. Rothschild sehr würdig vertreten, doch will es mich bedünken, als ob hier nur eine liebenswürdige Courtoisie im Spiele, und als ob der Herr Baron für unsre heutigen lebenden Dichter nicht so schwärmerisch begeistert sei wie für die großen Toten, z.B. für Homer, Sophokles, Dante, Cervantes, Shakespeare, Goethe, lauter verstorbene Poeten, verklärte Genien, die geläutert von allen irdischen Schlacken, jeder Erdennot entrückt sind und keine Nordeisenbahnaktien verlangen.

(Lutetia 2. Teil)

Der Todesfall Byrons hat mich sehr bewegt. Es war der einzige Mensch mit dem ich mich verwandt fühlte, und wir mögen uns wohl in manchen Dingen geglichen haben; scherze nur darüber soviel Du willst. Ich las ihn selten seit einigen Jahren; man geht lieber um mit Menschen deren Charakter von dem unsrigen verschieden ist. Ich bin aber mit Byron immer behaglich umgegangen wie mit einem völlig gleichen Spießkameraden. Mit Shakespeare kann ich gar nicht behaglich umgehen, ich fühle nur zu sehr daß ich nicht seines Gleichen bin, er ist der allgewaltige Minister und ich bin ein bloßer Hofrat, und es ist mir als ob er mich jeden Augenblick absetzen könnte.

(Brief an Moses Moser, 25. 6. 1824)

Ich hätte hundert Gründe Ew. Exzellenz meine Gedichte zu schicken. Ich will nur einen erwähnen: Ich liebe Sie. Ich glaube das ist ein hinreichender Grund. – Meine Poetereien, ich weiß es, haben noch wenig Wert; nur hier und da wäre manches zu finden, woraus man sehen könnte was ich mal zu geben im Stande bin. Ich war lange nicht mit mir einig über das Wesen der Poesie. Die Leute sagten mir: frage Schlegel. Der sagte mir: lese Göthe. Das hab ich ehrlich getan, und wenn mal etwas Rechts aus mir wird, so weiß ich wem ich es verdanke.
Ich küsse die heilige Hand, die mir und dem ganzen deutschen Volke den Weg zum Himmelreich gezeigt hat, und bin

Ew. Exzellenz
gehorsamer und ergebener
H. Heine
Cand. Juris.

(Brief an Johann Wolfgang Goethe, 29. 12. 1821)

In der Tat, die Übereinstimmung der Persönlichkeit mit dem Genius, wie man sie bei außerordentlichen Menschen verlangt, fand man ganz bei Goethe. Seine äußere Erscheinung war eben so bedeutsam wie das Wort das in seinen Schriften lebte; auch seine Gestalt war harmonisch, klar, freudig, edel gemessen, und man konnte griechische Kunst an ihm studieren, wie an einer Antike. Dieser würdevolle Leib war nie gekrümmt von christlicher Wurmdemut; die Züge dieses Antlitzes waren nicht verzerrt von christlicher Zerknirschung; diese Augen waren nicht christlich sünderhaft scheu, nicht andächtelnd und himmelnd, nicht flimmernd bewegt: – nein, seine Augen waren ruhig wie die eines Gottes. Es ist nämlich überhaupt das Kennzeichen der Götter, daß ihr Blick fest ist und ihre Augen nicht unsicher hin und her zucken.

(Die Romantische Schule)

»Der große Heide« ist nämlich der Name, den man in Deutschland dem Goethe beilegt. Doch ist dieser Name nicht ganz passend. Das Heidentum des Goethe ist wunderbar modernisiert. Seine starke Heidennatur bekundet sich in dem klaren, scharfen Auffassen aller äußeren Erscheinungen, aller Farben und Gestalten; aber das Christentum hat ihn zu gleicher Zeit mit einem tieferen Verständnis begabt, trotz seines sträubenden Widerwillens hat das Christentum ihn eingeweiht in die Geheimnisse der Geisterwelt, er hat vom Blute Christi genossen, und dadurch verstand er die verborgensten Stimmen der Natur, gleich Siegfried, dem Nibelungenheld, der plötzlich die Sprache der Vögel verstand, als ein Tropfen Blut des erschlagenen Drachen seine Lippen benetzte. Es ist merkwürdig, wie bei Goethe jene Heidennatur von unserer heutigsten Sentimentalität durchdrungen war, wie der antike Marmor so modern pulsierte, und wie er die Leiden eines jungen Werthers eben so stark mitempfand, wie die Freuden eines alten Griechengottes. Der Pantheismus des Goethe ist also von dem heidnischen sehr unterschieden.

(Zur Geschichte der Religion und Philosophie in Deutschland)

Diese Goetheschen Lieder haben einen neckischen Zauber, der unbeschreibbar. Die harmonischen Verse umschlingen dein Herz wie eine zärtliche Geliebte; das Wort umarmt dich, während der Gedanke dich küßt.

(Zur Geschichte der Religion und Philosophie in Deutschland)

Schiller schrieb für die großen Ideen der Revolution, er zerstörte die geistigen Bastillen, er baute an dem Tempel der Freiheit, und zwar an jenem ganz großen Tempel, der alle Nationen, gleich einer einzigen Brüdergemeinde, umschließen soll; er war Kosmopolit. Er begann mit jenem Haß gegen die Vergangenheit, welchen wir in den »Räubern« sehen, wo er einem kleinen

Titanen gleicht, der aus der Schule gelaufen ist und Schnaps getrunken hat und dem Jupiter die Fenster einwirft; er endigte mit jener Liebe für die Zukunft, die schon im »Don Carlos« wie ein Blumenwald hervorblüht, und er selber ist jener Marquis Posa, der zugleich Prophet und Soldat ist, der auch für das kämpft was er prophezeit, und unter dem spanischen Mantel das schönste Herz trägt, das jemals in Deutschland geliebt und gelitten hat.

(Die Romantische Schule)

Das Leben ist der Güter höchstes, und das schlimmste Übel ist der Tod. Mögen berlinische Gardeleutnants immerhin spötteln und es Feigheit nennen, daß der Prinz von Homburg zurückschaudert, wenn er sein offnes Grab erblickt – Heinrich Kleist hatte dennoch eben so viel Courage wie seine hochbrüstigen, wohlgeschnürten Kollegen, und er hat es leider bewiesen. Aber alle kräftige Menschen lieben das Leben.

(Ideen. Das Buch Le Grand)

Ich konnte leicht prophezeien, welche Lieder einst in Deutschland gepfiffen und gezwitschert werden dürften, denn ich sah die Vögel ausbrüten, welche später die neuen Sangesweisen anstimmten. Ich sah, wie Hegel mit seinem fast komisch ernsthaften Gesichte als

Bruthenne auf den fatalen Eiern saß, und ich hörte sein Gackern. Ehrlich gesagt, selten verstand ich ihn, und erst durch späteres Nachdenken gelangte ich zum Verständnis seiner Worte. Ich glaube, er wollte gar nicht verstanden sein, und daher sein verklausulierter Vortrag, daher vielleicht auch seine Vorliebe für Personen, von denen er wußte, daß sie ihn nicht verständen, und denen er um so bereitwilliger die Ehre seines nähern Umgangs gönnte.

(Geständnisse)

»Die Vernunft ist das höchste Prinzip!« – Vernunft! Wenn ich jetzt dieses Wort höre, so sehe ich noch immer den Doktor Saul Ascher mit seinen abstrakten Beinen, mit seinem engen, transzendentalgrauen Leibrock, und mit seinem schroffen, frierend kalten Gesichte, das einem Lehrbuche der Geometrie als Kupfertafel dienen konnte. Dieser Mann, tief in den Funfzigern, war eine personifizierte grade Linie. In seinem Streben nach dem Positiven hatte der arme Mann sich alles Herrliche aus dem Leben heraus philosophiert, alle Sonnenstrahlen, allen Glauben und alle Blumen, und es blieb ihm nichts übrig, als das kalte, positive Grab. Auf den Apoll von Belvedere und auf das Christentum hatte er eine spezielle Malice.

(Die Harzreise)

Fr. Schlegel war ein tiefsinniger Mann. Er erkannte alle Herrlichkeiten der Vergangenheit und er fühlte alle Schmerzen der Gegenwart. Aber er begriff nicht die Heiligkeit dieser Schmerzen und ihre Notwendigkeit für das künftige Heil der Welt. Er sah die Sonne untergehn und blickte wehmütig nach der Stelle dieses Untergangs und klagte über das nächtliche Dunkel, das er heranziehen sah; und er merkte nicht, daß schon ein neues Morgenrot an der entgegengesetzten Seite leuchtete.

(Die Romantische Schule)

Wie angenehm verwundert war ich … Anno 1819, als ich, ein ganz junger Mensch, die Universität Bonn besuchte, und dort die Ehre hatte, den Herrn Dichter A. W. Schlegel, das poetische Genie, von Angesicht zu Angesicht zu sehen. Es war, mit Ausnahme des Napoleon, der erste große Mann den ich damals gesehen, und ich werde nie diesen erhabenen Anblick vergessen. Noch heute fühle ich den heiligen Schauer, der durch meine Seele zog, wenn ich vor seinem Katheder stand und ihn sprechen hörte.

(Die Romantische Schule)

An August Wilhelm Schlegel

Zufrieden nicht mit deinem Eigentume,
Sollt noch des Rheines Niblungshort dich laben,
Nahmst du vom Themsestrand die Wundergaben,
Und pflücktest kühn des Tago-Ufers Blume.

Der Tiber hast du manch Kleinod entgraben,
Die Seine mußte zollen deinem Ruhme –
Du drangest gar zu Brahmas Heiligtume,
Und wolltst auch Perlen aus dem Ganges haben.

Du geizger Mann, ich rat dir, sei zufrieden
Mit dem was selten Menschen ward beschieden,
Denk ans Verschwenden jetzt, statt ans Erwerben.

Und mit den Schätzen, die du ohn Ermüden
Zusammen hast geschleppt aus Nord und Süden,
Mach reich den Schüler jetzt, den lustgen Erben.

(Poetische Nachlese)

Jean Pauls Periodenbau besteht aus lauter kleinen Stübchen, die manchmal so eng sind, daß wenn eine Idee dort mit einer anderen zusammentrifft, sie sich beide die Köpfe zerstoßen; oben an der Decke sind lauter Haken, woran Jean Paul allerlei Gedanken hängt, und an den Wänden sind lauter geheime Schubladen, worin er Gefühle verbirgt. Kein deutscher Schriftsteller ist so reich wie er an Gedanken und Gefühlen, aber er läßt sie nie zur Reife kommen, und mit dem Reichtum seines Geistes und seines Gemütes bereitet er uns mehr Erstaunen als Erquickung. Gedanken und Gefühle, die zu ungeheuren Bäumen auswachsen würden, wenn er sie ordentlich Wurzel fassen und mit allen ihren Zweigen, Blüten und Blättern sich ausbreiten ließe: diese rupft er aus, wenn sie kaum noch kleine Pflänzchen, oft sogar noch bloße Keime sind, und ganze Geisteswälder werden uns solchermaßen, auf einer gewöhnlichen Schüssel, als Gemüse vorgesetzt. … In allen Richtungen hüpfen dabei seine Witze, die Flöhe seines erhitzten Geistes. Er ist der lustigste Schriftsteller und zugleich der sentimentalste. Ja, die Sentimentalität überwindet ihn immer und sein Lachen verwandelt sich jählings in Weinen.

(Die Romantische Schule)

Hoffmann war als Dichter viel bedeutender als Novalis. Denn letzterer, mit seinen idealischen Gebilden, schwebt immer in der blauen Luft, während Hoffmann, mit allen seinen bizarren Fratzen, sich doch immer an der irdischen Realität festklammert. Wie aber der Riese Antäus unbezwingbar stark blieb, wenn er mit dem Fuße die Mutter Erde berührte, und seine Kraft verlor, sobald ihn Herkules in die Höhe hob: so ist auch der Dichter stark und gewaltig, so lange er den Boden der Wirklichkeit nicht verläßt, und er wird ohnmächtig, sobald er schwärmerisch in der blauen Luft umherschwebt.

Die große Ähnlichkeit zwischen beiden Dichtern besteht wohl darin, daß ihre Poesie eigentlich eine Krankheit war. In dieser Hinsicht hat man geäußert, daß die Beurteilung ihrer Schriften nicht das Geschäft des Kritikers, sondern des Arztes sei. Der Rosenschein in den Dichtungen des Novalis ist nicht die Farbe der Gesundheit, sondern der Schwindsucht, und die Purpurglut in Hoffmanns »Phantasiestücken« ist nicht die Flamme des Genies, sondern des Fiebers.

(Die Romantische Schule)

Ich schrieb nicht im Genre der Frau von Staël, und wenn ich mich auch bestrebte, so wenig ennüyant wie möglich zu sein, so verzichtete ich doch im voraus auf alle Effekte des Stiles und der Phrase, die man bei Frau von Staël, dem größten Autor Frankreichs während dem Empire, in so hohem Grade antrifft. Ja, die Verfasserin der Corinne überragt nach meinem Bedünken alle ihre Zeitgenossen, und ich kann das sprühende Feuerwerk ihrer Darstellung nicht genug bewundern; aber dieses Feuerwerk läßt leider eine übelriechende Dunkelheit zurück, und wir müssen eingestehen, ihr Genie ist nicht so geschlechtlos, wie nach der frühern Behauptung der Frau von Staël das Genie sein soll; ihr Genie ist ein Weib, besitzt alle Gebrechen und Launen des Weibes, und es war meine Pflicht als Mann, dem glänzenden Cancan dieses Genies zu widersprechen.

(Geständnisse)

George Sand, die größte Schriftstellerin, ist zugleich eine schöne Frau. Sie ist sogar eine ausgezeichnete Schönheit. Wie der Genius, der sich in ihren Werken ausspricht, ist ihr Gesicht eher schön als interessant zu nennen; das Interessante ist immer eine graziöse oder geistreiche Abweichung vom Typus des Schönen, und die Züge von George Sand tragen eben das Gepräge einer griechischen Regelmäßigkeit. ... Ja, George Sand ist schön wie die Venus von Milo; sie übertrifft diese sogar durch manche Eigenschaften: sie ist z.B. sehr viel jünger.

(Lutetia 1. Teil)

Wir erleichtern uns die Beurteilung der Werke George Sands, indem wir sagen, daß sie den bestimmtesten Gegensatz zu denen des Victor Hugo bilden. Jener Autor hat alles, was diesem fehlt: George Sand hat Wahrheit, Natur, Geschmack, Schönheit und Begeisterung, und alle diese Eigenschaften verbindet die strengste Harmonie. George Sands Genius hat die wohlgeründet schönsten Hüften, und alles was sie fühlt und denkt, haucht Tiefsinn und Anmut. Ihr Stil ist eine Offenbarung von Wohllaut und Reinheit der Form. Was aber den Stoff ihrer Darstellung betrifft, ihre Süjets, die nicht selten schlechte Süjets genannt werden dürften, so enthalte ich mich hier jeder Bemerkung, und ich überlasse dieses Thema ihren Feinden --

(Lutetia 1. Teil)

Herr Uhland repräsentiert eine ganze Periode, und er repräsentiert sie jetzt fast allein, da die anderen Repräsentanten derselben in Vergessenheit geraten und sich wirklich in diesem Schriftsteller alle resumieren. Der Ton, der in den Uhlandschen Liedern, Balladen und Romanzen herrscht, war der Ton aller seiner romantischen Zeitgenossen, und mancher darunter hat, wo nicht gar Besseres, doch wenigstens ebenso Gutes geliefert.

(Die Romantische Schule)

Vor zwanzig Jahren, ich war ein Knabe, ja damals, mit welcher überströmenden Begeisterung hätte ich den vortrefflichen Uhland zu feiern vermocht! Damals empfand ich seine Vortrefflichkeit vielleicht besser als jetzt; er stand mir näher an Empfindung und Denkvermögen. Aber so vieles hat sich seitdem ereignet! Was mir so herrlich dünkte, jenes chevalereske und katholische Wesen, jene Ritter die im adligen Turnei sich hauen und stechen, jene sanften Knappen und sittigen Edelfrauen, jene Nordlandshelden und Minnesänger, jene Mönche und Nonnen, jene Vätergrüfte mit Ahnungsschauern, jene blassen Entsagungsgefühle mit Glockengeläute und das ewige Wehmutgewimmer, wie bitter ward es mir seitdem verleidet!

(Die Romantische Schule)

Ich, der ich mich in der Dichtkunst nicht so sehr geplagt, und sie immer in Verbindung mit gutem Essen ausgeübt habe, ich will den Grafen Platen, dem es saurer und nüchterner dabei ergangen, um so mehr preisen … Wenn ihm auch die Musen nicht hold sind, so hat er doch den Genius der Sprache in seiner Gewalt, oder vielmehr er weiß ihm Gewalt anzutun; – denn die freie Liebe dieses Genius fehlt ihm, er muß auch diesem Jungen beharrlich nachlaufen, und er weiß nur die äußeren Formen zu erfassen, die trotz ihrer schönen Ründung sich nie edel aussprechen. Nie sind tiefe Naturlaute, wie wir sie im Volksliede, bei Kindern und anderen Dichtern finden, aus der Seele eines Platen hervorgebrochen oder offenbarungsmäßig hervorgeblüht; den beängstigenden Zwang, den er sich antun muß, um etwas zu sagen, nennt er eine »große Tat in Worten« – so gänzlich unbekannt mit dem Wesen der Poesie, weiß er nicht einmal, daß das Wort nur bei dem Rhetor eine Tat ist, bei dem wahren Dichter aber ein Ereignis. Ungleich dem wahren Dichter, ist die Sprache nie Meister geworden in ihm, er ist dagegen Meister geworden in der Sprache oder vielmehr auf der Sprache, wie ein Virtuose auf einem Instrumente.

(Die Bäder von Lucca)

Gestern Abend erfuhr ich durch das Journal des Débats ganz zufällig den Tod von Immermann. Ich habe die ganze Nacht durchgeweint. Welch ein Unglück. Sie wissen welche Bedeutung Immermann für mich hatte, dieser alte Waffenbruder, mit welchem ich zu gleicher Zeit in der Literatur aufgetreten, gleichsam Arm in Arm! Welch einen großen Dichter haben wir Deutschen verloren ohne ihn jemals recht gekannt zu haben!

(Brief an Heinrich Laube, 8. 9. 1840)

Ich habe den Namen Heinrich Laube genannt; denn, wie könnte ich von dem jungen Deutschland sprechen, ohne des großen flammenden Herzens zu gedenken, das daraus am glänzendsten hervorleuchtet. Heinrich Laube, einer jener Schriftsteller, die seit der Juliusrevolution aufgetreten sind, ist für Deutschland von einer sozialen Bedeutung, deren ganzes Gewicht jetzt noch nicht ermessen werden kann. Er hat alle guten Eigenschaften, die wir bei den Autoren der vergangenen Periode finden, und verbindet damit den apostolischen Eifer des jungen Deutschlands. Dabei ist seine gewaltige Leidenschaft durch hohen Kunstsinn gemildert und verklärt. Er ist begeistert für das Schöne eben so sehr wie für das Gute; er hat ein feines Ohr und ein scharfes Auge für edle Form; und gemeine Naturen widern ihn an, selbst wenn sie als Kämpen für noble Gesinnung dem Vaterlande nutzen.

(Die Romantische Schule)

Ich war nie Börnes Freund, und ich war auch nie sein Feind. ...
Wenn ich jetzt von ihm rede, geschieht es wahrlich weder aus Enthusiasmus noch aus Mißtrauen; ich bin mir wenigstens der kältesten Unparteilichkeit bewußt. Ich schreibe hier weder eine Apologie noch eine Kritik, und indem ich nur von der eignen Anschauung ausgehe bei der Schilderung des Mannes, dürfte das Standbild, das ich von ihm liefere, vielleicht als ein ikonisches zu betrachten sein. Und es gebührt ihm ein solches Standbild, ihm dem großen Ringer, der in der Arena unserer politischen Spiele so mutig rang, und wo nicht den Lorbeer, doch gewiß den Kranz von Eichenlaub ersiegte.
Wir geben sein Standbild mit seinen wahren Zügen, ohne Idealisierung, je ähnlicher desto ehrender für sein Andenken. Er war ja weder ein Genie noch ein Heros; er war kein Gott des Olymps. Er war ein Mensch, ein Bürger der Erde, er war ein guter Schriftsteller und ein großer Patriot.

(Ludwig Börne. Eine Denkschrift)

Ja, dieser Börne war ein großer Patriot, vielleicht der größte, der aus Germanias stiefmütterlichen Brüsten das glühendste Leben und den bittersten Tod gesogen! In der Seele dieses Mannes jauchzte und blutete eine rührende Vaterlandsliebe, die ihrer Natur nach verschämt, wie jede Liebe, sich gern unter knurrenden Scheltworten und nergelnden Murrsinn versteckte, aber in unbewachter Stunde desto gewaltsamer hervorbrach. Wenn Deutschland allerlei Verkehrtheiten beging, die böse Folgen haben konnten, wenn es den Mut nicht hatte eine heilsame Medizin einzunehmen, sich den Star stechen zu lassen oder sonst eine kleine Operation auszuhalten, dann tobte und schimpfte Ludwig Börne, und stampfte und wetterte; – wenn aber das vorausgesehene Unglück wirklich eintrat, wenn man Deutschland mit Füßen trat oder so lange peitschte bis Blut floß: dann schmollte Börne nicht länger, und er fing an zu flennen, der arme Narr, der er war, und schluchzend behauptete er alsdann, Deutschland sei das beste Land der Welt, und das schönste Land, und die Deutschen seien das schönste und edelste Volk, eine wahre Perle von Volk, und nirgends sei man klüger als in Deutschland, und sogar die Narren seien dort gescheut, und die Flegelei sei eigentlich Gemüt, und er sehnte sich ordentlich nach den geliebten Rippenstößen der Heimat, und er hatte manchmal ein Gelüste nach einer recht saftigen deutschen Dummheit, wie eine schwangere Frau nach einer Birne.

(Ludwig Börne. Eine Denkschrift)

An Georg Herwegh

Herwegh, du eiserne Lerche,
Mit klirrendem Jubel steigst du empor
Zum heilgen Sonnenlichte!
Ward wirklich der Winter zu nichte?
Steht wirklich Deutschland im Frühlingsflor?

Herwegh, du eiserne Lerche,
Weil du so himmelhoch dich schwingst,
Hast du die Erde aus dem Gesichte
Verloren – Nur in deinem Gedichte
Lebt jener Lenz den du besingst.

(Poetische Nachlese)

An Hoffmann von Fallersleben

O Hoffmann, deutscher Brutus,
Wie bist du mutig und kühn,
Du setzest Läuse den Fürsten
In den Pelz, in den Hermelin.

Und wen es juckt, der kratzt sich,
Sie kratzen sich endlich tot,
Die sechsunddreißig Tyrannen,
Und es endigt sich unsere Not.

O Hoffmann, deutscher Brutus,
Von Fallersleben genannt,
Mit deinem Ungeziefer
Befreist du uns das Land.

(Poetische Nachlese)

Wie Plato den Diogenes sehr treffend einen wahnsinnigen Sokrates nannte, so könnte man unsern Grabbe leider mit doppeltem Rechte einen betrunkenen Shakespeare nennen.

(Memoiren)

Je weniger er zu essen hatte, desto mehr legte er sich aufs Trinken und ward ein Trunkenbold. Anfangs Elend und später häuslicher Gram trieben den Unglücklichen, im Rausche Erheiterung oder Vergessenheit zu suchen, und zuletzt mochte er wohl zur Flasche gegriffen haben, wie andere zur Pistole, um dem Jammertum ein Ende zu machen. »Glauben Sie mir«, sagte mir einst ein naiver westfälischer Landsmann Grabbes, »der konnte viel vertragen und wäre nicht gestorben, weil er trank, sondern er trank, weil er sterben wollte; er starb durch Selbsttrunk.«

(Memoiren)

Der Campe ist wirklich ein großer Mann,
In aller Verleger Blüte.

Ein andrer Verleger hätte mich
Vielleicht verhungern lassen,
Der aber gibt mir zu trinken sogar;
Werde ihn niemals verlassen.

Ich danke dem Schöpfer in der Höh,
Der diesen Saft der Reben
Erschuf und zum Verleger mir
Den Julius Campe gegeben!

(Deutschland. Ein Wintermärchen)

Endlich aber, auf der Bühne, kam eine dunkle Gestalt zum Vorschein, die der Unterwelt entstiegen zu sein schien. Das war Paganini in seiner schwarzen Gala. Der schwarze Frack und die schwarze Weste von einem entsetzlichen Zuschnitt, wie er vielleicht am Hofe Proserpinens von der höllischen Etikette vorgeschrieben ist. Die schwarze Hose ängstlich schlotternd um die dünnen Beine. Die langen Arme schienen noch verlängert, indem er in der einen Hand die Violine und in der anderen den Bogen gesenkt hielt und damit fast die Erde berührte, als er vor dem Publikum seine unerhörten Verbeugungen auskramte. In den eckigen Krümmungen seines Leibes lag eine schauerliche Hölzernheit und zugleich etwas närrisch Tierisches, daß uns bei diesen Verbeugungen eine sonderbare Lachlust anwandeln mußte; aber sein Gesicht, das durch die grelle Orchesterbeleuchtung noch leichenartig weißer erschien, hatte alsdann so etwas Flehendes, so etwas blödsinnig Demütiges, daß ein grauenhaftes Mitleid unsere Lachlust niederdrückte.

(Florentinische Nächte)

Ich spreche von Franz Liszt, dem genialen Pianisten. Ja, der Geniale ist jetzt wieder hier und gibt Konzerte, die einen Zauber üben, der ans Fabelhafte grenzt. Neben ihm schwinden alle Klavierspieler – mit Ausnahme eines einzigen, des Chopin, des Raffaels des Fortepiano. In der Tat, mit Ausnahme dieses Einzigen sind alle andern Klavierspieler, die wir dieses Jahr in unzähligen Konzerten hörten, eben nur Klavierspieler, sie glänzen durch die Fertigkeit, womit sie das besaitete Holz handhaben, bei Liszt hingegen denkt man nicht mehr an überwundene Schwierigkeit, das Klavier verschwindet und es offenbart sich die Musik.

(Lutetia 1. Teil)

Daß ein so unruhiger Kopf, der von allen Nöten und Doktrinen der Zeit in die Wirre getrieben wird, der das Bedürfnis fühlt, sich um alle Bedürfnisse der Menschheit zu bekümmern, und gern die Nase in alle Töpfe steckt, worin der liebe Gott die Zukunft kocht: daß Franz Liszt kein stiller Klavierspieler für ruhige

Staatsbürger und gemütliche Schlafmützen sein kann, das versteht sich von selbst. Wenn er am Fortepiano sitzt und sich mehrmals das Haar über die Stirne zurückgestrichen hat, und zu improvisieren beginnt, dann stürmt er nicht selten allzutoll über die elfenbeinernen Tasten, und es erklingt eine Wildnis von himmelhohen Gedanken, wozwischen hie und da die süßesten Blumen ihren Duft verbreiten, daß man zugleich beängstigt und beseligt wird, aber doch noch mehr beängstigt.

(Über die französische Bühne)

Ja, dem Chopin muß man Genie zusprechen, in der vollen Bedeutung des Worts; er ist nicht bloß Virtuose, er ist auch Poet, er kann uns die Poesie, die in seiner Seele lebt, zur Anschauung bringen, er ist Tondichter, und nichts gleicht dem Genuß, den er uns verschafft, wenn er am Klavier sitzt und improvisiert. Er ist alsdann weder Pole, noch Franzose, noch Deutscher, er verrät dann einen weit höheren Ursprung, man merkt alsdann, er stammt aus dem Lande Mozarts, Raffaels, Goethes, sein wahres Vaterland ist das Traumreich der Poesie. Wenn er am Klavier sitzt und improvisiert, ist es mir, als besuche mich ein Landsmann aus der geliebten Heimat und erzähle mir die kuriosesten Dinge, die, während meiner Abwesenheit, dort passiert sind.

(Über die französische Bühne)

Beethoven treibt die spiritualistische Kunst bis zu jener tönenden Agonie der Erscheinungswelt, bis zu jener Vernichtung der Natur, die mich mit einem Grauen erfüllt, das ich nicht verhehlen mag, obgleich meine Freunde darüber den Kopf schütteln. Für mich ist es ein sehr bedeutungsvoller Umstand, daß Beethoven am Ende seiner Tage taub ward, und sogar die unsichtbare Tonwelt keine klingende Realität mehr für ihn hatte. Seine Töne waren nur noch Erinnerungen eines Tones, Gespenster verschollener Klänge, und seine letzten Produktionen tragen an der Stirne ein unheimliches Totenmal.

(Lutetia 1. Teil)

Auf den Wogen Rossinischer Musik schaukeln sich am behaglichsten die individuellen Freuden und Leiden des Menschen; Liebe und Haß, Zärtlichkeit und Sehnsucht, Eifersucht und Schmollen, alles ist hier das isolierte Gefühl eines Einzelnen.

(Über die französische Bühne)

So ernsthaft, so schmerzentief auch diese Klänge ertönen, so gewaltig sie auch das Gewaltigste aufseufzen und ausbluten, so behielten sie doch etwas Kindheitliches und mahnten mich an die Darstellung der Passion durch Kinder, die ich in Cette gesehen. Ja, an diese kleine fromme Mummerei mußte ich unwillkürlich denken, als ich der Aufführung des »Stabat« von Rossini zum erstenmal beiwohnte: das ungeheure erhabene Martyrium ward hier dargestellt, aber in den naivsten Jugendlauten, die furchtbaren Klagen der Mater dolorosa ertönten, aber wie aus unschuldig kleiner Mädchenkehle, neben den Flören der schwärzesten Trauer rauschten die Flügel aller Amoretten der Anmut, die Schrecknisse des Kreuztodes waren gemildert wie von tändelndem Schäferspiel, und das Gefühl der Unendlichkeit umwogte und umschloß das Ganze wie der blaue Himmel, der auf die Prozession von Cette herableuchtete, wie das blaue Meer, an dessen Ufer sie singend und klingend dahinzog! Das ist die ewige Holdseligkeit des Rossini, seine unverwüstliche Milde, die kein Impresario und kein Marchand de musique zugrunde ärgern konnte oder auch nur zu trüben vermochte! Wie schnöde, wie abgefeimt tückisch ihm auch oftmals mitgespielt wurde im Leben, so finden wir doch in seinen musikalischen Produkten nicht eine Spur von Galle. Gleich jener Quelle Arethusa, die ihre ursprüngliche Süßigkeit bewahrte, obgleich sie die bittern Gewässer des Meeres durchzogen, so behielt auch das Herz Rossinis seine melodische Lieblichkeit und Süße, obgleich es aus allen Wermutskelchen dieser Welt hinlänglich gekostet.

(Lutetia 1. Teil)

Die Vorherrschaft der Harmonie in den Meyerbeerschen Schöpfungen ist vielleicht eine notwendige Folge seiner weiten, das Reich des Gedankens und der Erscheinungen umfassenden Bildung. Zu seiner Erziehung wurden Schätze verwendet und sein Geist war empfänglich; er ward früh eingeweiht in allen Wissenschaften und unterscheidet sich auch hierdurch von den meisten Musikern, deren glänzende Ignoranz einigermaßen verzeihlich, da es ihnen gewöhnlich an Mitteln und Zeit fehlte, sich außerhalb ihres Faches große Kenntnisse zu erwerben. Das Gelernte ward bei ihm Natur und die Schule der Welt gab ihm die höchste Entwicklung; er gehört zu jener geringen Zahl Deutscher, die selbst Frankreich als Muster der Urbanität anerkennen mußte. Solche Bildungshöhe war vielleicht nötig, wenn man das Material, das zur Schöpfung der »Hugenotten« gehörte, zusammenfinden und sicheren Sinnes gestalten wollte. Aber ob nicht was an Weite der Auffassung und Klarheit des Überblicks gewonnen ward, an anderen Eigenschaften verloren ging, das ist eine Frage.

(Über die französische Bühne)

Die Bildung vernichtet bei dem Künstler jene scharfe Akzentuation, jene schroffe Färbung, jene Ursprünglichkeit der Gedanken, jene Unmittelbarkeit der Gefühle, die wir bei rohbegrenzten, ungebildeten Naturen so sehr bewundern.
Die Bildung wird überhaupt immer teuer erkauft und

die kleine Blanka hat Recht. Dieses etwa achtjährige Töchterchen von Meyerbeer beneidet den Müßiggang der kleinen Buben und Mädchen, die sie auf der Straße spielen sieht, und äußerte sich jüngst folgendermaßen: »Welch ein Unglück, daß ich gebildete Eltern habe! Ich muß von Morgen bis Abend alles Mögliche auswendig lernen und still sitzen und artig sein, während die ungebildeten Kinder da unten den ganzen Tag glücklich herumlaufen und sich amüsieren können!«

(Über die französische Bühne)

In Ermangelung des Guten befriedigt sich das Publikum an dem Neuen. Verdi ist jetzt der Mann des Tages in der musikalischen Welt, seitdem Bellini gestorben, Rossini und Donizetti bei lebendigem Leibe tot sind und Meyerbeer ebenfalls schon das fatale hippokratische Zeichen im Antlitz trägt.

(Korrespondenzartikel)

Welche traurigen Erfahrungen mußte Herr Richard Wagner machen, der endlich, der Sprache der Vernunft und des Magens gehorchend, das gefährliche Projekt, auf der französischen Bühne Fuß zu fassen, klüglich aufgab und nach dem deutschen Kartoffelland zurückflatterte.

(Lutetia 2. Teil)

Es heißt hier, Herr Felix Mendelssohn werde dieser Tage persönlich nach Paris kommen. ... Seine künstlerische Begabnis ist groß; doch hat sie sehr bedenkliche Grenzen und Lücken. Ich finde in talentlicher Beziehung eine große Ähnlichkeit zwischen Herrn Felix Mendelssohn und der Mademoiselle Rachel Felix, der tragischen Künstlerin. Eigentümlich ist beiden ein großer, strenger, sehr ernsthafter Ernst, ein entschiedenes, beinahe zudringliches Anlehnen an klassische Muster, die feinste, geistreichste Berechnung, Verstandesschärfe und endlich der gänzliche Mangel an Naivetät. Gibt es aber in der Kunst eine geniale Ursprünglichkeit ohne Naivetät? Bis jetzt ist dieser Fall noch nicht vorgekommen.

(Lutetia 1. Teil)

Ich reise nun bald ab, und ich bitte Sie werfen Sie mein Bild nicht ganz und gar in die Polterkammer der Vergessenheit. Ich könnte wahrhaftig keine Repressalien anwenden; und wenn ich mir auch hundertmal des Tags vorsagte: »Du willst Frau v. Varnhagen vergessen!« es ginge doch nicht. Vergessen Sie mich nicht! Sie dürfen sich nicht mit einem schlechten Gedächtnisse entschuldigen, Ihr Geist hat einen Kontrakt geschlossen mit der Zeit; und wenn ich vielleicht nach einigen Jahrhunderten das Vergnügen habe Sie als die schönste und herrlichste aller Blumen, im schönsten und herrlichsten aller Himmelstäler, wiederzusehen, so haben Sie wieder die Güte mich arme Stechpalme (oder werde ich noch was schlimmeres sein?) mit Ihrem freundlichen Glanze und lieblichen Hauche, wie einen alten Bekannten, zu begrüßen. Sie tuen es gewiß; haben Sie ja schon anno 1822 und 1823 Ähnliches getan, als Sie mich kranken, bittern, mürrischen, poetischen und unausstehlichen Menschen mit einer Artigkeit und Güte behandelt, die ich gewiß in *diesem* Leben nicht verdient, und nur wohlwollenden Erinnerungen einer frühern Connoissanz verdanken muß. Ich bin,

gnädige Frau!
mit Achtung und Ergebenheit
H. Heine

(Brief an Rahel Varnhagen, 12. 4. 1823)

Liebster Varnhagen!
So eben erfahre ich von dem neuen Verluste der Sie betroffen, und obgleich betäubt und nicht wissend was ich sagen soll, eile ich Ihnen zu schreiben. Lieber Himmel, hier hört ja alle Macht des Wortes auf, und das Beste wäre ein stummer Händedruck. …
Unser eigentliches Geheimnis haben wir nie ausgesprochen, und werden es auch nie aussprechen, und wir steigen ins Grab mit verschlossenen Lippen! Wir, wir verstanden einander durch bloße Blicke, wir sahen uns an und wußten, was in uns vorging – diese Augensprache wird bald verloren sein, und unsere hinterlassenen Schriftmäler, z.B. Rahels Briefe, werden für

die Spätergeborenen doch nur unenträtselbare Hieroglyphen sein – das weiß ich, und daran denk ich bei jedem neuen Abgang und Heimgang.

(Brief an Karl August Varnhagen von Ense, 5. 2. 1840)

8.
Politik und Gesellschaft, Emanzipation und Revolution

Ich glaube an den Fortschritt, ich glaube, die Menschheit ist zur Glückseligkeit bestimmt, und ich hege also eine größere Meinung von der Gottheit als jene frommen Leute, die da wähnen, er habe den Menschen nur zum Leiden erschaffen. Schon hier auf Erden möchte ich, durch die Segnungen freier politischer und industrieller Institutionen, jene Seligkeit etablieren, die, nach der Meinung der Frommen, erst am jüngsten Tage, im Himmel, stattfinden soll. Jenes ist vielleicht eben so wie dieses eine törigte Hoffnung, und es gibt keine Auferstehung der Menschheit, weder im politisch moralischen, noch im apostolisch katholischen Sinne.

(Zur Geschichte der Religion und Philosophie in Deutschland)

Ein neues Lied, ein besseres Lied,
O Freunde, will ich Euch dichten!
Wir wollen hier auf Erden schon
Das Himmelreich errichten.

Wir wollen auf Erden glücklich sein,
Und wollen nicht mehr darben;
Verschlemmen soll nicht der faule Bauch
Was fleißige Hände erwarben.

Es wächst hienieden Brot genug
Für alle Menschenkinder,

Auch Rosen und Myrten, Schönheit und Lust,
Und Zuckererbsen nicht minder.

Ja, Zuckererbsen für jedermann,
Sobald die Schoten platzen!
Den Himmel überlassen wir
Den Engeln und den Spatzen.

(Deutschland. Ein Wintermärchen)

Wahrlich, ihr solltet uns die himmlische Partei nennen, nicht die französische; denn jene Erklärung der Menschenrechte, worauf unsere ganze Staatswissenschaft basiert ist, stammt nicht aus Frankreich, wo sie freilich am glorreichsten proklamiert worden, nicht einmal aus Amerika, woher sie Lafayette geholt hat, sondern sie stammt aus dem Himmel, dem ewigen Vaterland der Vernunft.

(Schriftstellernöte: Vorrede zur Vorrede)

Vielleicht habt Ihr doch Recht, und ich bin nur ein Don Quixote und das Lesen von allerlei wunderbaren Büchern hat mir den Kopf verwirrt, eben so wie dem Junker von La Mancha, und Jean Jacques Rousseau war mein Amadis von Gallien, Mirabeau war mein Roldan oder Agramanth, und ich habe mich zu sehr hineinstudiert in die Heldentaten der französischen Paladine und der Tafelrunde des Nationalkonvents.

Freilich, mein Wahnsinn und die fixen Ideen, die ich aus jenen Büchern geschöpft, sind von entgegengesetzter Art, als der Wahnsinn und die fixen Ideen des Manchaners; dieser wollte die untergehende Ritterzeit wieder herstellen, ich hingegen will alles, was aus jener Zeit noch übrig geblieben ist, jetzt vollends vernichten, und da handeln wir also mit ganz verschiedenen Ansichten.

(Die Stadt Lucca)

Was ist aber diese große Aufgabe unserer Zeit?
Es ist die Emanzipation. Nicht bloß die der Irländer, Griechen, Frankfurter Juden, westindischen Schwarzen und dergleichen gedrückten Volkes, sondern es ist die Emanzipation der ganzen Welt, absonderlich Europas, das mündig geworden ist, und sich jetzt losreißt von dem eisernen Gängelbande der Bevorrechteten, der Aristokratie.

(Reise von München nach Genua)

Die Idee der Menschengleichheit durchwärmt unsere Zeit, und die Dichter, die als Hohepriester dieser göttlichen Sonne huldigen, können sicher sein, daß Tausende mit ihnen niederknieen, und Tausende mit ihnen weinen und jauchzen.

(Zur Literatur: »Struensee« von M. Beer)

Lächle nicht, später Leser. Jede Zeit glaubt, ihr Kampf sei vor allen der wichtigste, dieses ist der eigentliche Glaube der Zeit, in diesem lebt sie und stirbt sie, und auch wir wollen leben und sterben in dieser Freiheitsreligion, die vielleicht mehr den Namen Religion verdient, als das hohle ausgestorbene Seelengespenst, das wir noch so zu benennen pflegen – unser heiliger Kampf dünkt uns der wichtigste, wofür jemals auf dieser Erde gekämpft worden, obgleich historische Ahnung uns sagt, daß einst unsre Enkel auf diesen Kampf herabsehen werden, vielleicht mit demselben Gleichgültigkeitsgefühl, womit wir herabsehen auf den Kampf der ersten Menschen, die gegen eben so gierige Ungetüme, Lindwürmer und Raubriesen, zu kämpfen hatten.

(Reise von München nach Genua)

Ja, es wird ein schöner Tag werden, die Freiheitssonne wird die Erde glücklicher wärmen, als die Aristokratie sämtlicher Sterne; emporblühen wird ein neues Geschlecht, das erzeugt worden in freier Wahlumarmung, nicht im Zwangsbette und unter der Kontrolle geistlicher Zöllner; mit der freien Geburt werden auch in den Menschen freie Gedanken und Gefühle zur Welt kommen, wovon wir geborenen Knechte keine Ahnung haben.

(Reise von München nach Genua)

Freiheit … Ein schönes Wort! Nächst der Liebe gewiß das schönste. Aber es ist auch nächst der Liebe das Wort, das am meisten mißverstanden wird, und ganz entgegengesetzten Dingen zur Bezeichnung dienen muß.

(Über Polen)

Der Engländer liebt die Freiheit wie sein rechtmäßiges Weib, er besitzt sie, und wenn er sie auch nicht mit absonderlicher Zärtlichkeit behandelt, so weiß er sie doch im Notfall wie ein Mann zu verteidigen, und wehe dem rotgeröckten Burschen, der sich in ihr heiliges Schlafgemach drängt – sei es als Galant oder als Scherge. Der Franzose liebt die Freiheit wie seine erwählte Braut. Er glüht für sie, er flammt, er wirft sich zu ihren Füßen mit den überspanntesten Beteuerungen, er schlägt sich für sie auf Tod und Leben, er begeht für sie tausenderlei Torheiten. Der Deutsche liebt die Freiheit wie seine alte Großmutter.

(Englische Fragmente)

Die Freiheit, die bisher nur hie und da Mensch geworden, muß auch in die Massen selbst, in die untersten Schichten der Gesellschaft, übergehen und Volk werden. Diese Volkwerdung der Freiheit, dieser geheimnisvolle Prozeß, der, wie jede Geburt, wie jede Frucht, als notwendige Bedingnis Zeit und Ruhe begehrt, ist gewiß nicht minder wichtig, als es jene Verkündigung der Prinzipien war, womit sich unsre Vorgänger beschäftigt haben. Das Wort wird Fleisch, und das Fleisch blutet.

(Lutetia)

Überhaupt scheint die Weltperiode vorbei zu sein, wo die Taten der Einzelnen hervorragen; die Völker, die Parteien, die Massen selber sind die Helden der neuern Zeit; die moderne Tragödie unterscheidet sich von der antiken dadurch, daß jetzt die Chöre agieren und die eigentlichen Hauptrollen spielen, während die Götter, Heroen, und Tyrannen, die früherhin die handelnden Personen waren, jetzt zu mäßigen Repräsentanten des Parteiwillens und der Volkstat herabsinken, und zur schwatzenden Betrachtung hingestellt sind, als Thronredner, als Gastmahlpräsidenten, Landtagsabgeordnete, Minister, Tribune usw.

(Französische Zustände)

Nicht mehr die gekrönten Häuptlinge, sondern die Völker selbst sind die Helden der neuern Zeit, auch diese Helden haben eine heilige Allianz geschlossen, sie halten zusammen, wo es gilt für das gemeinsame Recht, für das Völkerrecht der religiösen und politischen Freiheit, sie sind verbunden durch die Idee, sie haben sie beschworen und dafür geblutet, ja sie sind selbst zur Idee geworden – und deshalb zuckt es gleich schmerzhaft durch alle Völkerherzen, wenn irgendwo, sei es auch im äußersten Winkel der Erde, die Idee beleidigt wird.

(Englische Fragmente)

Das Leben ist weder Zweck noch Mittel; das Leben ist ein Recht. Das Leben will dieses Recht geltend machen gegen den erstarrenden Tod, gegen die Vergangenheit, und dieses Geltendmachen ist die Revolution. Der elegische Indifferentismus der Historiker und Poeten soll unsere Energie nicht lähmen bei diesem Geschäfte; und die Schwärmerei der Zukunftbeglücker soll uns nicht verleiten, die Interessen der Gegenwart und das zunächst zu verfechtende Menschenrecht, das Recht zu leben, aufs Spiel zu setzen. – Le pain est le droit du peuple, sagte Saint-Just, und das ist das größte Wort, das in der ganzen Revolution gesprochen worden.

(Verschiedenartige Geschichtsauffassung)

»Vorwärts, immer vorwärts!« ist aber das Zauberwort, das die Revolutionäre aufrecht erhalten kann; – bleiben sie stehen und schauen sie sich um, dann sind sie verloren, wie Eurydike, als sie dem Saitenspiel des Gemahls folgend, nur einmal zurückschaute in die Greuel der Unterwelt.

(Französische Maler)

Wie es Vögel gibt die irgend eine physische Revolution, etwa Gewitter, Erdbeben, Überschwemmungen etc. vorausahnen, so gibts Menschen denen die sozialen Revolutionen sich im Gemüte voraus ankündigen, und denen es dabei lähmend betäubend und seltsam stockend zumute wird. So erkläre ich mir meinen diesjährigen Zustand bis zum Ende Juli. Ich befand mich frisch und gesund und konnte nichts treiben als Revolutionsgeschichte, Tag und Nacht. Zwei Monate badete ich in Helgoland, und als die Nachricht der großen Woche dort anlangte, wars mir als verstände sich das von selbst, als sei es nur eine Fortsetzung meiner Studien.

(Brief an Karl August Varnhagen von Ense, 13. 11. 1830)

Heilige Julitage von Paris! ihr werdet ewig Zeugnis geben von dem Uradel der Menschen, der nie ganz zerstört werden kann. Wer euch erlebt hat, der jammert nicht mehr auf den alten Gräbern, sondern freudig glaubt er jetzt an die Auferstehung der Völker. Heilige Julitage! wie schön war die Sonne und wie groß war das Volk von Paris! Die Götter im Himmel, die dem großen Kampfe zusahen, jauchzten vor Bewunderung, und sie wären gerne aufgestanden von ihren goldenen Stühlen und wären gerne zur Erde herabgestiegen, um Bürger zu werden von Paris! Aber neidisch, ängstlich, wie sie sind, fürchteten sie am Ende, daß die Menschen zu hoch und zu herrlich emporblühen möchten, und durch ihre willigen Priester suchten sie »das Glänzende zu schwärzen und das Erhabene in den Staub zu ziehn«, und sie stifteten die belgische Rebellion, das de Pottersche Viehstück. Es ist dafür gesorgt, daß die Freiheitsbäume nicht in den Himmel hineinwachsen.

(Französische Maler)

Unsere bisherigen Handbuchschreiber ... glaubten, die Akten der Revolutionsgeschichte seien geschlossen, und sie hatten schon über Menschen und Dinge ihr letztes Urteil gefällt: da brüllten plötzlich die Kanonen der großen Woche, und die Göttinger Fakultät merkte, daß von ihrem akademischen Spruchkollegium an eine höhere Instanz appelliert worden, und daß nicht bloß die französische Spezialrevolution noch nicht vollendet sei, sondern daß erst die weit umfassendere Universalrevolution ihren Anfang genommen habe. Wie mußten sie erschrecken, diese friedlichen Leute, als sie eines frühen Morgens die Köpfe zum Fenster hinaussteckten und den Umsturz des Staates und ihrer Kompendien erblickten, und trotz der Schlafmützen die Töne der Marseiller Hymne in ihre Ohren drangen. Wahrlich, daß 1830 die dreifarbige Fahne einige Tage lang auf den Türmen von Göttingen flatterte, das war ein burschikoser Spaß, den sich die Weltgeschichte gegen das hochgelahrte Philistertum der Georgia Augusta erlaubt hat. In dieser allzuernsten Zeit bedarf es wohl solcher aufheiternden Erscheinungen.

(Französische Zustände)

In dem heutigen Deutschland haben sich die Umstände geändert, und die Partei der Blumen und der Nachtigallen ist eng verbunden mit der Revolution. Uns gehört die Zukunft, und es dämmert schon herauf die Morgenröte des Sieges. Wenn einst sein schöner Tag sein Licht über unser ganzes Vaterland ergießt, dann gedenken wir auch der Toten; dann gedenken wir gewiß auch deiner, alter Nicolai, armer Märtyrer der Vernunft!

(Zur Geschichte der Religion und Philosophie in Deutschland)

Über lang oder kurz wird in Deutschland die Revolution beginnen, sie ist da in der Idee, und die Deutschen haben nie eine Idee aufgegeben, nicht einmal eine Lesart; in diesem Lande der Gründlichkeit wird Alles, und daure es noch solange, zu Ende geführt.

(Brief an Cotta, 1. 3. 1832)

Ach Gott! ach Deutschland! Es wird bald sehr betrübt bei uns aussehen und sehr blutig. Revolutionen sind eine schreckliche Sache, aber sie sind notwendig, wie Amputationen, wenn irgend ein Glied in Fäulnis geraten. Da muß man schnell zuschneiden, und ohne ängstliches Innehalten. Jede Verzögerung bringt Gefahr, und wer aus Mitleid oder aus Schrecken beim Anblick des vielen Blutes, die Operation nur zur Hälfte verrichtet, der handelt grausamer als der schlimmste Wüterich. Hol der Henker alle weichherzigen Chirurgen und ihre Halbheit!

(Ludwig Börne. Eine Denkschrift)

Zu guten Emeuten gehört wirklich gutes Wetter, behaglicher Sonnenschein, ein angenehm warmer Tag, und daher gerieten sie im Junius, Juli und August immer am besten. Es darf dann auch nicht regnen, denn die Pariser fürchten nichts mehr als den Regen, und dieser verscheucht die Hunderttausende von Männern, Weibern und Kindern, die meistens geputzt und lachend nach den Walstätten ziehen und durch ihre Anzahl den Mut der Agitatoren heben. Auch darf die Luft nicht neblicht sein, sonst kann man ja die großen Plakate, die das Gouvernement an die Straßenecken anschlägt, nicht lesen; und doch muß diese Lektüre dazu dienen, die Menschenmassen nach bestimmten Orten zusammenzuziehen, wo sie sich am besten drängen, stoßen und tumultuarisch aufregen können.

(Französische Zustände)

Es ist aber immer bedenklich, wenn eine Regierung nicht stark scheint in den Augen des Volks. Es lockt dann jeden, seine Kraft daran zu versuchen; ein dämonisch dunkler Drang treibt die Menschen, daran zu rütteln. Das ist das Geheimnis der Revolution.

(Französische Zustände)

O Freiheit! du bist ein böser Traum!

(Ludwig Börne. Eine Denkschrift)

Es ist eine schon ältliche Geschichte. Nicht für sich, seit undenklicher Zeit, nicht für sich hat das Volk geblutet und gelitten, sondern für andre. Im Juli 1830 erfocht es den Sieg für jene Bourgeoisie, die eben so wenig taugt wie jene Noblesse, an deren Stelle sie trat, mit demselben Egoismus ... Das Volk hat nichts gewonnen durch seinen Sieg, als Reue und größere Not. Aber seid überzeugt, wenn wieder die Sturmglocke geläutet wird und das Volk zur Flinte greift, diesmal kämpft es für sich selber und verlangt den wohlverdienten Lohn.

(Ludwig Börne. Eine Denkschrift)

Die Wanderratten

Es gibt zwei Sorten Ratten:
Die hungrigen und satten.
Die satten bleiben vergnügt zu Haus,
Die hungrigen aber wandern aus.

Sie wandern viel tausend Meilen,
Ganz ohne Rasten und Weilen,
Gradaus in ihrem grimmigen Lauf,
Nicht Wind noch Wetter hält sie auf.

Sie klimmen wohl über die Höhen,
Sie schwimmen wohl durch die Seen;
Gar manche ersäuft oder bricht das Genick,
Die lebenden lassen die toten zurück.

Es haben diese Käuze
Gar fürchterliche Schnäuze;
Sie tragen die Köpfe geschoren egal,
Ganz radikal, ganz rattenkahl.

Die radikale Rotte
Weiß nichts von einem Gotte.
Sie lassen nicht taufen ihre Brut,
Die Weiber sind Gemeindegut.

Der sinnliche Rattenhaufen,
Er will nur fressen und saufen,
Er denkt nicht, während er säuft und frißt,
Daß unsre Seele unsterblich ist.

So eine wilde Ratze,
Die fürchtet nicht Hölle, nicht Katze;
Sie hat kein Gut, sie hat kein Geld
Und wünscht aufs neue zu teilen die Welt.

Die Wanderratten, o wehe!
Sie sind schon in der Nähe.
Sie rücken heran, ich höre schon
Ihr Pfeifen – die Zahl ist Legion.

O wehe! wir sind verloren,
Sie sind schon vor den Toren!

Der Bürgermeister und Senat,
Sie schütteln die Köpfe, und keiner weiß Rat.

Die Bürgerschaft greift zu den Waffen,
Die Glocken läuten die Pfaffen.
Gefährdet ist das Palladium
Des sittlichen Staats, das Eigentum.

Nicht Glockengeläute, nicht Pfaffengebete,
Nicht hochwohlweise Senatsdekrete,
Auch nicht Kanonen, viel Hundertpfünder,
Sie helfen Euch heute, Ihr lieben Kinder!

Heut helfen Euch nicht die Wortgespinste
Der abgelebten Redekünste.
Man fängt nicht Ratten mit Syllogismen,
Sie springen über die feinsten Sophismen.

Im hungrigen Magen Eingang finden
Nur Suppenlogik mit Knödelgründen,
Nur Argumente von Rinderbraten,
Begleitet mit Göttinger Wurst-Zitaten.

Ein schweigender Stockfisch, in Butter gesotten,
Behaget den radikalen Rotten
Viel besser als ein Mirabeau
Und alle Redner seit Cicero.

(Poetische Nachlese)

Wir wollen gern für das Volk uns opfern, denn Selbstaufopferung gehört zu unsern raffiniertesten Genüssen – die Emanzipation des Volkes war die große Aufgabe unseres Lebens und wir haben dafür gerungen und namenloses Elend ertragen, in der Heimat wie im Exile – aber die reinliche, sensitive Natur des Dichters sträubt sich gegen jede persönlich nahe Berührung mit dem Volke, und noch mehr schrecken wir zusammen bei dem Gedanken an seine Liebkosungen, vor denen uns Gott bewahre! Ein großer Demokrat sagte einst: er würde, hätte ein König ihm die Hand gedrückt, sogleich seine Hand ins Feuer halten, um sie zu reinigen. Ich möchte in derselben Weise sagen: ich würde meine Hand waschen, wenn mich das souveräne Volk mit seinem Händedruck beehrt hätte.

(Geständnisse)

Man muß in wirklichen Revolutionszeiten das Volk mit eignen Augen gesehen, mit eigner Nase gerochen haben, man muß mit eignen Ohren anhören, wie dieser souveräne Rattenkönig sich ausspricht, um zu begreifen, was Mirabeau andeuten will mit den Worten: »Man macht keine Revolution mit Lavendelöl.«

(Ludwig Börne. Eine Denkschrift)

Es wird vielleicht alsdann nur Einen Hirten und Eine Herde geben, ein freier Hirt mit einem eisernen Hirtenstabe und eine gleichgeschorene, gleichblökende Menschenherde! Wilde, düstere Zeiten dröhnen heran, und der Prophet, der eine neue Apokalypse schreiben wollte, müßte ganz neue Bestien erfinden, und zwar so erschreckliche, daß die älteren Johanneischen Tiersymbole dagegen nur sanfte Täubchen und Amoretten wären. Die Götter verhüllen ihr Antlitz aus Mitleid mit den Menschenkindern, ihren langjährigen Pfleglingen, und vielleicht zugleich auch aus Besorgnis über das eigene Schicksal. Die Zukunft riecht nach Juchten, nach Blut, nach Gottlosigkeit und nach sehr vielen Prügeln. Ich rate unsern Enkeln, mit einer sehr dicken Rückenhaut zur Welt zu kommen.

(Lutetia 2. Teil)

Ich spreche wieder von den Kommunisten, der einzigen Partei in Frankreich, die eine entschlossene Beachtung verdient.

(Lutetia: Kommunismus, Philosophie und Klerisei)

Ich malte den Teufel an die Wand, oder, wie ein geistreicher Freund sich ausdrückte, ich machte ihm eine höllische Reklame: Die Kommunisten, die vereinzelt in allen Landen verbreitet, ohne bestimmtes Bewußtsein ihres Wollens, erfuhren durch die Allg. Ztg., daß sie wirklich existierten, erfuhren auch bei solcher Gelegenheit ihren wirklichen Namen, der manchem dieser armen Findelkinder der alten Gesellschaft ganz unbekannt war.

(Lutetia: Vorrede)

Die Kommunisten, es ist wahr, besitzen keine Religion (einen Fehler muß doch der Mensch haben), sie sind sogar Atheisten (was gewiß eine große Sünde ist), aber in ihren obersten Prinzipien huldigen sie einem Kosmopolitismus, einer allgemeinen Völkerliebe, einem Weltbürgertum aller Menschen, welches ganz übereinstimmend ist mit dem Grunddogma des Christentums, so daß sie in Wesen und Wahrheit viel christlicher sind als unsre deutschen Maulchristen, die das Gegenteil predigen und üben.

(Lutetia: Vorrede)

Die Propaganda des Kommunismus besitzt eine Sprache, die jedes Volk versteht: die Elemente dieser Universalsprache sind so einfach, wie der Hunger, wie der Neid, wie der Tod. Das lernt sich so leicht!

(Lutetia 1. Teil)

Von der schrecklichen Last der Taxen werden die Armen zu Boden gedrückt; jeder andere wird zwar auch davon gedrückt, aber jeder, außer den Armen, wußte diese Last mehr oder weniger von seinen Schultern abzuwälzen, und sie fiel endlich mit fürchterlichem Gewichte ganz auf die Armen, und diese verloren ihre Bierfässer, ihre kupfernen Kessel, ihre zinnernen Teller, ihre Wanduhr, ihre Betten und bis auf ihr Handwerksgeräte, sie verloren ihre Kleider, und mußten sich in Lumpen hüllen, sie verloren das Fleisch von ihren Knochen.

(Englische Fragmente)

Weltlauf

Hat man viel, so wird man bald
Noch viel mehr dazu bekommen.
Wer nur wenig hat, dem wird
Auch das wenige genommen.

Wenn du aber gar nichts hast,
Ach, so lasse dich begraben –
Denn ein Recht zum Leben, Lump,
Haben nur die etwas haben.

(Romanzero: Lamentationen)

Wie mancher läuft da herum, der noch nicht weiß, wo er heut zu Mittag essen kann! Haben Sie die Idee eines Mittagessens begriffen, mein Lieber? Wer diese begriffen hat, der begreift auch das ganze Treiben der Menschen.

(Briefe aus Berlin)

Arme Armut! wie peinigend muß dein Hunger sein, dort wo andre im höhnenden Überflusse schwelgen! Und hat man dir auch mit gleichgültiger Hand eine Brotkruste in den Schoß geworfen, wie bitter müssen die Tränen sein, womit du sie erweichst! Du vergiftest dich mit deinen eignen Tränen. Wohl hast du Recht, wenn du dich zu dem Laster und dem Verbrechen gesellst. Ausgestoßene Verbrecher tragen oft mehr Menschlichkeit im Herzen, als jene kühlen, untadelhaften Staatsbürger der Tugend, in deren bleichen Herzen die Kraft des Bösen erloschen ist, aber auch die Kraft des Guten. Und gar das Laster ist nicht immer Laster. Ich habe Weiber gesehen, auf deren Wangen das rote Laster gemalt war und in ihrem Herzen wohnte himmlische Reinheit. Ich habe Weiber gesehen – ich wollt ich sähe sie wieder! –

(Englische Fragmente)

Statt Preisfragen über Seidenkultur, Stallfütterung und Kantsche Philosophie aufzugeben, sollten unsre gelehrten Sozietäten einen bedeutenden Preis aussetzen zur Lösung der Frage: wie man ein Kamel durch ein Nadelöhr fädeln könne? Ehe diese große Kamelfrage gelöst ist und die Reichen eine Aussicht gewinnen, ins Himmelreich zu kommen, wird auch für die Armen kein durchgreifendes Heil begründet. Die Reichen würden weniger hartherzig sein, wenn sie nicht bloß auf Erdenglück angewiesen wären und nicht die Armen beneiden müßten, die einst dort oben in Floribus sich des ewigen Lebens gaudieren. Sie sagen: »Warum sollen wir hier auf Erden für das Lumpengesindel etwas tun, da es ihm doch einst besser geht als uns, und wir jedenfalls nach dem Tode nicht mit demselben zusammentreffen.« Wüßten die Reichen, daß sie dort oben wieder in aller Ewigkeit mit uns gemeinsam hausen müssen, so würden sie sich gewiß hier auf Erden etwas genieren und sich hüten, uns gar zu sehr zu mißhandeln. Laßt uns daher vor allem die große Kamelfrage lösen.

(Lutetia 2. Teil)

Der Kaufmann hat in der ganzen Welt dieselbe Religion. Sein Comptoir ist seine Kirche, sein Schreibpult ist sein Betstuhl, sein Memorial ist seine Bibel, sein Warenlager ist sein Allerheiligstes, die Börsenglocke ist seine Betglocke, sein Gold ist sein Gott, der Kredit ist sein Glauben.

(Briefe aus Berlin)

Besteht nun die heutige Religion in der Geldwerdung Gottes oder in der Gottwerdung des Geldes? Genug, die Leute glauben nur an Geld; nur dem gemünzten Metall, den silbernen und goldenen Hostien, schreiben sie eine Wunderkraft zu; das Geld ist der Anfang und das Ende aller ihrer Werke; und wenn sie ein Gebäude zu errichten haben, so tragen sie große Sorge, daß unter den Grundstein einige Geldstücke, eine Kapsel mit allerlei Münzen gelegt werden.

(Die Romantische Schule)

Denn das Geld ist der Gott unserer Zeit und Rothschild ist sein Prophet.

(Lutetia)

Der Kultus des Reichtums ist zwar in Frankreich so allgemein wie in andern Ländern, aber es ist ein Kultus ohne heiligen Respekt: die Franzosen tanzen ebenfalls um das goldene Kalb, aber ihr Tanzen ist zugleich Spott, Persiflage, Selbstverhöhnung, eine Art Cancan.

(Lutetia 2. Teil)

Sonderbares Land! wo trotz der allgemeinen Zerstörungssucht sich dennoch manche Dinge erhalten, da man allgemein die schlimmeren Dinge fürchtet, die an ihre Stelle treten könnten! Wie gern würden sie den Ludwig Philipp niederreißen, diesen großen klugen Elefanten, aber sie fürchten Se. Majestät den souveränen Rattenkönig, das tausendköpfige Ungetüm, das alsdann zur Regierung käme, und selbst die adeligen und geistlichen Feinde der Bourgeoisie, die nicht eben mit Blindheit geschlagen sind, suchen aus diesem Grunde den Juliusthron zu erhalten; nur die ganz beschränkten, die Spieler und Falschspieler unter den Aristokraten und Klerikalen, sind Pessimisten und spekulieren auf die Republik oder vielmehr auf das Chaos, das unmittelbar nach der Republik eintreten dürfte.

(Lutetia 2. Teil)

Die heutige Gesellschaft verteidigt sich nur aus platter Notwendigkeit, ohne Glauben an ihr Recht, ja ohne Selbstachtung, ganz wie jene ältere Gesellschaft, deren morsches Gebälke zusammenstürzte, als der Sohn des Zimmermanns kam.

(Lutetia: Kommunismus, Philosophie und Klerisei)

Aber Deutschland kann keine Republik sein, weil es seinem Wesen nach royalistisch ist. Frankreich ist, im Gegenteil, seinem Wesen nach republikanisch. Ich sage hiermit nicht, daß die Franzosen mehr republikanische Tugenden hätten als wir; nein, diese sind auch bei den Franzosen nicht im Überfluß vorhanden. Ich spreche nur von dem Wesen, von dem Charakter, wodurch der Republikanismus und der Royalismus sich nicht bloß voneinander unterscheiden, sondern sich auch als grundverschiedene Erscheinungen kund geben und geltend machen.
Der Royalismus eines Volks besteht, dem Wesen nach, darin: daß es Autoritäten achtet, daß es an die Personen glaubt, die jene Autoritäten repräsentieren, daß es in dieser Zuversicht auch der Person selbst anhängt. Der Republikanismus eines Volks besteht, dem Wesen nach, darin: daß der Republikaner an keine Autorität glaubt, daß er nur die Gesetze hochachtet, daß er von den Vertretern derselben beständig Rechenschaft verlangt, sie mit Mißtrauen beobachtet, sie kontrolliert, daß er also nie den Personen anhängt, und diese vielmehr, je höher sie aus dem Volke hervorragen, desto emsiger mit Widerspruch, Argwohn, Spott und Verfolgung niederzuhalten sucht.

(Französische Zustände)

Demokratie und Königtum stehen sich nicht feindlich gegenüber, wie man fälschlich in unsern Tagen behauptet hat. Die beste Demokratie wird immer diejenige sein, wo ein Einziger als Inkarnation des Volkswillens an der Spitze des Staates steht, wie Gott an der Spitze der Weltregierung; unter jenem, dem inkarnierten Volkswillen, wie unter der Majestät Gottes, blüht die sicherste Menschengleichheit, die echteste Demokratie. Aristokratismus und Republikanismus stehen einander ebenfalls nicht feindlich gegenüber, und das sehen wir am klarsten im vorliegenden Drama, wo sich eben in den hochmütigsten Aristokraten der Geist des Republikanismus mit seinen schärfsten Charakterzügen ausspricht.

(Shakespeares Mädchen und Frauen)

Ja, es ist meine heiligste Überzeugung, daß das Republikentum unpassend, unersprießlich und unerquicklich wäre für die Völker Europas, und gar unmöglich für die Deutschen.

(Französische Maler)

Die schlesischen Weber

Im düstern Auge keine Träne,
Sie sitzen am Webstuhl und fletschen die Zähne:
Deutschland, wir weben dein Leichentuch,

Wir weben hinein den dreifachen Fluch –
  Wir weben, wir weben!

Ein Fluch dem Gotte, zu dem wir gebeten
In Winterskälte und Hungersnöten;
Wir haben vergebens gehofft und geharrt,
Er hat uns geäfft und gefoppt und genarrt –
  Wir weben, wir weben!

Ein Fluch dem König, dem König der Reichen,
Den unser Elend nicht konnte erweichen,
Der den letzten Groschen von uns erpreßt
Und uns wie Hunde erschießen läßt –
  Wir weben, wir weben!

Ein Fluch dem falschen Vaterlande,
Wo nur gedeihen Schmach und Schande,
Wo jede Blume früh geknickt,
Wo Fäulnis und Moder den Wurm erquickt –
  Wir weben, wir weben!

Das Schiffchen fliegt, der Webstuhl kracht;
Wir weben emsig Tag und Nacht –
Altdeutschland, wir weben dein Leichentuch,
Wir weben hinein den dreifachen Fluch,
  Wir weben, wir weben!

(Poetische Nachlese)

Ansicht von Düsseldorf vor der
Beschießung durch die Franzosen, 1794

Einzug Napoleons in Düsseldorf am 3. November 1811

Isidor Popper: Heines Mutter Betty, geb. van Geldern (1771–1859)
(Hamburg ca. 1840)

Otto Speckter: Heines Onkel Salomon Heine (1767–1844)
(Hamburg 1842)

Jungfernstieg in Hamburg, wo Salomon Heines Stadthaus lag (um 1850)

Nordöstliche Ansicht von Weimar (1. Hälfte 19. Jahrh.)

Gottlieb Gassen: Heinrich Heine (München 1828)

Loreley bei St. Goarshausen (um 1840)

Florenz (1. Hälfte 19. Jahrh.)

Moritz Oppenheim: Heinrich Heine. 2. Fassung
des bekannten Hamburger Porträts (1830)

Paris, Porte St. Denis (1. Hälfte 19. Jahrh.)

Blick auf Paris (1. Hälfte 19. Jahrh.)

Druckvorlage mit handschriftlichen Ergänzungen für die
2. Auflage von »Salon II« (1852)

Cécile Heine, geb. Furtado (1821–1898), Frau von Heines Vetter Carl

Pierre-Jean Davíd d'Angers: Heinrich Heine, Bronzeplakette
(Paris 1834)

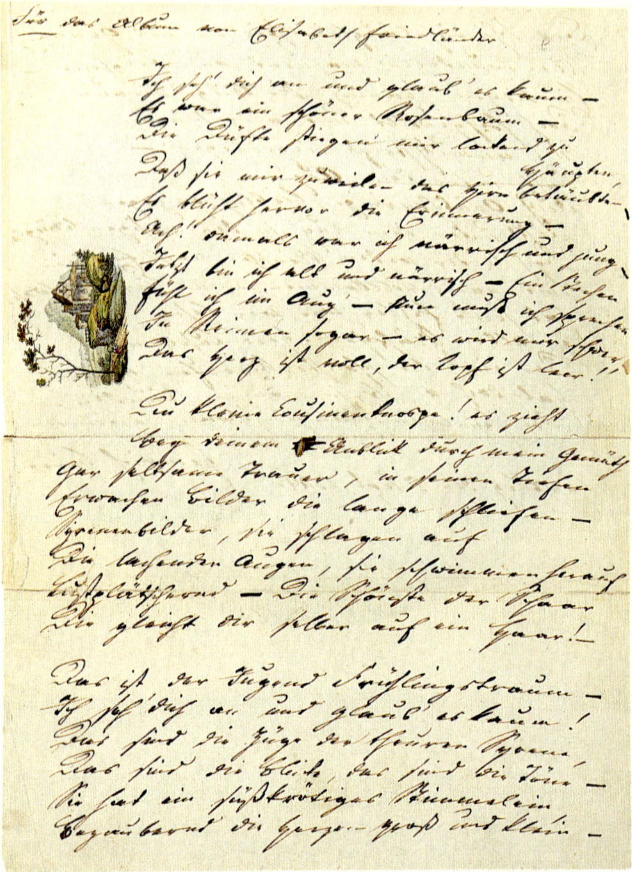

Für das Album von Elisabeth Friedländer

Ich seh' dich an und glaub' es kaum –
Es war ein schöner Rosenbaum –
Die Düfte stiegen mir lockend zu
Daß sie mir zuweilen das Hirn betäubten
Es blüht hervor die Erinnerung –
Ach! damals war ich närrisch und jung
Jetzt bin ich alt und närrisch – ein Stechen
Fühl ich im Aug' – nun muß ich sprechen
In Reimen sogar – es wird mir schwer,
Das Herz ist voll, der Kopf ist leer!

Du kleine Cousinenknospe! es zieht
Bey deinem Anblick durch mein Gemüth
Gar seltsamer Trauer, in seinen Tiefen
Erwachen Bilder die lange schliefen –
Traumenbilder, sie schlagen auf
Die lachenden Augen, sie schwimmen herauf
Luftglänzend – die schönste der Schaar
Die gleicht dir selber auf ein Haar! –

Das ist der Jugend Frühlingstraum –
Ich seh dich an und glaub' es kaum!
Das sind die Züge der theuren Person
Das sind die Blicke, das sind die Töne –
Sie hat ein süßtröstiges Stimmelein
Bezaubernd die Herzen groß und klein –

Heinrich Heine: Albumblatt für die Tochter
seiner Cousine Amalie (1844)

Isidor Popper: Heinrich Heine (Hamburg 1843)

Taschenuhr von Heines Frau Mathilde

Stammbuch von Mathilde Heine

Ernst Benedikt Kietz: Heine und Mathilde (Paris 1851)

Ernst Benedikt Kietz: Heinrich Heine (Paris 1851)
Lithographie im Reiseetui aus dem Besitz der
Kaiserin Elisabeth von Österreich

9. Philosophie und Wissenschaft, Kunst, Musik und Literatur

Nein, wir ergreifen keine Idee, sondern die Idee ergreift uns, und knechtet uns, und peitscht uns in die Arena hinein, daß wir, wie gezwungene Gladiatoren, für sie kämpfen.

(Vorrede zu »Salon I«)

Der Geist hat seine ewigen Rechte, er läßt sich nicht eindämmen durch Satzungen und nicht einlullen durch Glockengeläute; er zerbrach seinen Kerker und zerriß das eiserne Gängelband, woran ihn die Mutterkirche leitete, und er jagte im Befreiungstaumel über die ganze Erde, erstieg die höchsten Gipfel der Berge, jauchzte vor Übermut, gedachte wieder uralter Zweifel, grübelte über die Wunder des Tages, und zählte die Sterne der Nacht. Wir kennen noch nicht die Zahl der Sterne, die Wunder des Tages haben wir noch nicht enträtselt, die alten Zweifel sind mächtig geworden in unserer Seele – ist jetzt mehr Glück darin als ehemals? Wir wissen, daß diese Frage, wenn sie den großen Haufen betrifft, nicht leicht bejaht werden kann; aber wir wissen auch daß ein Glück, das wir der Lüge verdanken, kein wahres Glück ist, und daß wir, in den einzelnen zerrissenen Momenten eines gottgleicheren Zustandes, einer höheren Geisteswürde, mehr Glück empfinden können, als in den lang hinvegetierten Jahren eines dumpfen Köhlerglaubens.

(Die Nordsee. Dritte Abteilung)

Oder entspricht das Aufkommen gewisser Ideen nur den momentanen Bedürfnissen der Menschen? Suchen sie immer die Ideen, womit sie ihre jedesmaligen Wünsche legitimieren können? In der Tat, die Menschen sind ihrem innersten Wesen nach lauter Doktrinäre; sie wissen immer eine Doktrin zu finden, die alle ihre Entsagungen oder Begehrnisse justifiziert. In bösen, mageren Tagen, wo die Freude ziemlich unerreichbar geworden, huldigen sie dem Dogma der Abstinenz und behaupten, die irdischen Trauben seien sauer; werden jedoch die Zeiten wohlhabender, wird es den Leuten möglich emporzulangen nach den schönen Früchten dieser Welt, dann tritt auch eine heitere Doktrin ans Licht, die dem Leben alle seine Süßigkeiten und sein volles, unveräußerliches Genußrecht vindiziert.
Nahen wir dem Ende der christlichen Fastenzeit und bricht das rosige Weltalter der Freude schon leuchtend heran? Wie wird die heitere Doktrin die Zukunft gestalten?

(Die Romantische Schule)

Der Gedanke will Tat, das Wort will Fleisch werden. Und wunderbar! der Mensch, wie der Gott der Bibel, braucht nur seinen Gedanken auszusprechen, und es gestaltet sich die Welt, es wird Licht oder es wird Finsternis, die Wasser sondern sich von dem Festland, oder gar wilde Bestien kommen zum Vorschein. Die Welt ist die Signatur des Wortes.

(Zur Geschichte der Religion und Philosophie in Deutschland)

Was helfen dem Volke die verschlossenen Kornkammern, wozu es keinen Schlüssel hat? Das Volk hungert nach Wissen und dankt mir für das Stückchen Geistesbrot, das ich ehrlich mit ihm teile.
Ich glaube, es ist nicht Talentlosigkeit, was die meisten deutschen Gelehrten davon abhält, über Religion und Philosophie sich populär auszusprechen. Ich glaube, es ist Scheu vor den Resultaten ihres eigenen Denkens, die sie nicht wagen, dem Volke mitzuteilen. Ich, ich habe nicht diese Scheu, denn ich bin kein Gelehrter, ich selber bin Volk. Ich bin kein Gelehrter, ich gehöre nicht zu den siebenhundert Weisen Deutschlands. Ich stehe mit dem großen Haufen vor den Pforten ihrer Weisheit, und ist da irgend eine Wahrheit durchgeschlüpft, und ist diese Wahrheit bis zu mir gelangt, dann ist sie weit genug: – ich schreibe sie mit hübschen Buchstaben auf Papier und gebe sie dem Setzer; der setzt sie in Blei und gibt sie dem Drucker; dieser druckt sie und sie gehört dann der ganzen Welt.

(Zur Geschichte der Religion und Philosophie in Deutschland)

In der Tat, es ist wahr, das Thema, das ich aufs Tapet brachte, war keine Neuigkeit; aber es hat mit solchem Vulgarisieren alter Ideen immer dieselbe Bewandtnis, wie mit dem Ei des Kolumbus. Jeder hat die Sache gewußt, aber keiner hat sie gesagt. Ja, was ich sagte, war keine Novität, und befand sich längst gedruckt in den ehrwürdigen Folianten und Quartanten der Kompilatoren und Antiquare, in diesen Katakomben der

Gelehrsamkeit, wo zuweilen mit einer grauenhaften Symmetrie, die noch weit schrecklicher ist als wüste Willkür, die heterogensten Gedankenknochen aufgeschichtet – Auch gestehe ich, daß ebenfalls moderne Gelehrte das erwähnte Thema behandelt; aber sie haben es sozusagen eingesargt in die hölzernen Mumienkasten ihrer konfusen und abstrakten Wissenschaftssprache, die das große Publikum nicht entziffern kann und für ägyptische Hieroglyphen halten dürfte. Aus solchen Grüften und Beinhäusern habe ich den Gedanken wieder zum wirklichen Leben heraufbeschworen, durch die Zaubermacht des allgemein verständlichen Wortes, durch die Schwarzkunst eines gesunden, klaren, volkstümlichen Stiles!

(Die Götter im Exil)

Ich war nie abstrakter Denker, und ich nahm die Synthese der Hegelschen Doktrin ungeprüft an, da ihre Folgerungen meiner Eitelkeit schmeichelten. Ich war jung und stolz, und es tat meinem Hochmut wohl, als ich von Hegel erfuhr, daß nicht, wie meine Großmutter meinte, der liebe Gott, der im Himmel residiert, sondern ich selbst hier auf Erden der liebe Gott sei.

(Geständnisse)

Zu fragmentarisch ist Welt und Leben!
Ich will mich zum deutschen Professor begeben.
Der weiß das Leben zusammenzusetzen,
Und er macht ein verständlich System daraus;
Mit seinen Nachtmützen und Schlafrockfetzen
Stopft er die Lücken des Weltenbaus.

(Buch der Lieder: Die Heimkehr)

Man vergleiche nur die Geschichte der französischen Revolution mit der Geschichte der deutschen Philosophie, und man sollte glauben: die Franzosen, denen so viel wirkliche Geschäfte oblagen, wobei sie durchaus wach bleiben mußten, hätten uns Deutsche ersucht unterdessen für sie zu schlafen und zu träumen, und unsre deutsche Philosophie sei nichts anders, als der Traum der französischen Revolution. So hatten wir den Bruch mit dem Bestehenden und der Überlieferung im Reiche des Gedankens, eben so wie die Franzosen im Gebiete der Gesellschaft, um die Kritik der reinen Vernunft sammelten sich unsere philosophischen Jakobiner, die nichts gelten ließen, als was jener Kritik Stand hielt, Kant war unser Robespierre – Nachher kam Fichte mit seinem Ich, der Napoleon der Philosophie, die höchste Liebe und der höchste Egoismus, die Alleinherrschaft des Gedankens, der souveräne Wille der ein schnelles Universalreich improvisierte, das eben so schnell wieder verschwand, der despotische, schauerlich einsame Idealismus.

(Einleitung zu »Kahldorf über den Adel«)

Die deutsche Philosophie ist eine wichtige das ganze Menschengeschlecht betreffende Angelegenheit, und erst die spätesten Enkel werden darüber entscheiden können, ob wir dafür zu tadeln oder zu loben sind, daß wir erst unsere Philosophie und hernach unsere Revolution ausarbeiteten. Mich dünkt, ein methodisches Volk wie wir, mußte mit der Reformation beginnen, konnte erst hierauf sich mit der Philosophie beschäftigen, und durfte nur nach deren Vollendung zur politischen Revolution übergehen. Diese Ordnung finde ich ganz vernünftig. Die Köpfe, welche die Philosophie zum Nachdenken benutzt hat, kann die Revolution nachher zu beliebigen Zwecken abschlagen. Die Philosophie hätte aber nimmermehr die Köpfe gebrauchen können, die von der Revolution, wenn diese ihr vorherging, abgeschlagen worden wären.

(Zur Geschichte der Religion und Philosophie in Deutschland)

Aber nein, das Wissen, die Erkenntnis der Dinge durch die Vernunft, die Wissenschaft, gibt uns endlich die Genüsse, um die uns der Glaube, das katholische Christentum, so lange geprellt hat; wir erkennen, daß die Menschen nicht bloß zu einer himmlischen, sondern auch zu einer irdischen Gleichheit berufen sind; die politische Brüderschaft, die uns von der Philosophie gepredigt wird, ist uns wohltätiger als die rein geistige Brüderschaft, wozu uns das Christentum verholfen; und das Wissen wird Wort, und das Wort wird Tat, und wir können noch bei Lebzeiten auf dieser

Erde selig werden; – wenn wir dann noch obendrein der himmlischen Seligkeit, die uns das Christentum so bestimmt verspricht, nach dem Tode teilhaftig werden, so soll uns das sehr lieb sein.

(Die Romantische Schule)

Oder hat Miguel de Cervantes Saavedra in seinem närrischen Heldengedichte auch andere Ritter persiflieren wollen, nämlich alle Menschen, die für irgend eine Idee kämpfen und leiden? Hat er wirklich in seinem langen, dürren Ritter die idealische Begeisterung überhaupt, und in dessen dicken Schildknappen den realen Verstand parodieren wollen? Immerhin, letzterer spielt jedenfalls die lächerlichere Figur; denn der reale Verstand mit allen seinen hergebrachten gemeinnützigen Sprichwörtern, muß dennoch, auf seinem ruhigen Esel, hinter der Begeisterung einher trottieren; trotz seiner bessern Einsicht muß er und sein Esel alles Ungemach teilen, das dem edlen Ritter so oft zustößt: ja, die ideale Begeisterung ist von so gewaltig hinreißender Art, daß der reale Verstand mitsamt seinen Eseln, ihr immer unwillkürlich nachfolgen muß.

(Die Romantische Schule)

Dem armen Verstande gebührt wirklich niemals die erste Stimme, wenn über Kunstwerke geurteilt wird, ebensowenig als er bei der Schöpfung derselben jemals die erste Rolle gespielt hat. Die Idee des Kunstwerks steigt aus dem Gemüte, und dieses verlangt bei der Phantasie die verwirklichende Hülfe. Die Phantasie wirft ihm dann alle ihre Blumen entgegen, verschüttet fast die Idee, und würde sie eher töten als beleben, wenn nicht der Verstand heranhinkte, und die überflüssigen Blumen bei Seite schöbe, oder mit seiner blanken Gartenschere abmähte. Der Verstand übt nur Ordnung, sozusagen die Polizei im Reiche der Kunst. Im Leben ist er meistens ein kalter Kalkulator, der unsere Torheiten addiert; ach! manchmal ist er nur der Fallitenbuchhalter des gebrochenen Herzens, der das Defizit ruhig ausrechnet.
Der große Irrtum besteht immer darin, daß der Kritiker die Frage aufwirft: was soll der Künstler? Viel richtiger wäre die Frage: was will der Künstler, oder gar, was muß der Künstler?

(Französische Maler)

Jeder Genius muß studiert und nur nach dem beurteilt werden, was er selbst will. Hier gilt nur die Beantwortung der Fragen: hat er die Mittel, seine Idee auszuführen? hat er die richtigen Mittel angewendet? Hier ist fester Boden. Wir modeln nicht mehr an der fremden Erscheinung nach unsern subjektiven Wünschen, sondern wir verständigen uns über die gottgegebenen

Mittel, die dem Künstler zu Gebote stehen bei der Veranschaulichung seiner Idee. In den rezitierenden Künsten bestehen diese Mittel in Tönen und Worten. In den darstellenden Künsten bestehen sie in Farben und Formen. Töne und Worte, Farben und Formen, das Erscheinende überhaupt, sind jedoch nur Symbole der Idee, Symbole, die in dem Gemüte des Künstlers aufsteigen, wenn es der heilige Weltgeist bewegt, seine Kunstwerke sind nur Symbole, wodurch er andern Gemütern seine eigenen Ideen mitteilt. Wer mit den wenigsten und einfachsten Symbolen das Meiste und Bedeutendste ausspricht, der ist der größte Künstler.

(Französische Maler)

In der Kunst bin ich Supernaturalist. Ich glaube, daß der Künstler nicht alle seine Typen in der Natur auffinden kann, sondern daß ihm die bedeutendsten Typen, als eingeborene Symbolik eingeborner Ideen, gleichsam in der Seele geoffenbart werden.

(Französische Maler)

Was ist in der Kunst das Höchste? Das, was auch in allen anderen Manifestationen des Lebens das Höchste ist: die selbstbewußte Freiheit des Geistes.

(Lutetia)

Die neue Zeit wird auch eine neue Kunst gebären, die mit ihr selbst in begeistertem Einklang sein wird, die nicht aus der verblichenen Vergangenheit ihre Symbolik zu borgen braucht, und die sogar eine neue Technik, die von der seitherigen verschieden, hervorbringen muß. Bis dahin möge, mit Farben und Klängen, die selbsttrunkenste Subjektivität, die weltentzügelte Individualität, die gottfreie Persönlichkeit mit all ihrer Lebenslust sich geltend machen, was doch immer ersprießlicher ist, als das tote Scheinwesen der alten Kunst.

(Französische Maler)

Aber was ist die Musik? Diese Frage hat mich gestern abend vor dem Einschlafen Stunden lang beschäftigt. Es hat mit der Musik eine wunderliche Bewandtnis; ich möchte sagen, sie ist ein Wunder. Sie steht zwischen Gedanken und Erscheinung; als dämmernde Vermittlerin steht sie zwischen Geist und Materie; sie ist beiden verwandt und doch von beiden verschieden: sie ist Geist, aber Geist, welcher eines Zeitmaßes bedarf; sie ist Materie, aber Materie, die des Raumes entbehren kann.

(Über die französische Bühne)

Mit der Ausbildung des Bewußtseinlebens schwindet bei den Menschen alle plastische Begabnis, am Ende erlischt sogar der Farbensinn, der doch immer an bestimmte Zeichnung gebunden ist, und die gesteigerte Spiritualität, das abstrakte Gedankentum, greift nach Klängen und Tönen, um eine lallende Überschwenglichkeit auszudrücken, die vielleicht nichts anderes ist, als die Auflösung der ganzen materiellen Welt: die Musik ist vielleicht das letzte Wort der Kunst, wie der Tod das letzte Wort des Lebens.

(Lutetia 1. Teil)

Zwischen dem Theater und der Wirklichkeit liegt das Orchester, die Musik, und zieht sich der Feuerstreif der Rampe. Die Wirklichkeit, nachdem sie das Tonreich durchwandert und auch die bedeutungsvollen Rampenlichter überschritten, steht auf dem Theater als Poesie verklärt uns gegenüber. Wie ein verhallendes Echo klingt noch in ihr der holde Wohllaut der Musik, und sie ist märchenhaft angestrahlt von den geheimnisvollen Lampen. Das ist ein Zauberklang und Zauberglanz, der einem prosaischen Publikum sehr leicht als unnatürlich vorkommt, und der doch noch weit natürlicher ist als die gewöhnliche Natur; es ist nämlich durch die Kunst erhöhete, bis zur blühendsten Göttlichkeit gesteigerte Natur.

(Über die französische Bühne)

Die deutsche Sprache an sich ist reich, aber in der deutschen Konversation gebrauchen wir nur ein zehntel Teil dieses Reichtums – faktisch sind wir also spracharm –
Die französische Sprache an sich ist arm, aber die Franzosen wissen alles, was sie enthält, in der Konversation auszubeuten, und sie sind daher sprachreich in der Tat –
Nur in der Literatur zeigen die Deutschen ihren ganzen Sprachschatz, und die Franzosen, davon geblendet, denken wunders, wie glänzend wir zu Hause – sie haben auch keinen Begriff davon, wie wenig Gedanken bei uns im Umlauf zu Hause – Bei den Franzosen just das Gegenteil, mehr Ideen in der Gesellschaft als in den Büchern, und die Geistreichsten schreiben gar nicht oder bloß zufällig.

(Aufzeichnungen)

Nur das Genie hat für den neuen Gedanken auch das neue Wort.

(Zur Geschichte der Religion und Philosophie in Deutschland)

O! die Sprache ist so dürftig,
Und das Wort ein plumpes Ding;
Wird es ausgesprochen, flattert
Fort der schöne Schmetterling.

Doch der Blick, der ist unendlich,
Und er macht unendlich weit
Deine Brust, wie einen Himmel
Voll gestirnter Seligkeit.

(Neue Gedichte: Verschiedene. Emma)

Wie im Leben, so im Dichten
Ist das höchste Gut die Gnade –
Wer sie hat, der kann nicht sündgen
Nicht in Versen, noch in Prosa.

Solchen Dichter von der Gnade
Gottes nennen wir Genie:
Unverantwortlicher König
Des Gedankenreiches ist er.

Nur dem Gotte steht er Rede,
Nicht dem Volke – In der Kunst,
Wie im Leben, kann das Volk
Töten uns, doch niemals richten. –

(Romanzero: Hebräische Melodien)

Ein wunderliches Sonntagskind ist der Poet; er sieht die Eichenwälder, welche noch in der Eichel schlummern, und er hält Zwiesprache mit den Geschlechtern, die noch nicht geboren sind. Sie wispern ihm ihre Geheimnisse, und er plaudert sie aus auf öffentlichem

Markt. Aber seine Stimme verhallt im lauten Getöse der Tagesleidenschaften; wenige hören ihn, keiner versteht ihn. Friedrich Schlegel nannte den Geschichtschreiber einen Propheten, der rückwärts schaue in die Vergangenheit; – man könnte mit größerem Fug von dem Dichter sagen, daß er ein Geschichtschreiber sei, dessen Auge hinausblicke in die Zukunft.

(William Ratcliff: Vorrede)

In dem Dichtergeiste spiegelt sich nicht die Natur, sondern ein Bild derselben, das dem getreuesten Spiegelbilde ähnlich, ist dem Geiste des Dichters eingeboren; er bringt gleichsam die Welt mit zur Welt, und wenn er, aus dem träumenden Kindesalter erwachend, zum Bewußtsein seiner selbst gelangt, ist ihm jeder Teil der äußern Erscheinungswelt gleich in seinem ganzen Zusammenhang begreifbar: denn er trägt ja ein Gleichbild des Ganzen in seinem Geiste, er kennt die letzten Gründe aller Phänomene, die dem gewöhnlichen Geiste rätselhaft dünken und auf dem Wege der gewöhnlichen Forschung nur mühsam, oder auch gar nicht, begriffen werden ... Und wie der Mathematiker, wenn man ihm nur das kleinste Fragment eines Kreises gibt, unverzüglich den ganzen Kreis und den Mittelpunkt desselben angeben kann: so auch der Dichter, wenn seiner Anschauung nur das kleinste Bruchstück der Erscheinungswelt von außen geboten wird, offenbart sich ihm gleich der ganze universelle Zusammenhang dieses Bruchstücks; er kennt gleichsam Zirkulatur und Zentrum aller Dinge; er begreift die Dinge in ihrem weitesten Umfang und tiefsten Mittelpunkt.

(Shakespeares Mädchen und Frauen)

Der echte Dichter gibt nicht die Geschichte seiner eigenen Zeit sondern aller Zeiten, und darum ist ein echtes Gedicht auch immer der Spiegel jeder Gegenwart.

(Brief an Moritz Embden, 3.5.1823)

Poseidon

Die Sonnenlichter spielten
Über das weithinrollende Meer;
Fern auf der Reede glänzte das Schiff,
Das mich zur Heimat tragen sollte;
Aber es fehlte an gutem Fahrwind.
Und ich saß noch ruhig auf weißer Düne,
Am einsamen Strand,
Und ich las das Lied vom Odysseus,
Das alte, das ewig junge Lied,
Aus dessen meerdurchrauschten Blättern
Mir freudig entgegenstieg
Der Atem der Götter,
Und der leuchtende Menschenfrühling,
Und der blühende Himmel von Hellas.

Mein edles Herz begleitete treulich
Den Sohn des Laertes, in Irrfahrt und Drangsal,
Setzte sich mit ihm, seelenbekümmert,
An gastliche Herde,
Wo Königinnen Purpur spinnen,
Und half ihm lügen und glücklich entrinnen
Aus Riesenhöhlen und Nymphenarmen,
Folgte ihm nach in kimmerische Nacht,
Und in Sturm und Schiffbruch,
Und duldete mit ihm unsägliches Elend.

Seufzend sprach ich: Du böser Poseidon,
Dein Zorn ist furchtbar,
Und mir selbst bangt
Ob der eignen Heimkehr.

Kaum sprach ich die Worte,
Da schäumte das Meer,
Und aus den weißen Wellen stieg
Das schilfbekränzte Haupt des Meergotts,
Und höhnisch rief er:

Fürchte dich nicht, Poetlein!
Ich will nicht im gringsten gefährden
Dein armes Schiffchen,
Und nicht dein liebes Leben beängstgen
Mit allzu bedenklichem Schaukeln.
Denn du, Poetlein, hast nie mich erzürnt,
Du hast kein einziges Türmchen verletzt
An Priamos' heiliger Feste,
Kein einziges Härchen hast du versengt

Am Aug meines Sohns Polyphemos,
Und dich hat niemals ratend beschützt
Die Göttin der Klugheit, Pallas Athene.

Also rief Poseidon
Und tauchte zurück ins Meer;
Und über den groben Seemannswitz
Lachten unter dem Wasser
Amphitrite, das plumpe Fischweib,
Und die dummen Töchter des Nereus.

(Buch der Lieder: Die Nordsee)

Aus meinen großen Schmerzen
Mach ich die kleinen Lieder;
Die heben ihr klingend Gefieder
Und flattern nach ihrem Herzen.

Sie fanden den Weg zur Trauten,
Doch kommen sie wieder und klagen,
Und klagen, und wollen nicht sagen,
Was sie im Herzen schauten.

(Buch der Lieder: Lyrisches Intermezzo)

Es liegt in diesen Volksliedern ein sonderbarer Zauber. Die Kunstpoeten wollen diese Naturerzeugnisse nachahmen, in derselben Weise, wie man künstliche Mineralwässer verfertigt. Aber wenn sie auch, durch chemischen Prozeß, die Bestandteile ermitteln, so entgeht ihnen doch die Hauptsache, die unzersetzbare sympathetische Naturkraft. In diesen Liedern fühlt man den Herzschlag des deutschen Volks. Hier offenbart sich all seine düstere Heiterkeit, all seine närrische Vernunft. Hier trommelt der deutsche Zorn, hier pfeift der deutsche Spott, hier küßt die deutsche Liebe. Hier perlt der echt deutsche Wein und die echt deutsche Träne. Letztere ist manchmal doch noch köstlicher als ersterer; es ist viel Eisen und Salz darin.

(Die Romantische Schule)

Traum der Sommernacht! Phantastisch
Zwecklos ist mein Lied. Ja, zwecklos
Wie die Liebe, wie das Leben,
Wie der Schöpfer samt der Schöpfung!

Nur der eignen Lust gehorchend,
Galoppierend oder fliegend,
Tummelt sich im Fabelreiche
Mein geliebter Pegasus.

Ist kein nützlich tugendhafter
Karrengaul des Bürgertums,

Noch ein Schlachtpferd der Parteiwut,
Das pathetisch stampft und wiehert!

Goldbeschlagen sind die Hufen
Meines weißen Flügelrößleins,
Perlenschnüre sind die Zügel,
Und ich laß sie lustig schießen.

Trage mich, wohin du willst!
Über luftig steilen Bergpfad,
Wo Kaskaden angstvoll kreischend
Vor des Unsinns Abgrund warnen!

Trage mich durch stille Täler,
Wo die Eichen ernsthaft ragen
Und den Wurzelknorrn entrieselt
Uralt süßer Sagenquell!

Laß mich trinken dort und nässen
Meine Augen – ach, ich lechze
Nach dem lichten Wunderwasser,
Welches sehend macht und wissend.

(Atta Troll. Ein Sommernachtstraum)

Dieses neue Geschlecht will genießen und sich geltend machen im Sichtbaren; wir, die Alten, beugten uns demütig vor dem Unsichtbaren, haschten nach Schattenküssen und blauen Blumengerüchen, entsagten und flennten und waren doch vielleicht glücklicher, als jene harten Gladiatoren, die so stolz dem Kampftode entgegengehen. Das tausendjährige Reich der Romantik hat ein Ende, und ich selbst war sein letzter und abgedankter Fabelkönig. Hätte ich nicht die Krone vom Haupte fortgeschmissen, und den Kittel angezogen, sie hätten mich richtig geköpft. Vor vier Jahren hatte ich, ehe ich abtrünnig wurde von mir selber, noch ein Gelüste mit den alten Traumgenossen herumzutummeln im Mondschein – und ich schrieb den Atta Troll, den Schwanengesang der untergehenden Periode.

(Brief an Karl August Varnhagen von Ense, 3.1.1846)

Die Herrschaft der Schönschreiberei hat ein Ende wie so manche andre; auch die deutsche Schreibkunst wird emanzipiert, sie wird jedenfalls keine Kunst mehr sein. Der Frondienst des Periodenbaus muß abgeschafft und die Zuchtrute der Grammatik, womit Schultyrannen uns schon frühzeitig peinigen, muß gebrochen werden. In einer Republik braucht kein Bürger besser zu schreiben wie der andre. Nicht bloß die Freiheit der Presse, sondern auch die Gleichheit des Stils muß dekretiert werden von einer wahrhaft demokratischen Regierung.

(Über die Februarrevolution 1848)

Fürchtet nichts, ihr Herrn und Damen,
Sehr solide ist mein Schiff;
Aus Trochäen, stark wie Eichen,
Sind gezimmert Kiel und Planken.

Phantasie sitzt an dem Steuer,
Gute Laune bläht die Segel,
Schiffsjung ist der Witz, der flinke.
Ob Verstand an Bord? Ich weiß nicht!

Meine Rahen sind Metaphern,
Die Hyperbel ist mein Mastbaum,
...

Durch das Meer der Märchenwelt,
Durch das blaue Märchenweltmeer,
Zieht mein Schiff, mein Zauberschiff
Seine träumerischen Furchen.

(Bimini)

Es ist wahr, die Bilder der Romantik sollten mehr erwecken als bezeichnen. Aber nie und nimmermehr ist dasjenige die wahre Romantik, was so viele dafür ausgeben; nämlich: ein Gemengsel von spanischem Schmelz, schottischen Nebeln und italienischem Geklinge, verworrene und verschwimmende Bilder, die gleichsam aus einer Zauberlaterne ausgegossen werden, und durch buntes Farbenspiel und frappante Beleuchtung seltsam das Gemüt erregen und ergötzen. Wahrlich, die Bilder, wodurch jene romantischen Gefühle erregt werden sollen, dürfen eben so klar und mit eben so bestimmten Umrissen gezeichnet sein, als die Bilder der plastischen Poesie. Diese romantischen Bilder sollen an und für sich schon ergötzlich sein; sie sind die kostbaren, goldenen Schlüssel, womit, wie alte Märchen sagen, die hübschen, verzauberten Feengärten aufgeschlossen werden.

(Zur Literatur: Die Romantik)

Was war aber die romantische Schule in Deutschland? Sie war nichts anders als die Wiedererweckung der Poesie des Mittelalters, wie sie sich in dessen Liedern, Bild- und Bauwerken, in Kunst und Leben manifestiert hatte. Diese Poesie aber war aus dem Christentume hervorgegangen, sie war eine Passionsblume, die dem Blute Christi entsprossen.

(Die Romantische Schule)

Aber der arme deutsche Schriftsteller, der, weil er meistens schlecht honoriert wird, oder selten Privatvermögen besitzt, kein Geld zum Reisen hat, der wenigstens spät reist, wenn er sich schon in eine Manier hineingeschrieben, der selten einen Stand oder einen Titel hat, der ihm die Gnadenpforten der vornehmen Gesellschaft, die bei uns nicht immer die feine ist, erschleußt, ja der nicht selten einen schwarzen Rock entbehrt, um die Gesellschaft der Mittelklasse zu frequentieren, der arme Deutsche verschließt sich in seiner einsamen Dachstube, faselt eine Welt zusammen, und in einer aus ihm selbst wunderlich hervorgegangenen Sprache schreibt er Romane, worin Gestalten und Dinge leben, die herrlich, göttlich, höchstpoetisch sind, aber nirgends existieren. Diesen phantastischen Charakter tragen alle unsre Romane, die guten und die schlechten, von der frühesten Spieß-, Cramer- und Vulpius-Zeit bis Arnim, Fouqué, Horn, Hoffmann usw., und dieser Romancharakter hat viel eingewirkt auf den Volkscharakter, und wir Deutschen sind unter allen Nationen am meisten empfänglich für Mystik, geheime Gesellschaften, Naturphilosophie, Geisterkunde, Liebe, Unsinn und – Poesie!

(Briefe aus Berlin)

Diese Eigenschaft, diese Ganzheit finden wir auch bei den Schriftstellern des heutigen jungen Deutschlands, die ebenfalls keinen Unterschied machen wollen zwischen Leben und Schreiben, die nimmermehr die Politik trennen von Wissenschaft, Kunst und Religion, und die zu gleicher Zeit Künstler, Tribune und Apostel sind.

(Die Romantische Schule)

Namentlich in bezug auf das Junge Deutschland darf ich mir leider die größte Kompetenz beimessen. Denn ach! das Junge Deutschland, das bin ich selbst. Unser erlauchter Bundestag hat nämlich geruht, mir diesen Titel zu verleihen, in jenem famosen Dekrete, wo sie mich an der Spitze von fünf andern deutschen Schriftstellern des Verbrechens angeklagt, die ganze gesellschaftliche Ordnung in Deutschland, die Religion, die Moral, die fürstliche Gewalt, kurz, alles, was dem Menschen heilig ist, stürzen zu wollen. Wie manchmal vor dem Tribunal revolutionäre Menschen, die sich nie gesehen und von den entgegengesetztesten Meinungen waren, als Mitglieder einer schimärischen Verschwörung angeklagt und verurteilt wurden, so ward willkürlich mein Namen mit vier anderen Namen zusammengekoppelt und literarisch proskribiert, die wenig zusammenpaßten und von heterogensten Grundsätzen waren. Das ist nun jenes fabelhafte Junge Deutschland, wogegen in der offiziellen und servilen Presse soviel polemisiert ward.

(Briefe über Deutschland)

Die Geschichte der Literatur ist eben so schwierig zu beschreiben wie die Naturgeschichte. Dort wie hier hält man sich an die besonders hervortretende Erscheinungen. Aber wie in einem kleinen Wasserglas eine ganze Welt wunderlicher Tierchen enthalten ist, die eben so sehr von der Allmacht Gottes zeugen, wie die größten Bestien: so enthält der kleinste Musenalmanach zuweilen eine Unzahl Dichterlinge, die dem stillen Forscher eben so interessant dünken, wie die größten Elefanten der Literatur. Gott ist groß!

(Die Romantische Schule)

Die Literaturgeschichte ist die große Morgue wo jeder seine Toten aufsucht, die er liebt oder womit er verwandt ist. Wenn ich da unter so vielen unbedeutenden Leichen den Lessing oder den Herder sehe mit ihren erhabenen Menschengesichtern, dann pocht mir das Herz. Wie dürfte ich vorübergehen, ohne Euch flüchtig die blassen Lippen zu küssen!

(Die Romantische Schule)

Ach, teurer Leser, wenn Du über jene Zerrissenheit klagen willst, so beklage lieber, daß die Welt selbst mitten entzwei gerissen ist. Denn da das Herz des Dichters der Mittelpunkt der Welt ist, so mußte es wohl in jetziger Zeit jämmerlich zerrissen werden. Wer von seinem Herzen rühmt, es sei ganz geblieben, der gesteht nur, daß er ein prosaisches weitabgelegenes Winkelherz hat. Durch das meinige ging aber der große Weltriß, und eben deswegen weiß ich, daß die großen Götter mich vor vielen anderen hoch begnadigt und des Dichtermärtyrtums würdig geachtet haben.

(Die Bäder von Lucca)

Oder ist die Poesie vielleicht eine Krankheit des Menschen, wie die Perle eigentlich nur der Krankheitsstoff ist, woran das arme Austertier leider?

(Die Romantische Schule)

Laß die heilgen Parabolen,
Laß die frommen Hypothesen –
Suche die verdammten Fragen
Ohne Umschweif uns zu lösen.

Warum schleppt sich blutend, elend,
Unter Kreuzlast der Gerechte,
Während glücklich als ein Sieger
Trabt auf hohem Roß der Schlechte?

Woran liegt die Schuld? Ist etwa
Unser Herr nicht ganz allmächtig?
Oder treibt er selbst den Unfug?
Ach, das wäre niederträchtig.

Also fragen wir beständig,
Bis man uns mit einer Handvoll
Erde endlich stopft die Mäuler –
Aber ist das eine Antwort?

(Gedichte 1853 und 1854: Zum Lazarus)

Du sublime au ridicule il n'y a qu'un pas, Madame! Aber das Leben ist im Grunde so fatal ernsthaft, daß es nicht zu ertragen wäre ohne solche Verbindung des Pathetischen mit dem Komischen. Das wissen unsere Poeten. Die grauenhaftesten Bilder des menschlichen Wahnsinns zeigt uns Aristophanes nur im lachenden Spiegel des Witzes, den großen Denkerschmerz, der seine eigene Nichtigkeit begreift, wagt Goethe nur in den Knittelversen eines Puppenspiels auszusprechen, und die tödlichste Klage über den Jammer der Welt legt Shakespeare in den Mund eines Narren, während er dessen Schellenkappe ängstlich schüttelt.
Sie habens alle dem großen Urpoeten abgesehen, der in seiner tausendaktigen Welttragödie den Humor aufs höchste zu treiben weiß, wie wir es täglich sehen: – nach dem Abgang der Helden kommen die Clowns und Graziosos mit ihren Narrenkolben und Pritschen, nach den blutigen Revolutionsszenen und Kaiseraktionen kommen wieder herangewatschelt die dicken Bourbonen mit ihren alten abgestandenen Späßchen und zartlegitimen Bonmots, und graziöse hüpft herbei die alte Noblesse mit ihrem verhungerten Lächeln, und hintendrein wallen die frommen Kapuzen mit Lichtern, Kreuzen und Kirchenfahnen.

(Ideen. Das Buch Le Grand)

Aber ich hab nun mal diese unglückliche Passion für die Vernunft! Ich liebe sie, obgleich sie mich nicht mit Gegenliebe beglückt. Ich gebe ihr alles, und sie gewährt mir nichts. Ich kann nicht von ihr lassen. Und wie einst der jüdische König Salomon im Hoheliede die christliche Kirche besungen, und zwar unter dem Bilde eines schwarzen, liebeglühenden Mädchens, damit seine Juden nichts merkten; so habe ich in unzähligen Liedern just das Gegenteil, nämlich die Vernunft, besungen, und zwar unter dem Bilde einer weißen, kalten Jungfrau, die mich anzieht und abstößt, mir bald lächelt, bald zürnt, und mir endlich gar den Rükken kehrt. Dieses Geheimnis meiner unglücklichen Liebe, das ich niemanden offenbare, gibt Ihnen, Madame, einen Maßstab zur Würdigung meiner Narrheit, Sie sehen daraus, daß solche von außerordentlicher Art ist, und großartig hervorragt über das gewöhnliche närrische Treiben der Menschen. Lesen Sie meinen »Ratcliff«, meinen »Almansor«, mein »lyrisches Intermezzo« – Vernunft! Vernunft! nichts als Vernunft! – und Sie erschrecken ob der Höhe meiner Narrheit.

(Ideen. Das Buch Le Grand)

10.
Natur und Technik

Derweilen wir sprachen, begann es zu dämmern: die Luft wurde noch kälter, die Sonne neigte sich tiefer, und die Turmplatte füllte sich mit Studenten, Handwerksburschen und einigen ehrsamen Bürgerleuten samt deren Ehefrauen und Töchtern, die alle den Sonnenuntergang sehen wollten. Es ist ein erhabener Anblick, der die Seele zum Gebet stimmt. Wohl eine Viertelstunde standen alle ernsthaft schweigend, und sahen, wie der schöne Feuerball im Westen allmählig versank; die Gesichter wurden vom Abendrot angestrahlt, die Hände falteten sich unwillkürlich; es war, als ständen wir, eine stille Gemeinde, im Schiffe eines Riesendoms, und der Priester erhöbe jetzt den Leib des Herrn, und von der Orgel herab ergösse sich Palestrinas ewiger Choral.
Während ich so in Andacht versunken stehe, höre ich, daß neben mir jemand ausruft: »Wie ist die Natur doch im allgemeinen so schön!« Diese Worte kamen aus der gefühlvollen Brust meines Zimmergenossen, des jungen Kaufmanns. Ich gelangte dadurch wieder zu meiner Werkeltagsstimmung, war jetzt im Stande, den Damen über den Sonnenuntergang recht viel Artiges zu sagen, und sie ruhig, als wäre nichts passiert, nach ihrem Zimmer zu führen. Sie erlaubten mir auch, sie noch eine Stunde zu unterhalten. Wie die Erde selbst drehte sich unsre Unterhaltung um die Sonne. Die Mutter äußerte: die in Nebel versinkende Sonne habe ausgesehen wie eine glühende Rose, die der ga-

lante Himmel herab geworfen in den weit ausgebreiteten, weißen Brautschleier seiner geliebten Erde. Die Tochter lächelte und meinte, der öftere Anblick solcher Naturerscheinungen schwäche ihren Eindruck.

(Die Harzreise)

Das Fräulein stand am Meere
Und seufzte lang und bang,
Es rührte sie so sehre
Der Sonnenuntergang.

Mein Fräulein! sein Sie munter,
Das ist ein altes Stück;
Hier vorne geht sie unter
Und kehrt von hinten zurück.

(Neue Gedichte: Verschiedene. Seraphine)

Und wenn ich an jenem Tage geweint habe, so geschah es wegen des kleinen Mädchens. Es war schon gegen Abend, und ein kleines deutsches Mädchen, welches ich vorher schon unter den Auswanderern bemerkt, stand allein am Strande, wie versunken in Gedanken, und schaute hinaus ins weite Meer. Die Kleine mochte wohl acht Jahr alt sein, trug zwei niedlich geflochtene Haarzöpfchen, ein schwäbisch kurzes Röckchen von wohlgestreiftem Flanell, hatte ein bleichkränkelndes Gesichtchen, groß ernsthafte Augen, und mit

weichbesorgter, jedoch zugleich neugieriger Stimme frug sie mich: ob das das Weltmeer sei? – –
Bis tief in die Nacht stand ich am Meere und weinte. Ich schäme mich nicht dieser Tränen. Auch Achilles weinte am Meer, und die silberfüßige Mutter mußte aus den Wellen emporsteigen, um ihn zu trösten. Auch ich hörte eine Stimme im Wasser, aber minder trostreich, vielmehr aufweckend, gebietend und doch grundweise. Denn das Meer weiß alles, die Sterne vertrauen ihm des Nachts die verborgensten Rätsel des Himmels, in seiner Tiefe liegen, mit den fabelhaft versunkenen Reichen, auch die uralten, längst verschollenen Sagen der Erde, an allen Küsten lauscht es mit tausend neugierigen Wellenohren, und die Flüsse, die zu ihm hinabströmen, bringen ihm alle Nachrichten, die sie in den entferntesten Binnenlanden erkundet oder gar aus dem Geschwätze der kleinen Bäche und Bergquellen erhorcht haben. – Wenn Einem aber das Meer seine Geheimnisse offenbart und Einem das große Welterlösungswort ins Herz geflüstert, dann Ade Ruhe! Ade stille Träume! Ade Novellen und Komödien, die ich schon so hübsch begonnen und die nun schwerlich so bald fortgesetzt werden!

(Vorrede zu »Salon I«)

Das Meer erstrahlt im Sonnenschein,
Als ob es golden wär.
Ihr Brüder, wenn ich sterbe,
Versenkt mich in das Meer.

Hab immer das Meer so lieb gehabt,
Es hat mit sanfter Flut
So oft mein Herz gekühlet;
Wir waren einander gut.

(Neue Gedichte: Verschiedene. Seraphine)

Leise zieht durch mein Gemüt
Liebliches Geläute.
Klinge, kleines Frühlingslied,
Kling hinaus ins Weite.

Kling hinaus, bis an das Haus,
Wo die Blumen sprießen,
Wenn du eine Rose schaust,
Sag, ich laß sie grüßen.

(Neue Gedichte: Neuer Frühling)

Ein Fichtenbaum steht einsam
Im Norden auf kahler Höh.
Ihn schläfert; mit weißer Decke
Umhüllen ihn Eis und Schnee.

Er träumt von einer Palme,
Die, fern im Morgenland,
Einsam und schweigend trauert
Auf brennender Felsenwand.

(Buch der Lieder: Lyrisches Intermezzo)

Wie ein guter Dichter, liebt die Natur keine schroffen Übergänge. Die Wolken, so bizarr gestaltet sie auch zuweilen erscheinen, tragen ein weißes, oder doch ein mildes, mit dem blauen Himmel und der grünen Erde harmonisch korrespondierendes Kolorit, so daß alle Farben einer Gegend wie leise Musik in einander schmelzen, und jeder Naturanblick krampfstillend und gemütberuhigend wirkt.

(Die Harzreise)

Goethes »Italienische Reise« … Wir schauen nämlich darin überall tatsächliche Auffassung und die Ruhe der Natur. Goethe hält ihr den Spiegel vor, oder, besser gesagt, er ist selbst der Spiegel der Natur. Die Natur wollte wissen, wie sie aussieht, und sie erschuf Goethe. Sogar die Gedanken, die Intentionen der Natur vermag er uns widerzuspiegeln, und es ist einem hitzigen Goethianer, zumal in den Hundstagen, nicht zu verargen, wenn er über die Identität der Spiegelbilder mit den Objekten selbst so sehr erstaunt, daß er dem Spiegel sogar Schöpfungskraft, die Kraft, ähnliche Objekte zu erschaffen, zutraut.

(Reise von München nach Genua)

Und doch ein einziges Entzaubrungswort
Macht all die Herrlichkeit im Nu zerstieben,
Und übrig bleibt nur alter Trümmerschutt
Und krächzend Nachtgevögel und Morast.
So hab auch ich, mit einem einzgen Worte,
Die ganze blühende Natur entzaubert.
Da liegt sie nun, leblos und kalt und fahl,
Wie eine aufgeputzte Königsleiche,
Der man die Backenknochen rot gefärbt
Und in die Hand ein Zepter hat gelegt.
Die Lippen aber schauen gelb und welk,
Weil man vergaß sie gleichfalls rot zu schminken,
Und Mäuse springen um die Königsnase,
Und spotten frech des großen, goldnen Zepters. –

(Almansor)

Verdroßnen Sinn im kalten Herzen hegend,
Reis ich verdrießlich durch die kalte Welt,
Zu Ende geht der Herbst, ein Nebel hält
Feuchteingehüllt die abgestorbne Gegend.

Die Winde pfeifen, hin und her bewegend
Das rote Laub, das von den Bäumen fällt,
Es seufzt der Wald, es dampft das kahle Feld,
Nun kommt das Schlimmste noch, es regent.

(Neue Gedichte: Neuer Frühling)

Entartung

Hat die Natur sich auch verschlechtert,
Und nimmt die Menschenfehler an?
Mich dünkt, die Pflanzen und die Tiere,
Sie lügen jetzt wie jedermann.

Ich glaub nicht an die Lilje Keuschheit.
Es buhlt mit ihr der bunte Geck,
Der Schmetterling; der küßt und flattert
Am End mit ihrer Unschuld weg.

Von der Bescheidenheit der Veilchen
Halt ich nicht viel. Die kleine Blum,
Mit den koketten Düften lockt sie,
Und heimlich dürstet sie nach Ruhm.

Ich zweifle auch, ob sie empfindet,
Die Nachtigall, das was sie singt;
Sie übertreibt und schluchzt und trillert
Nur aus Routine, wie mich dünkt.

Die Wahrheit schwindet von der Erde,
Auch mit der Treu ist es vorbei.
Die Hunde wedeln noch und stinken
Wie sonst, doch sind sie nicht mehr treu.

(Neue Gedichte: Zeitgedichte)

Pferd und Esel

Auf eisernen Schienen, so schnell wie der Blitz,
Dampfwagen und Dampfkutschen
Mit dem schwarzbewimpelten Rauchfangmast
Prasselnd vorüberrutschen.

Der Troß kam einem Gehöft vorbei,
Wo über die Hecke guckte
Langhalsig ein Schimmel; neben ihm stand
Ein Esel, der Disteln schluckte.

Mit stierem Blick sah lange das Pferd
Dem Zuge nach. Es zittert
An allen Gliedern, und seufzt und spricht:
Der Anblick hat mich erschüttert!

Wahrhaftig, wär ich nicht von Natur
Bereits gewesen ein Schimmel,
Erbleichend vor Schrecken wär mir die Haut
Jetzt weiß geworden, o Himmel!

Bedroht ist das ganze Pferdegeschlecht
Von schrecklichen Schicksalsschlägen.
Obgleich ein Schimmel, schau ich jedoch
Einer schwarzen Zukunft entgegen.

Uns Pferde tötet die Konkurrenz
Von diesen Dampfmaschinen –
Zum Reiten, zum Fahren wird sich der Mensch
Des eisernen Viehes bedienen.

Und kann der Mensch zum Reiten uns,
Zum Fahren uns entbehren –
Ade der Hafer! Ade das Heu!
Wer wird uns dann ernähren?

Des Menschen Herz ist hart wie Stein;
Der Mensch gibt keinen Bissen
Umsonst. Man jagt uns aus dem Stall,
Wir werden verhungern müssen.

Wir können nicht borgen und stehlen nicht,
Wie jene Menschenkinder,
Auch schmeicheln nicht wie der Mensch und der Hund –
Wir sind verfallen dem Schinder.

So klagte das Roß und seufzte tief.
Der Langohr unterdessen
Hat mit der gemütlichsten Seelenruh
Zwei Distelköpfe gefressen.

Er leckte die Schnauze mit der Zung,
Und gemütlich begann er zu sprechen:
Ich will mir wegen der Zukunft nicht
Schon heute den Kopf zerbrechen.

Ihr stolzen Rosse seid freilich bedroht
Von einem schrecklichen Morgen.
Für uns bescheidne Esel jedoch
Ist keine Gefahr zu besorgen.

So Schimmel wie Rappen, so Schecken wie Fuchs,
Ihr seid am Ende entbehrlich;
Uns Esel jedoch ersetzt Hans Dampf
Mit seinem Schornstein schwerlich.

Wie klug auch die Maschinen sind,
Welche die Menschen schmieden,
Dem Esel bleibt zu jeder Zeit
Sein sicheres Dasein beschieden.

Der Himmel verläßt seine Esel nicht,
Die ruhig im Pflichtgefühle,
Wie ihre frommen Väter getan,
Tagtäglich traben zur Mühle.

Das Mühlrad klappert, der Müller mahlt
Und schüttet das Mehl in die Säcke
Das trag ich zum Bäcker, der Bäcker backt,
Und der Mensch frißt Bröte und Wecke.

In diesem uralten Naturkreislauf
Wird ewig die Welt sich drehen,
Und ewig unwandelbar wie die Natur,
Wird auch der Esel bestehen.

Moral

Die Ritterzeit hat aufgehört,
Und hungern muß das stolze Pferd.
Dem armen Luder, dem Esel, aber
Wird niemals fehlen sein Heu und Haber.

(Poetische Nachlese)

Von der Ausbeutung der Industrie erwartet Duveyrier das goldne Zeitalter. Der Messias wird nicht auf einem Esel, sondern auf einem Dampfwagen den segensreichen Einzug halten.

(Lutetia 2. Teil)

Die Eröffnung der beiden neuen Eisenbahnen, wovon die eine nach Orleans, die andere nach Rouen führt, verursacht hier eine Erschütterung, die jeder mitempfindet, wenn er nicht etwa auf einem sozialen Isolierschemel steht. Die ganze Bevölkerung von Paris bildet in diesem Augenblick gleichsam eine Kette, wo einer dem andern den elektrischen Schlag mitteilt. Während aber die große Menge verdutzt und betäubt die äußere Erscheinung der großen Bewegungsmächte anstarrt, erfaßt den Denker ein unheimliches Grauen, wie wir es immer empfinden, wenn das Ungeheuerste, das Unerhörteste geschieht, dessen Folgen unabsehbar und unberechenbar sind. Wir merken bloß, daß unsre ganze Existenz in neue Gleise fortgerissen, fortgeschleudert wird, daß neue Verhältnisse, Freuden und Drangsale uns erwarten, und das Unbekannte übt seinen schauerlichen Reiz, verlockend und zugleich beängstigend. So muß unsern Vätern zumut gewesen sein, als Amerika entdeckt wurde, als die Erfindung des Pulvers sich durch ihre ersten Schüsse ankündigte, als die Buchdruckerei die ersten Aushängebogen des göttlichen Wortes in die Welt schickte. Die Eisenbahnen sind wieder ein solches providencielles Ereignis, das der Menschheit einen neuen Umschwung gibt, das die Farbe und Gestalt des Lebens verändert; es beginnt ein neuer Abschnitt in der Weltgeschichte, und unsre Generation darf sich rühmen, daß sie dabei gewesen. Welche Veränderungen müssen jetzt eintreten in unsrer Anschauungsweise und in unsern Vorstellungen! Sogar die Elementarbegriffe von Zeit und Raum sind schwankend geworden. Durch die Eisenbahnen wird der Raum getötet, und es bleibt uns nur noch die Zeit übrig. Hätten wir nur Geld genug, um auch letztere anständig zu töten! In vierthalb Stunden reist man jetzt nach Orleans, in ebensoviel Stunden nach Rouen. Was wird das erst geben, wenn die Linien nach Belgien und Deutschland ausgeführt und mit den dortigen Bahnen verbunden sein werden! Mir ist als kämen die Berge und Wälder aller Länder auf Paris angerückt. Ich rieche schon den Duft der deutschen Linden; vor meiner Türe brandet die Nordsee.

(Lutetia 2. Teil)

Mittelalterliche Roheit
Weicht dem Aufschwung schöner Künste:
Instrument moderner Bildung
Ist vorzüglich das Klavier.

Auch die Eisenbahnen wirken
Heilsam aufs Familienleben,
Sintemal sie uns erleichtern
Die Entfernung von der Sippschaft.

Wie bedaur ich, daß die Darre
Meines Rückgratsmarks mich hindert,
Lange Zeit noch zu verweilen
In dergleichen Fortschrittswelt!

(Poetische Nachlese)

Deutschland ist fortgerissen in die Bewegung – der Gedanke ist nicht mehr uneigennützig, in seine abstrakte Welt stürzt die rohe Tatsache – Der Dampfwagen der Eisenbahn gibt uns eine zittrige Gemütserschütterung, wobei kein Lied aufgehen kann, der Kohlendampf verscheucht die Sangesvögel, und der Gasbeleuchtungsgestank verdirbt die duftige Mondnacht.

(Aufzeichnungen)

11.
Liebe, Ehe, Eros

Jedes Land hat seine besondere Küche und seine besondere Weiblichkeiten, und hier ist alles Geschmacksache.

Der eine liebt gebratene Hühner, der andere gebratene Enten; was mich betrifft, ich liebe gebratene Hühner und gebratene Enten und noch außerdem gebratene Gänse. Von hohem idealischen Standpunkte betrachtet, haben die Weiber überall eine gewisse Ähnlichkeit mit der Küche des Landes.

(Aus den Memoiren des Herren von Schnabelewopski)

Indessen, es gibt eine Sprache, womit man von Lappland bis Japan bei der Hälfte des menschlichen Geschlechtes sich verständlich machen kann. Und es ist die schönere Hälfte, die man par excellence das schönere Geschlecht nennt. Diese Sprache blüht in Italien ganz besonders. Wozu Worte, wo solche Augen mit ihrer Beredsamkeit einem armen Tedesco tief ins Herz hineinglänzen, Augen, die besser sprechen als Demosthenes und Cicero, Augen – ich lüge nicht – die so groß sind wie Sterne in Lebensgröße.

(Brief an Eduard v. Schenk, Anfang Sept. 1828)

Ich kenne nichts Treffenderes als die Legende, daß die Pariserinnen mit allen möglichen Fehlern zur Welt kommen, daß aber eine holde Fee sich ihrer erbarmt und jedem ihrer Fehler einen Zauber verleiht, wodurch er sogar als ein neuer Liebreiz wirkt.

(Florentinische Nächte)

Aber wer kann ruhig bei einer Pariserin sein und welche Pariserin ist jemals ruhig? Es gibt Leute, welche glauben, sie könnten den Schmetterling ganz genau betrachten, wenn sie ihn mit einer Nadel aufs Papier festgestochen haben. Das ist eben so törigt wie grausam. Der angeheftete, ruhige Schmetterling ist kein Schmetterling mehr. Den Schmetterling muß man betrachten wenn er um die Blumen gaukelt … und die Pariserin muß man betrachten, nicht in ihrer Häuslichkeit, wo sie mit der Nadel in die Brust befestigt ist, sondern im Salon, bei Soireen und Bällen, wenn sie mit den gestickten Gaze- und Seidenflügeln dahinflattert, unter den blitzenden Kristallkronen der Freude! Dann offenbart sich bei ihnen eine hastige Lebenssucht, eine Begier nach süßer Betäubung, ein Lechzen nach Trunkenheit, wodurch sie fast grauenhaft verschönert werden und einen Reiz gewinnen, der unsere Seele zugleich entzückt und erschüttert.

(Florentinische Nächte)

Im Geiste der Frauen bleibt immer lebendig und in lebendiger Bewegung das Element der Freiheit. Jeden Tag wechseln sie ihre Weltansichten, meistens ohne sich dessen bewußt zu sein. Sie stehen des Morgens auf wie unbefangene Kinder, bauen des Mittags ein Gedankensystem, das, wie ein Kartenhaus des Abends wieder zusammen fällt. Haben sie heute schlechte Grundsätze, so wette ich darauf, haben sie morgen die allerbesten. Sie wechseln ihre Meinungen so oft wie ihre Kleider. Wenn in ihrem Geiste just kein herrschender Gedanke steht, so zeigt sich das Allererfreulichste, das Interregnum des Gemüts.

(Über Polen)

Aufrichtig gesagt: welche schreckliche Krankheit ist die Frauenliebe! Da hilft keine Inokulation, wie wir leider gesehen. Sehr gescheute und erfahrene Ärzte raten zu Ortsveränderung und meinen, mit der Entfernung von der Zauberin zerreiße auch der Zauber. Das Prinzip der Homöopathie, wo das Weib uns heilet von dem Weibe, ist vielleicht das probateste.

(Memoiren)

Emma, sage mir die Wahrheit:
Ward ich närrisch durch die Liebe?
Oder ist die Liebe selber
Nur die Folge meiner Narrheit?

Ach! mich quälet, teure Emma,
Außer meiner tollen Liebe,
Außer meiner Liebestollheit,
Obendrein noch dies Dilemma.

(Neue Gedichte: Verschiedene. Emma)

(Liebeswahnsinn! Pleonasmus!
Liebe ist ja schon ein Wahnsinn!)

(Atta Troll. Ein Sommernachtstraum)

Ein Jüngling liebt ein Mädchen,
Die hat einen andern erwählt;
Der andre liebt eine andre,
Und hat sich mit dieser vermählt.

Das Mädchen heiratet aus Ärger
Den ersten besten Mann,
Der ihr in den Weg gelaufen;
Der Jüngling ist übel dran.

Es ist eine alte Geschichte,
Doch bleibt sie immer neu;
Und wem sie just passieret,
Dem bricht das Herz entzwei.

(Buch der Lieder: Lyrisches Intermezzo)

Der arme Peter

1

Der Hans und die Grete tanzen herum,
Und jauchzen vor lauter Freude.
Der Peter steht so still und stumm,
Und ist so blaß wie Kreide.

Der Hans und die Grete sind Bräutgam und Braut,
Und blitzen im Hochzeitsgeschmeide.
Der arme Peter die Nägel kaut
Und geht im Werkeltagskleide.

Der Peter spricht leise vor sich her,
Und schaut betrübet auf beide:
Ach! wenn ich nicht gar zu vernünftig wär,
Ich täte mir was zuleide.

2

»In meiner Brust, da sitzt ein Weh,
Das will die Brust zersprengen;
Und wo ich steh und wo ich geh,
Wills mich von hinnen drängen.

Es treibt mich nach der Liebsten Näh,
Als könnts die Grete heilen;
Doch wenn ich der ins Auge seh,
Muß ich von hinnen eilen.

Ich steig hinauf des Berges Höh,
Dort ist man doch alleine;
Und wenn ich still dort oben steh,
Dann steh ich still und weine.«

3

Der arme Peter wankt vorbei,
Gar langsam, leichenblaß und scheu.
Es bleiben fast, wenn sie ihn sehn,
Die Leute auf der Straße stehn.

Die Mädchen flüstern sich ins Ohr:
»Der stieg wohl aus dem Grab hervor.«
Ach nein, ihr lieben Jungfräulein,
Der legt sich erst ins Grab hinein.

Er hat verloren seinen Schatz,
Drum ist das Grab der beste Platz,
Wo er am besten liegen mag,
Und schlafen bis zum jüngsten Tag.

(Buch der Lieder: Junge Leiden)

Wie kannst du ruhig schlafen,
Und weißt, ich lebe noch?
Der alte Zorn kommt wieder,
Und dann zerbrech ich mein Joch.

Kennst du das alte Liedchen:
Wie einst ein toter Knab
Um Mitternacht die Geliebte
Zu sich geholt ins Grab?

Glaub mir, du wunderschönes,
Du wunderholdes Kind,
Ich lebe und bin noch stärker
Als alle Toten sind!

(Buch der Lieder: Die Heimkehr)

So wandl ich wieder den alten Weg,
Die wohlbekannten Gassen;
Ich komme von meiner Liebsten Haus,
Das steht so leer und verlassen.

Die Straßen sind doch gar zu eng!
Das Pflaster ist unerträglich!
Die Häuser fallen mir auf den Kopf!
Ich eile so viel als möglich!

(Buch der Lieder: Die Heimkehr)

Morgens steh ich auf und frage:
Kommt feins Liebchen heut?
Abends sink ich hin und klage:
Ausblieb sie auch heut.

In der Nacht mit meinem Kummer
Lieg ich schlaflos, wach;
Träumend, wie im halben Schlummer,
Wandle ich bei Tag.

(Buch der Lieder: Junge Leiden)

Mein Herz, mein Herz ist traurig,
Doch lustig leuchtet der Mai;
Ich stehe, gelehnt an der Linde,
Hoch auf der alten Bastei.

Da drunten fließt der blaue
Stadtgraben in stiller Ruh;
Ein Knabe fährt im Kahne,
Und angelt und pfeift dazu.

Jenseits erheben sich freundlich,
In winziger, bunter Gestalt,
Lusthäuser, und Gärten, und Menschen,
Und Ochsen, und Wiesen, und Wald.

Die Mägde bleichen Wäsche,
Und springen im Gras herum:
Das Mühlrad stäubt Diamanten,
Ich höre sein fernes Gesumm.

Am alten grauen Turme
Ein Schilderhäuschen steht;

Ein rotgeröckter Bursche
Dort auf und nieder geht.

Er spielt mit seiner Flinte,
Die funkelt im Sonnenrot,
Er präsentiert und schultert –
Ich wollt, er schösse mich tot.

(Buch der Lieder: Die Heimkehr)

Ich sterbe täglich mehr und mehr, ich bin fast ein Toter, und solche Leute haben das Recht die Wahrheit zu sagen, da ihnen die Lüge keinen Spaß mehr macht. Von der letzten amourischen Bekanntschaft ist nichts übrig geblieben als ein öder Katzenjammer, ein widerwärtiger Spuk, ein gespenstischer Ärger; manchmal um Mitternacht miaut eine tote Katze in den Ruinen meines Herzens.

(Brief an Friederike Robert, 26.12.1829)

Sie war liebenswürdig, und Er liebte Sie; Er aber war nicht liebenswürdig, und Sie liebte Ihn nicht.
(Altes Stück.)

Madame, kennen Sie das alte Stück? Es ist ein ganz außerordentliches Stück, nur etwas zu sehr melancholisch. Ich hab mal die Hauptrolle darin gespielt, und da weinten alle Damen, nur eine Einzige weinte nicht,

nicht eine einzige Träne weinte sie, und das war eben die Pointe des Stücks, die eigentliche Katastrophe –

(Ideen. Das Buch Le Grand)

Ich wollt, meine Schmerzen ergössen
Sich all in ein einziges Wort,
Das gäb ich den lustigen Winden,
Die trügen es lustig fort.

Sie tragen zu dir, Geliebte,
Das schmerzerfüllte Wort;
Du hörst es zu jeder Stunde,
Du hörst es an jedem Ort.

Und hast du zum nächtlichen Schlummer
Geschlossen die Augen kaum,
So wird dich mein Wort verfolgen
Bis in den tiefsten Traum.

(Buch der Lieder: Die Heimkehr)

Ich hab dich geliebet und liebe dich noch!
Und fiele die Welt zusammen,
Aus ihren Trümmern stiegen doch
Hervor meiner Liebe Flammen.

(Buch der Lieder: Lyrisches Intermezzo)

Das ist der alte Märchenwald!
Es duftet die Lindenblüte!
Der wunderbare Mondenglanz
Bezaubert mein Gemüte.

Ich ging fürbaß, und wie ich ging,
Erklang es in der Höhe.
Das ist die Nachtigall, sie singt
Von Lieb und Liebeswehe.

Sie singt von Lieb und Liebesweh,
Von Tränen und von Lachen,
Sie jubelt so traurig, sie schluchzet so froh,
Vergessene Träume erwachen. –

Ich ging fürbaß, und wie ich ging,
Da sah ich vor mir liegen,
Auf freiem Platz, ein großes Schloß,
Die Giebel hoch aufstiegen.

Verschlossene Fenster, überall
Ein Schweigen und ein Trauern;
Es schien, als wohne der stille Tod
In diesen öden Mauern.

Dort vor dem Tor lag eine Sphinx,
Ein Zwitter von Schrecken und Lüsten,
Der Leib und die Tatzen wie ein Löw,
Ein Weib an Haupt und Brüsten.

Ein schönes Weib! Der weiße Blick,
Er sprach von wildem Begehren;
Die stummen Lippen wölbten sich
Und lächelten stilles Gewähren.

Die Nachtigall, sie sang so süß –
Ich konnt nicht widerstehen –
Und als ich küßte das holde Gesicht,
Da wars um mich geschehen.

Lebendig ward das Marmorbild,
Der Stein begann zu ächzen –
Sie trank meiner Küsse lodernde Glut
Mit Dürsten und mit Lechzen.

Sie trank mir fast den Odem aus –
Und endlich, wollustheischend,
Umschlang sie mich, meinen armen Leib
Mit den Löwentatzen zerfleischend.

Entzückende Marter und wonniges Weh!
Der Schmerz wie die Lust unermeßlich!
Derweilen des Mundes Kuß mich beglückt,
Verwunden die Tatzen mich gräßlich.

Die Nachtigall sang: »O schöne Sphinx!
O Liebe! was soll es bedeuten,
Daß du vermischest mit Todesqual
All deine Seligkeiten?

O schöne Sphinx! O löse mir
Das Rätsel, das wunderbare!
Ich hab darüber nachgedacht
Schon manche tausend Jahre.«

(Buch der Lieder: Vorrede zur dritten Auflage)

Diese schönen Gliedermassen
Kolossaler Weiblichkeit
Sind jetzt, ohne Widerstreit,
Meinen Wünschen überlassen.

Wär ich, leidenschaftentzügelt,
Eigenkräftig ihr genaht,
Ich bereute solche Tat!
Ja, sie hätte mich geprügelt.

Welcher Busen, Hals und Kehle!
(Höher seh ich nicht genau.)
Eh ich ihr mich anvertrau,
Gott empfehl ich meine Seele.

(Neue Gedichte: Verschiedene. Diana)

Ich küßte sie nicht bloß aus zärtlicher Neigung, sondern auch aus Hohn gegen die alte Gesellschaft und alle ihre dunklen Vorurteile, und in diesem Augenblick loderten in mir auf die ersten Flammen jener zwei Passionen, welchen mein späteres Leben gewidmet blieb:

die Liebe für schöne Frauen und die Liebe für die französische Revolution, den modernen furor francese, wovon auch ich ergriffen ward im Kampf mit den Landsknechten des Mittelalters.

(Memoiren)

Ich habe jüngst ein Buch gelesen worin behauptet wird, ich hätte mich gerühmt, es liefe keine Phryne über die Pariser Boulevards, deren Reize mir unbekannt geblieben. Gott weiß, welchem ehrwürdigen Korrespondenzler solche saubre Anekdoten nachgesprochen wurden, ich kann aber dem Verfasser jenes Buches die Versicherung geben, daß ich, selbst in meiner tollsten Jugendzeit, nie ein Weib erkannt habe, wenn ich nicht dazu begeistert ward durch ihre Schönheit, die körperliche Offenbarung Gottes, oder durch die große Passion, jene große Passion, die ebenfalls göttlicher Art, weil sie uns von allen selbstsüchtigen Kleingefühlen befreit und die eiteln Güter des Lebens, ja das Leben selbst, hinopfern läßt!

(Ludwig Börne. Eine Denkschrift)

Sie saßen und tranken am Teetisch,
Und sprachen von Liebe viel.
Die Herren die waren ästhetisch,
Die Damen von zartem Gefühl.

Die Liebe muß sein platonisch,
Der dürre Hofrat sprach.
Die Hofrätin lächelt ironisch,
Und dennoch seufzet sie: Ach!

Der Domherr öffnet den Mund weit:
Die Liebe sei nicht zu roh,
Sie schadet sonst der Gesundheit.
Das Fräulein lispelt: Wie so?

Die Gräfin spricht wehmütig:
Die Liebe ist eine Passion!
Und präsentieret gütig
Die Tasse dem Herren Baron.

Am Tische war noch ein Plätzchen;
Mein Liebchen, da hast du gefehlt.
Du hättest so hübsch, mein Schätzchen,
Von deiner Liebe erzählt.

(Buch der Lieder: Lyrisches Intermezzo)

Bei mir hat sich in der Ehe noch gar nichts verändert; im Gegenteil, meine Frau wird mit jedem Jahr vernünftiger und traitabler und ich habe meine Heirat noch nicht bereut. Das ist viel, in der jetzigen Zeit und in Paris, wo es schlechte Ehen wimmelt; die guten Ehen sind so rar, daß man sie in Spiritus setzen sollte.

(Brief an Betty Heine, 23.5.1843)

Wahrlich, meine Freunde, Eure kleinen Scharmützel rechne ich für nichts, das ist überall; der höchste Moment der Ehe ist ein Kampf, sogar ein blutiger; und es hat nichts zu sagen daß die Frau dem Manne die Zähne zeigt, wenn sie nur hübsch weiß sind, daß sie Tränen weint, wenn es sie nur gut kleidet, und daß sie unwillig mit den Füßchen trampelt, wenn diese nur hübsch klein sind. Und was gibt es schöneres als die Versöhnung! – – –

(Brief an Charlotte und Moritz Embden, 15.9.1823)

Ich lese jetzt dessen italienische Reise so wie auch die Jungsche Geschichte der Frauen; finde Beides sehr bedeutend. Ich bin freilich nicht einverstanden mit dem Weiberemanzipationsenthusiasmus im letzteren Buche, denn ich bin selbst zu sehr verheiratet.

(Brief an Julius Campe, 28.9.1850)

Aber es ist auch wirklich verdrießlich, wenn die Weiber zu viel fragen. Braucht Eure Lippen zum Küssen, nicht zum Fragen, Ihr Schönen. Schweigen ist die wesentlichste Bedingung des Glückes. Wenn der Mann die Gunstbezeugungen seines Glückes ausplaudert, oder wenn das Weib nach Geheimnissen ihres Glückes neugierig forscht, dann gehen sie beide ihres Glückes verlustig.

(Elementargeister)

Dieser Liebe toller Fasching,
Dieser Taumel unsrer Herzen,
Geht zu Ende, und ernüchtert
Gähnen wir einander an!

Ausgetrunken ist der Kelch
Der mit Sinnenrausch gefüllt war,
Schäumend, lodernd, bis am Rande;
Ausgetrunken ist der Kelch.

Es verstummen auch die Geigen,
Die zum Tanze mächtig spielten,
Zu dem Tanz der Leidenschaft;
Auch die Geigen, sie verstummen.

Es erlöschen auch die Lampen,
Die das wilde Licht ergossen
Auf den bunten Mummenschanz;
Auch die Lampen, sie erlöschen.

Morgen kommt der Aschenmittwoch,
Und ich zeichne deine Stirne
Mit dem Aschenkreuz und spreche:
Weib, bedenke, daß du Staub bist.

(Neue Gedichte: Verschiedene. Angelique)

Schon mit ihren schlimmsten Schatten
Schleicht die böse Nacht heran;
Unsre Seelen sie ermatten,
Gähnend schauen wir uns an.

Du wirst alt und ich noch älter,
Unser Frühling ist verblüht.
Du wirst kalt und ich noch kälter,
Wie der Winter näher zieht.

Ach, das Ende ist so trübe!
Nach der holden Liebesnot,
Kommen Nöten ohne Liebe,
Nach dem Leben kommt der Tod.

(Neue Gedichte: Verschiedene. Emma)

Begegnung

Wohl unter der Linde erklingt die Musik,
Da tanzen die Burschen und Mädel,
Da tanzen zwei, die niemand kennt,
Sie schaun so schlank und edel.

Sie schweben auf, sie schweben ab,
In seltsam fremder Weise,
Sie lachen sich an, sie schütteln das Haupt,
Das Fräulein flüstert leise:

»Mein schöner Junker, auf Eurem Hut
Schwankt eine Neckenlilje,
Die wächst nur tief im Meeresgrund –
Ihr stammt nicht aus Adams Familie.

Ihr seid der Wassermann, Ihr wollt
Verlocken des Dorfes Schönen.
Ich hab Euch erkannt, beim ersten Blick,
An Euren fischgrätigen Zähnen.«

Sie schweben auf, sie schweben ab,
In seltsam fremder Weise,
Sie lachen sich an, sie schütteln das Haupt,
Der Junker flüstert leise:

»Mein schönes Fräulein, sagt mir, warum
So eiskalt Eure Hand ist?
Sagt mir, warum so naß der Saum
An Eurem weißen Gewand ist?

Ich hab Euch erkannt, beim ersten Blick,
An Eurem spöttischen Knixe –
Du bist kein irdisches Menschenkind,
Du bist mein Mühmchen, die Nixe.«

Die Geigen verstummen, der Tanz ist aus,
Es trennen sich höflich die beiden.
Sie kennen sich leider viel zu gut,
Suchen sich jetzt zu vermeiden.

(Neue Gedichte: Romanzen)

Der Asra

Täglich ging die wunderschöne
Sultanstochter auf und nieder
Um die Abendzeit am Springbrunn,
Wo die weißen Wasser plätschern.

Täglich stand der junge Sklave
Um die Abendzeit am Springbrunn,
Wo die weißen Wasser plätschern;
Täglich ward er bleich und bleicher.

Eines Abends trat die Fürstin
Auf ihn zu mit raschen Worten:
Deinen Namen will ich wissen,
Deine Heimat, deine Sippschaft!

Und der Sklave sprach: Ich heiße
Mohamet, ich bin aus Yemmen,
Und mein Stamm sind jene Asra,
Welche sterben, wenn sie lieben.

(Romanzero: Historien)

In meiner Erinnerung erblühen
Die Bilder, die längst verwittert –
Was ist in deiner Stimme,
Das mich so tief erschüttert?

Sag nicht, daß du mich liebst!
Ich weiß, das Schönste auf Erden,
Der Frühling und die Liebe,
Es muß zu Schanden werden.

Sag nicht, daß du mich liebst!
Und küsse nur und schweige,
Und lächle, wenn ich dir morgen
Die welken Rosen zeige.

(Neue Gedichte: Neuer Frühling)

Im wunderschönen Monat Mai,
Als alle Knospen sprangen,
Da ist in meinem Herzen
die Liebe aufgegangen.

Im wunderschönen Monat Mai,
Als alle Vögel sangen,
Da hab ich ihr gestanden
Mein Sehnen und Verlangen.

(Buch der Lieder: Lyrisches Intermezzo)

Nachts in der Kajüte

Das Meer hat seine Perlen,
Der Himmel hat seine Sterne,
Aber mein Herz, mein Herz,
Mein Herz hat seine Liebe.

Groß ist das Meer und der Himmel,
Doch größer ist mein Herz,
Und schöner als Perlen und Sterne
Leuchtet und strahlt meine Liebe.

Du kleines, junges Mädchen,
Komm an mein großes Herz;
Mein Herz und das Meer und der Himmel
Vergehn vor lauter Liebe.

(Buch der Lieder: Die Nordsee)

Auf Flügeln des Gesanges,
Herzliebchen, trag ich dich fort,
Fort nach den Fluren des Ganges,
Dort weiß ich den schönsten Ort.

Dort liegt ein rotblühender Garten
Im stillen Mondenschein;
Die Lotosblumen erwarten
Ihr trautes Schwesterlein.

Die Veilchen kichern und kosen,
Und schaun nach den Sternen empor;

Heimlich erzählen die Rosen
Sich duftende Märchen ins Ohr.

Er hüpfen herbei und lauschen
Die frommen, klugen Gazelln;
Und in der Ferne rauschen
Des heiligen Stromes Welln.

Dort wollen wir niedersinken
Unter dem Palmenbaum,
Und Liebe und Ruhe trinken,
Und träumen seligen Traum.

(Buch der Lieder: Lyrisches Intermezzo)

Es stehen unbeweglich
Die Sterne in der Höh,
Viel tausend Jahr, und schauen
Sich an mit Liebesweh.

Sie sprechen eine Sprache,
Die ist so reich, so schön;
Doch keiner der Philologen
Kann diese Sprache verstehn.

Ich aber hab sie gelernet,
Und ich vergesse sie nicht;
Mir diente als Grammatik
Der Herzallerliebsten Gesicht.

(Buch der Lieder: Lyrisches Intermezzo)

O die Weiber! Wir müssen ihnen viel verzeihen, denn sie lieben viel, und sogar viele. Ihr Haß ist eigentlich nur eine Liebe, welche umgesattelt hat.

(Geständnisse)

Unbekannter Künstler: Heinrich Heine (um 1825)

Heinrich Heines Geburtshaus, Bolkerstr. 53 (vor 1905)

Heines Schwester Charlotte Embden, geb. Heine (ca. 1803–1899)

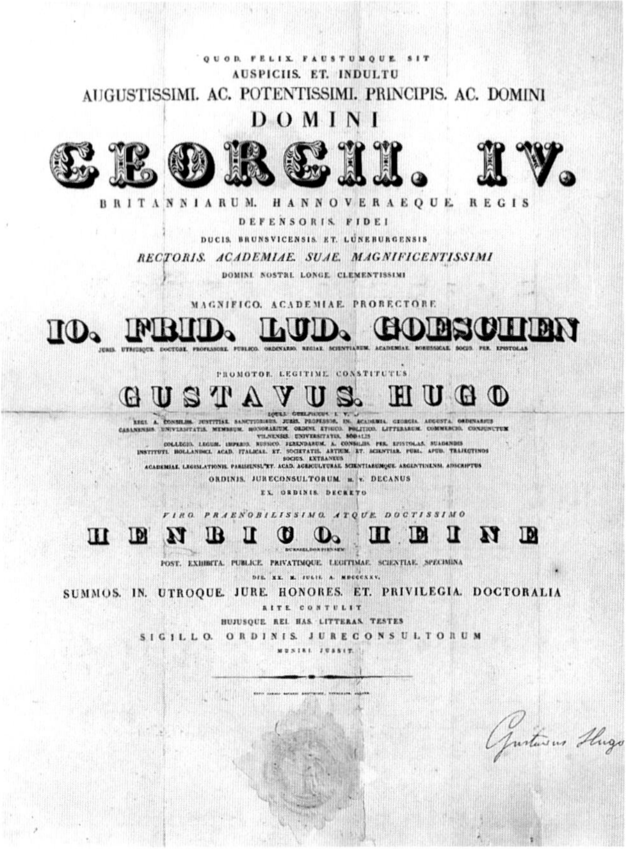

QUOD. FELIX. FAUSTUMQUE. SIT
AUSPICIIS. ET. INDULTU
AUGUSTISSIMI. AC. POTENTISSIMI. PRINCIPIS. AC. DOMINI
DOMINI
GEORGII. IV.
BRITANNIARUM. HANNOVERAEQUE. REGIS
DEFENSORIS. FIDEI
DUCIS. BRUNSVICENSIS. ET. LUNEBURGENSIS
RECTORIS. ACADEMIAE. SUAE. MAGNIFICENTISSIMI
DOMINI. NOSTRI. LONGE. CLEMENTISSIMI

MAGNIFICO. ACADEMIAE. PRORECTORE
IO. FRID. LUD. GOESCHEN
JURIS. UTRIUSQUE. DOCTORE. PROFESSORE. PUBLICO. ORDINARIO. REGIAE. SCIENTIARUM. ACADEMIAE. BORUSSICAE. SOCIO. PER. EPISTOLAS

PROMOTOR. LEGITIME. CONSTITUTUS
GUSTAVUS. HUGO
EQUES. GUELPHICUS. [illegible]
REGI. A. CONSILIIS. JUSTITIAE. SANCTIORIBUS. JURIS. PROFESSOR. IN. ACADEMIA. GEORGIA. AUGUSTA. ORDINARIUS
CASANENSIS. UNIVERSITATIS. MEMBRUM. HONORARIUM. ORDINI. ETHICO. POLITICO. LITTERARUM. COMMERCIO. CONJUNCTUM
VILNENSIS. UNIVERSITATIS. SODALIS
COLLEGIO. LEGUM. IMPERIO. RUSSICO. FERENDARUM. A. CONSILIIS. PER. EPISTOLAS. SUADENDIS
INSTITUTI. HOLLANDICI. ACAD. ITALICAE. ET. SOCIETATIS. ARTIUM. ET. SCIENTIAR. PUBL. APUD. TRAJECTINOS
SOCIUS. EXTRANEUS
ACADEMIAE. LEGISLATIONIS. PARISIENSI. ET. ACAD. AGRICULTURAE. SCIENTIARUMQUE. ARGENTINENSI. ADSCRIPTUS
ORDINIS. JURECONSULTORUM. H. T. DECANUS
EX. ORDINIS. DECRETO

VIRO. PRAENOBILISSIMO. ATQUE. DOCTISSIMO
HENRICO. HEINE
DUSSELDORPIENSEM
POST. EXHIBITA. PUBLICE. PRIVATIMQUE. LEGITIMAE. SCIENTIAE. SPECIMINA
DIE. XX. M. JULII. A. MDCCCXXV.
SUMMOS. IN. UTROQUE. JURE. HONORES. ET. PRIVILEGIA. DOCTORALIA
RITE. CONTULIT
HUJUSQUE. REI. HAS. LITTERAS. TESTES
SIGILLO. ORDINIS. JURECONSULTORUM
MUNIRI. JUSSIT.

Gustavus Hugo

Heines Promotionsurkunde der Universität Göttingen
vom 20. Juli 1825

Der Gesellschafter
oder
Blätter für Geist und Herz.

1826. Freitag den 20. Januar. 11tes Blatt.

Harzreise; von H. Heine.

(Geschrieben im Herbst 1824.)

I.

Schwarze Röcke, seid'ne Strümpfe,
Weiße höfliche Manschetten,
Sanfte Reden, Embrassiren —
Ach, wenn sie nur Herzen hätten!

Herzen in der Brust, und Liebe,
Warme Liebe in dem Herzen —
Ach, mich tödtet ihr Gesinge
Von erlog'nen Liebesschmerzen!

Auf die Berge will ich steigen,
Wo die frommen Hütten stehen,
Wo die Brust sich frei erschließet,
Und die freien Lüfte wehen.

Auf die Berge will ich steigen,
Wo die dunkeln Tannen ragen,
Bäche rauschen, Vögel singen,
Und die stolzen Wolken jagen.

Lebet wohl, ihr glatten Säle,
Glatte Herren! glatte Frauen!
Auf die Berge will ich steigen,
Lachend auf Euch niederschauen.

Morgens sechs Uhr verließ ich Osterode. Diese Stadt hat mehrere Häuser, verschiedene Einwohner, worunter auch mehrere Seelen, wie in Gottschalk's „Taschenbuch für Harzreisende" genauer nach zu lesen ist. Ehe ich die Landstraße einschlug, bestieg ich die Trümmer der uralten Osteroder Burg. Sie bestehen nur noch aus der Hälfte eines großen, dickmaurigen, wie von Krebsschäden angefressenen Thurms. Der Weg nach Clausthal führte mich wieder bergauf, und von einer der ersten Höhen schaute ich nochmals hinab in das Thal, wo Osterode mit seinen rothen Dächern aus den grünen Tannenwäldern hervor guckt, wie eine Moosrose. Die Sonne gab eine gar liebe, kindliche Beleuchtung. Von der erhaltenen Thurmhälfte erblickt man hier die imponirende Rückseite. Wie doch solch grau verwittert Stück Ruine einen eigenen Zauber ausgießt über eine ganze Landschaft, und sie unendlich mehr verschönert, als all die neuen, blanken Gebäude mit ihrer jugendlichen Herrlichkeit! Auch länger als diese pflegt sich solche Ruine zu erhalten, trotz ihres morsch verfallenden Ansehns. Wie den Burgen geht's auch den alten Geschlechtern selbst.

Nachdem ich eine Strecke gegangen, traf ich zusammen mit einem reisenden Handwerksburschen, der von Braunschweig kam, und mir als ein dortiges Gerücht erzählte: der junge Herzog sey auf dem Wege nach dem gelobten Lande von den Türken gefangen worden, und könne nur gegen ein großes Lösegeld frei kommen. Die große Reise des Herzogs mag diese Sage veranlaßt haben. Das Volk hat noch immer den traditionell fabelhaften Ideengang, der sich so lieblich ausspricht in seinem „Herzog Ernst". Der Erzähler jener Neuigkeit war ein Schneidergesell, ein niedlicher, kleiner junger Mensch, so dünn, daß die Sterne durchschimmern konnten, wie durch Ossian's Nebelgeister, und im Ganzen eine volksthümlich barocke Mischung von Laune und Wehmuth. Dieses äußerte sich besonders in der drollig rührenden Weise, womit er das

Erstdruck der »Harzreise« im »Gesellschafter«, 1826

Heines Verleger Julius Campe (1792–1867)

Buchhandlung Hoffmann und Campe in Hamburg (um 1830)

Amalie Friedländer, geb. Heine (1799–1838),
Tochter von Salomon Heine

Buch der Lieder

von

H. Heine.

Hamburg
bei Hoffmann und Campe.
1827.

Titelblatt der Erstausgabe des »Buchs der Lieder«, Hamburg 1827

Ludwig Emil Grimm: Heinrich Heine (Kassel 1827)

Samuel Diez: Heinrich Heine (Paris 1842)

Zeitung für die elegante Welt.

18. Januar **№ 3.** 1843.

Uebersicht. Atta Troll, von Heine. — Der belgische Graf (Erzählung). — Neue Romane: Gräfin Hahn. — Nachrichten: Conservatorium in Leipzig. — Schumann. — Neues Gedicht von Zedlitz. — Zwei Briefe aus Berlin. — Lessing's Huß und die belgischen Bilder. — Kittl's Symphonie. — Deutsche Literatur in Holland. — Brief aus Wien. — Neue Bücher von Dickens. — Schilderung München's. — Goethe im Hansa-Album. — Moden. — Beilage von Basse.

Atta Troll,

von

Heinrich Heine.

(Fortsetzung.)

Caput V.

Zwo Gestalten, wild und mürrisch,
Und auf allen Vieren rutschend,
Brechen Bahn sich durch den dunklen
Tannengrund, um Mitternacht.

Das ist Atta Troll, der Vater,
Und sein Söhnchen, Junker Einohr.
Wo der Wald sich dämmernd lichtet,
Bei dem Blutstein, stehn sie stille.

„Dieser Stein" — brummt Atta Troll —
„Ist der Altar, wo Druiden
In der Zeit des Aberglaubens
Menschenopfer abgeschlachtet.

„O der schauderhaften Greuel!
Denk' ich dran, sträubt sich das Haar
Auf dem Rücken mir — Zur Ehre
Gottes wurde Blut vergossen!

„Jetzt sind freilich aufgeklärter
Diese Menschen, und sie tödten
Nicht einander mehr aus Eifer
Für die himmlischen Intressen; —

„Nein, nicht mehr der fromme Wahn,
Nicht die Schwärmerei, nicht Tollheit,
Sondern Eigennutz und Selbstsucht
Treibt sie jetzt zu Mord und Todtschlag.

1843. 5

Erstdruck des »Atta Troll«
in der »Zeitung für die elegante Welt«, 1843

Umschlagillustration von Hauenschild zu »Der Doktor Faust«,
Hamburg 1851

Heinrich Heine. Lithographie nach einem Porträt
von Julius Giere (1839)
mit eigenhändiger Widmung für seinen Bruder Gustav

Unbekannter Künstler: Heinrich Heine (1847)

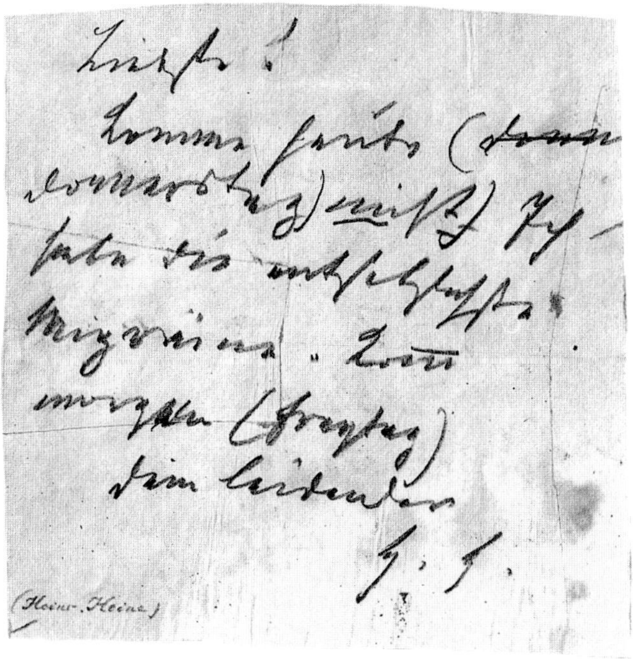
Liebste!
Komme heute (~~Donn~~ Donnerstag nicht) Ich habe die entsetzlichste Migräne. Komm morgen (Freytag)
Dein leidender
H. H.
(Heinr. Heine)

Heinrich Heine: Eigenhändiges Billett an Elise Krinitz (Mouche), vermutlich vom 14. Februar 1856

Heines Grabdenkmal von Louis Hasselriis auf dem Montmartre-Friedhof, Paris

12.
Religion und Religionen

Im Menschen kommt die Gottheit zum Selbstbewußtsein, und solches Selbstbewußtsein offenbart sie wieder durch den Menschen. Aber dieses geschieht nicht in dem einzelnen und durch den einzelnen Menschen sondern in und durch die Gesamtheit der Menschen: so daß jeder Mensch nur einen Teil des Gott-Welt-Alls auffaßt und darstellt, alle Menschen zusammen aber das ganze Gott-Welt-All in der Idee und in der Realität auffassen und darstellen werden. Jedes Volk vielleicht hat die Sendung, einen bestimmten Teil jenes Gott-Welt-Alls zu erkennen und kund zu geben, eine Reihe von Erscheinungen zu begreifen und eine Reihe von Ideen zur Erscheinung zu bringen, und das Resultat den nachfolgenden Völkern, denen eine ähnliche Sendung obliegt, zu überliefern. Gott ist daher der eigentliche Held der Weltgeschichte, diese ist sein beständiges Denken, sein beständiges Handeln, sein Wort, seine Tat; und von der ganzen Menschheit kann man mit Recht sagen, sie ist eine Inkarnation Gottes!

(Zur Geschichte der Religion und Philosophie in Deutschland)

Die griechische Mythologie hatte eine Reihe von Göttergestalten, deren jede, bei aller Identität der Form und der Idee, dennoch eine symbolische Bedeutung bekommen konnte. Aber in dieser griechischen Religion war eben nur die Gestalt der Götter bestimmt, alles andere, ihr Leben und Treiben, war der Willkür der Poeten zur beliebigen Behandlung überlassen. In der christlichen Religion hingegen gibt es keine so bestimmte Gestalten, sondern bestimmte Fakta, bestimmte heilige Ereignisse und Taten, worin das dichtende Gemüt des Menschen eine parabolische Bedeutung legen konnte.

(Zur Geschichte der Religion und Philosophie in Deutschland)

Die Götter Griechenlands

Vollblühender Mond! In deinem Licht,
Wie fließendes Gold, erglänzt das Meer;
Wie Tagesklarheit, doch dämmrig verzaubert,
Liegts über der weiten Strandesfläche;
Und am hellblaun, sternlosen Himmel
Schweben die weißen Wolken,
Wie kolossale Götterbilder
Von leuchtendem Marmor.

Nein, nimmermehr, das sind keine Wolken!
Das sind sie selber, die Götter von Hellas,
Die einst so freudig die Welt beherrschten,
Doch jetzt, verdrängt und verstorben,
Als ungeheure Gespenster dahinziehn
Am mitternächtlichen Himmel.

Staunend, und seltsam geblendet, betracht ich
Das luftige Pantheon,

Die feierlich stummen, graunhaft bewegten
Riesengestalten.
Der dort ist Kronion, der Himmelskönig,
Schneeweiß sind die Locken des Haupts,
Die berühmten, olymposerschütternden Locken.
Er hält in der Hand den erloschenen Blitz,
In seinem Antlitz liegt Unglück und Gram,
Und doch noch immer der alte Stolz.
Das waren bessere Zeiten, o Zeus,
Als du dich himmlisch ergötztest
An Knaben und Nymphen und Hekatomben;
Doch auch die Götter regieren nicht ewig,
Die jungen verdrängen die alten,
Wie du einst selber den greisen Vater
Und deine Titanen-Öhme verdrängt hast,
Jupiter Parricida!
Auch dich erkenn ich, stolze Juno!
Trotz all deiner eifersüchtigen Angst,
Hat doch eine andre das Zepter gewonnen,
Und du bist nicht mehr die Himmelskönigin,
Und dein großes Aug ist erstarrt,
Und deine Liljenarme sind kraftlos,
Und nimmermehr trifft deine Rache
Die gottbefruchtete Jungfrau
Und den wundertätigen Gottessohn.
Auch dich erkenn ich, Pallas Athene!
Mit Schild und Weisheit konntest du nicht
Abwehren das Götterverderben?
Auch dich erkenn ich, auch dich, Aphrodite,
Einst die goldene! jetzt die silberne!
Zwar schmückt dich noch immer des Gürtels Liebreiz,

Doch graut mir heimlich vor deiner Schönheit,
Und wollt mich beglücken dein gütiger Leib,
Wie andere Helden, ich stürbe vor Angst –
Als Leichengöttin erscheinst du mir,
Venus Libitina!
Nicht mehr mit Liebe blickt nach dir,
Dort, der schreckliche Ares.
Es schaut so traurig Phöbos Apollo,
Der Jüngling. Es schweigt seine Leir,
Die so freudig erklungen beim Göttermahl.
Noch trauriger schaut Hephaistos,
Und wahrlich, der Hinkende! nimmermehr
Fällt er Heben ins Amt,
Und schenkt geschäftig, in der Versammlung,
Den lieblichen Nektar – Und längst ist erloschen
Das unauslöschliche Göttergelächter.

Ich hab euch niemals geliebt, ihr Götter!
Denn widerwärtig sind mir die Griechen,
Und gar die Römer sind mir verhaßt.
Doch heilges Erbarmen und schauriges Mitleid
Durchströmt mein Herz,
Wenn ich euch jetzt da droben schaue,
Verlassene Götter,
Tote, nachtwandelnde Schatten,
Nebelschwache, die der Wind verscheucht –
Und wenn ich bedenke, wie feig und windig
Die Götter sind, die euch besiegten,
Die neuen, herrschenden, tristen Götter,
Die schadenfrohen im Schafspelz der Demut –
O, da faßt mich ein düsterer Groll,

Und brechen möcht ich die neuen Tempel,
Und kämpfen für euch, ihr alten Götter,
Für euch und eur gutes, ambrosisches Recht,
Und vor euren hohen Altären,
Den wiedergebauten, den opferdampfenden,
Möcht ich selber knieen und beten,
Und flehend die Arme erheben –

Denn immerhin, ihr alten Götter,
Habt ihrs auch ehmals, in Kämpfen der Menschen,
Stets mit der Partei der Sieger gehalten,
So ist doch der Mensch großmütger als ihr,
Und in Götterkämpfen halt ich es jetzt
Mit der Partei der besiegten Götter.

*

Also sprach ich, und sichtbar erröteten
Droben die blassen Wolkengestalten,
Und schauten mich an wie Sterbende,
Schmerzenverklärt, und schwanden plötzlich.
Der Mond verbarg sich eben
Hinter Gewölk, das dunkler heranzog;
Hochaufrauschte das Meer,
Und siegreich traten hervor am Himmel
Die ewigen Sterne.

(Buch der Lieder: Die Nordsee)

Ich habe nichts abgeschworen, nicht einmal meine alten Heidengötter, von denen ich mich zwar abgewendet, aber scheidend in Liebe und Freundschaft. Es war im Mai 1848, an dem Tage, wo ich zum letzten Male ausging, als ich Abschied nahm von den holden Idolen, die ich angebetet in den Zeiten meines Glücks. Nur mit Mühe schleppte ich mich bis zum Louvre, und ich brach fast zusammen, als ich in den erhabenen Saal trat, wo die hochgebenedeite Göttin der Schönheit, Unsere liebe Frau von Milo, auf ihrem Postamente steht. Zu ihren Füßen lag ich lange, und ich weinte so heftig, daß sich dessen ein Stein erbarmen mußte. Auch schaute die Göttin mitleidig auf mich herab, doch zugleich so trostlos, als wollte sie sagen: siehst du denn nicht, daß ich keine Arme habe und also nicht helfen kann?

(Nachwort zum »Romanzero«)

Manchmal wollte es mich bedünken, als sei dieser mosaische Gott nur der zurückgestrahlte Lichtglanz des Moses selbst, dem er so ähnlich sieht, ähnlich in Zorn und in Liebe – Es wäre eine große Sünde, es wäre Anthropomorphismus, wenn man eine solche Identität des Gottes und seines Propheten annähme – aber die Ähnlichkeit ist frappant.

(Geständnisse)

Ich sah nicht, daß Moses, trotz seiner Befeindung der Kunst, dennoch selber ein großer Künstler war und den wahren Künstlergeist besaß. Nur war dieser Künstlergeist bei ihm, wie bei seinen ägyptischen Landsleuten, nur auf das Kolossale und Unverwüstliche gerichtet. Aber nicht wie die Ägypter formierte er seine Kunstwerke aus Backstein und Granit, sondern er baute Menschenpyramiden, er meißelte Menschen-Obelisken, er nahm einen armen Hirtenstamm und schuf daraus ein Volk, das ebenfalls den Jahrhunderten trotzen sollte, ein großes, ewiges, heiliges Volk, ein Volk Gottes, das allen andern Völkern als Muster, ja der ganzen Menschheit als Prototyp dienen konnte: er schuf Israel! Mit größerm Rechte als der römische Dichter darf jener Künstler, der Sohn Amrams und der Hebamme Jochebet, sich rühmen, ein Monument errichtet zu haben, das alle Bildungen aus Erz überdauern wird!

(Geständnisse)

In der Tat, die Juden sind aus jenem Teige, woraus man Götter knetet; tritt man sie heute mit Füßen, fällt man morgen vor ihnen auf die Kniee; während die Einen sich im schäbigsten Kote des Schachers herumwühlen, ersteigen die Anderen den höchsten Gipfel der Menschheit, und Golgatha ist nicht der einzige Berg, wo ein jüdischer Gott für das Heil der Welt geblutet. Die Juden sind das Volk des Geistes, und jedesmal, wenn sie zu ihrem Prinzipe zurückkehren, sind sie groß und herrlich, und beschämen und überwinden ihre plumpen Dränger. Der tiefsinnige Rosenkranz vergleicht sie mit dem Riesen Antäus, nur daß dieser jedesmal erstarkte, wenn er die Erde berührte, jene aber, die Juden, neue Kräfte gewinnen, sobald sie wieder mit dem Himmel in Berührung kommen.

(Ludwig Börne. Eine Denkschrift)

»Herr Doktor, bleiben Sie mir weg mit der altjüdischen Religion, die wünsche ich nicht meinem ärgsten Feind. Man hat nichts als Schimpf und Schande davon. Ich sage Ihnen, es ist gar keine Religion, sondern ein Unglück.«

(Die Bäder von Lucca)

Das neue Israelitische Hospital zu Hamburg

Ein Hospital für arme, kranke Juden,
Für Menschenkinder, welche dreifach elend,
Behaftet mit den bösen drei Gebresten,
Mit Armut, Körperschmerz und Judentume!

Das schlimmste von den dreien ist das letzte,
Das tausendjährige Familienübel,
Die aus dem Niltal mitgeschleppte Plage,
Der altegyptisch ungesunde Glauben.

Unheilbar tiefes Leid! Dagegen helfen
Nicht Dampfbad, Dusche, nicht die Apparate
Der Chirurgie, noch all die Arzeneien,
Die dieses Haus den siechen Gästen bietet.

Wird einst die Zeit die ewige Göttin, tilgen
Das dunkle Weh, das sich vererbt vom Vater
Herunter auf den Sohn, – wird einst der Enkel
Genesen und vernünftig sein und glücklich?

Ich weiß es nicht! Doch mittlerweile wollen
Wir preisen jenes Herz, das klug und liebreich
Zu lindern suchte, was der Lindrung fähig,
Zeitlichen Balsam träufelnd in die Wunden.

Der teure Mann! Er baute hier ein Obdach
Für Leiden, welche heilbar durch die Künste
Des Arztes (oder auch des Todes!), sorgte
Für Polster, Labetrank, Wartung und Pflege –

Ein Mann der Tat, tat er was eben tunlich;
Für gute Werke gab er hin den Taglohn
Am Abend seines Lebens, menschenfreundlich,
Durch Wohltun sich erholend von der Arbeit.

Er gab mit reicher Hand – doch reichre Spende
Entrollte manchmal seinem Aug, die Träne,
Die kostbar schöne Träne, die er weinte
Ob der unheilbar großen Brüderkrankheit.

(Neue Gedichte: Zeitgedichte)

Ich habe ihnen doch schon den Wahn benommen daß ich ein Enthousiast für die jüdische Religion sei. Daß ich für die Rechte der Juden und ihre bürgerliche Gleichstellung enthousiastisch sein werde das gestehe ich, und in schlimmen Zeiten, die unausbleiblich sind, wird der germanische Pöbel meine Stimme hören daß es in deutschen Bierstuben und Palästen widerschallt. Doch der geborene Feind aller positiven Religionen wird nie für diejenige Religion sich zum Champion aufwerfen, die zuerst jene Menschenmäkelei aufgebracht, die uns jetzt so viel Schmerzen verursacht; geschieht es auf eine Weise dennoch, so hat es seine besondere Gründe, Gemütsweichheit, Starrsinn und Vorsicht für Erhaltung eines Gegengifts.

(Brief an Moses Moser, 23. 8. 1823)

Ja, die Emanzipation wird früh oder spät bewilligt werden müssen, aus Gerechtigkeitsgefühl, aus Klugheit, aus Notwendigkeit. Die Antipathie gegen die Juden hat bei den obern Klassen keine religiöse Wurzel mehr, und bei den untern Klassen transformiert sie sich täglich mehr und mehr in den sozialen Groll gegen die überwuchernde Macht des Kapitals, gegen die Ausbeutung der Armen durch die Reichen. Der Judenhaß hat jetzt einen andern Namen, sogar beim Pöbel. Was aber die Regierungen betrifft, so sind sie endlich zur hochweisen Ansicht gelangt, daß der Staat ein organischer Körper ist und daß derselbe nicht zu einer vollkommenen Gesundheit gelangen kann, solange ein einziges seiner Glieder, und sei es auch nur der kleine Zeh, an einem Gebreste leidet. Ja, der Staat mag noch so keck sein Haupt tragen und mit breiter Brust allen Stürmen trotzen, das Herz in der Brust und sogar das stolze Haupt wird dennoch den Schmerz mitempfinden müssen, wenn der kleine Zeh an den Hühneraugen leidet – die Judenbeschränkungen sind solche Hühneraugen an den deutschen Staatsfüßen.

(Ludwig Marcus. Denkworte)

Was ist aber der letzte Grund jenes Hasses, den wir in Europa zwischen den Anhängern der mosaischen Gesetze und der Lehre Christi bis auf heutigen Tag gewahren, und wovon uns der Dichter, indem er das Allgemeine im Besondern veranschaulichte, im »Kaufmann von Venedig« ein schauerliches Bild geliefert hat? Ist es der ursprüngliche Bruderhaß, den wir schon gleich nach Erschaffung der Welt, ob der Verschiedenheit des Gottesdienstes, zwischen Kain und Abel entlodern sehen? Oder ist die Religion überhaupt nur Vorwand, und die Menschen hassen sich, um sich zu hassen, wie sie sich lieben, um sich zu lieben? Auf welcher Seite ist die Schuld bei diesem Groll?

(Shakespeares Mädchen und Frauen)

Ich glaube, dieser Gott-reiner Geist, dieser Parvenü des Himmels, der jetzt so moralisch, so kosmopolitisch und universell gebildet ist, hegt ein geheimes Mißwollen gegen die armen Juden, die ihn noch in seiner ersten rohen Gestalt gekannt haben und ihn täglich in ihren Synagogen, an seine ehemaligen obskuren Nationalverhältnisse erinnern. Vielleicht will es der alte Herr gar nicht mehr wissen, daß er palästinischen Ursprungs und einst der Gott Abrahams, Isaaks und Jakobs gewesen und damals Jehovah geheißen hat.

(Aus den Memoiren des Herren von Schnabelewopski)

»Juden« und »Christen« sind für mich ganz sinnverwandte Worte im Gegensatz zu »Hellenen«, mit welchem Namen ich ebenfalls kein bestimmtes Volk, sondern eine sowohl angeborne als angebildete Geistesrichtung und Anschauungsweise bezeichne. In dieser Beziehung möchte ich sagen: alle Menschen sind entweder Juden oder Hellenen, Menschen mit ascetischen, bildfeindlichen, vergeistigungssüchtigen Trieben, oder Menschen von lebensheiterem, entfaltungsstolzem und realistischem Wesen.

(Ludwig Börne. Eine Denkschrift)

Es ist ein merkwürdiges Schauspiel, wie das Volk des Geistes sich allmählig ganz von der Materie befreit, sich ganz spiritualisiert. Moses gab dem Geiste gleichsam materielle Bollwerke, gegen den realen Andrang der Nachbarvölker: Rings um das Feld, wo er Geist gesäet, pflanzte er das schroffe Zeremonialgesetz und eine egoistische Nationalität als schützende Dornhecke. Als aber die heilige Geistpflanze so tiefe Wurzel geschlagen und so himmelhoch emporgeschossen, daß sie nicht mehr ausgereutet werden konnte: da kam Jesus Christus und riß das Zeremonialgesetz nieder, das fürder keine nützliche Bedeutung mehr hatte, und er sprach sogar das Vernichtungsurteil über die jüdische Nationalität ... Er berief alle Völker der Erde zur Teilnahme an dem Reiche Gottes, das früher nur einem einzigen auserlesenen Gottesvolke gehörte, er gab der ganzen Menschheit das jüdische Bürgerrecht ... Das war eine große Emanzipationsfrage, die jedoch weit großmütiger gelöst wurde, wie die heutigen Emanzipationsfragen in Sachsen und Hannover ... Freilich, der Erlöser, der seine Brüder vom Zeremonialgesetz und der Nationalität befreite, und den Kosmopolitismus stiftete, ward ein Opfer seiner Humanität, und der Stadtmagistrat von Jerusalem ließ ihn kreuzigen und der Pöbel verspottete ihn ...

(Ludwig Börne. Eine Denkschrift)

Und als der Morgennebel zerrann,
Da sah ich am Wege ragen,
Im Frührotschein, das Bild des Manns,
Der an das Kreuz geschlagen.

Mit Wehmut erfüllt mich jedesmal
Dein Anblick, mein armer Vetter,
Der du die Welt erlösen gewollt,
Du Narr, du Menschheitsretter!

Sie haben dir übel mitgespielt,
Die Herren vom hohen Rate.
Wer hieß dich auch reden so rücksichtslos
Von der Kirche und vom Staate!

Zu deinem Malheur war die Buchdruckerei
Noch nicht in jenen Tagen
Erfunden; du hättest geschrieben ein Buch
Über die Himmelsfragen.

Der Zensor hätte gestrichen darin
Was etwa anzüglich auf Erden,
Und liebend bewahrte dich die Zensur
Vor dem Gekreuzigtwerden.

Ach! hättest du nur einen andern Text
Zu deiner Bergpredigt genommen,
Besaßest ja Geist und Talent genug,
Und konntest schonen die Frommen!

Geldwechsler, Bankiers, hast du sogar
Mit der Peitsche gejagt aus dem Tempel –
Unglücklicher Schwärmer, jetzt hängst du am Kreuz
Als warnendes Exempel!

(Deutschland. Ein Wintermärchen)

»Christus –« »Glauben Sie vielleicht ebenfalls, daß er ein Gott sei?«
»Das versteht sich, meine gute Mathilde. Er ist der Gott, den ich am meisten liebe – nicht weil er so ein legitimer Gott ist, dessen Vater schon Gott war und seit undenklicher Zeit die Welt beherrschte: sondern weil er, obgleich ein geborener Dauphin des Himmels, dennoch, demokratisch gesinnt, keinen höfischen Zeremonialprunk liebt, weil er kein Gott einer Aristokratie von geschorenen Schriftgelehrten und galonierten Lanzenknechten, und weil er ein bescheidener Gott des Volks ist, ein Bürger-Gott, un bon dieu citoyen. Wahrlich, wenn Christus noch kein Gott wäre, so würde ich ihn dazu wählen, und viel lieber als einem aufgezwungenen absoluten Gotte, würde ich ihm gehorchen, ihm, dem Wahlgotte, dem Gotte meiner Wahl.«

(Die Stadt Lucca)

Frieden

Hoch am Himmel stand die Sonne,
Von weißen Wolken umwogt,
Das Meer war still,
Und sinnend lag ich am Steuer des Schiffes,
Träumerisch sinnend, – und halb im Wachen
Und halb im Schlummer, schaute ich Christus,
Den Heiland der Welt.
Im wallend weißen Gewande
Wandelt er riesengroß
Über Land und Meer;
Es ragte sein Haupt in den Himmel,
Die Hände streckte er segnend
Über Land und Meer;
Und als ein Herz in der Brust
Trug er die Sonne,
Die rote, flammende Sonne,
Und das rote, flammende Sonnenherz
Goß seine Gnadenstrahlen
Und sein holdes, liebseliges Licht,
Erleuchtend und wärmend,
Über Land und Meer.

Glockenklänge zogen feierlich
Hin und her, zogen wie Schwäne,
An Rosenbändern, das gleitende Schiff,
Und zogen es spielend ans grüne Ufer,
Wo Menschen wohnen, in hochgetürmter,
Ragender Stadt.

O Friedenswunder! Wie still die Stadt!
Es ruhte das dumpfe Geräusch
Der schwatzenden, schwülen Gewerbe,
Und durch die reinen, hallenden Straßen
Wandelten Menschen, weißgekleidete,
Palmzweigtragende,
Und wo sich Zwei begegneten,
Sahn sie sich an, verständnisinnig,
Und schauernd, in Liebe und süßer Entsagung,
Küßten sie sich auf die Stirne,
Und schauten hinauf
Nach des Heilands Sonnenherzen,
Das freudig versöhnend sein rotes Blut
Hinunterstrahlte,
Und dreimalselig sprachen sie:
Gelobt sei Jesu Christ!

(Buch der Lieder: Die Nordsee)

Das Christentum ist eine Idee, und als solche unzerstörbar und unsterblich, wie jede Idee.

(Zur Geschichte der Religion und Philosophie in Deutschland)

Unsterblichkeit! schöner Gedanke! wer hat dich zuerst erdacht? War es ein Nürnberger Spießbürger, der, mit weißer Nachtmütze auf dem Kopfe und weißer Tonpfeife im Maule, am lauen Sommerabend vor seiner Haustüre saß, und recht behaglich meinte: es wäre doch hübsch, wenn er nun so immer fort, ohne daß sein Pfeifchen und sein Lebensatemchen ausgingen, in die liebe Ewigkeit hineinvegetieren könnte! Oder war es ein junger Liebender, der in den Armen seiner Geliebten jenen Unsterblichkeitsgedanken dachte, und ihn dachte, weil er ihn fühlte, und weil er nichts anders fühlen und denken konnte! – Liebe! Unsterblichkeit! –

(Die Harzreise)

Fortdauer nach dem Tode: Gott hat nichts manifestiert, was darauf hinwiese, auch redet Moses nicht davon. Es ist Gott vielleicht gar nicht recht, daß die Frommen die Fortdauer so fest annehmen – In seiner väterlichen Güte will er uns vielleicht damit eine Surprise machen –

(Aufzeichnungen)

Mich locken nicht die Himmelsauen
Im Paradies, im selgen Land;
Dort find ich keine schönre Frauen
Als ich bereits auf Erden fand.

Kein Engel mit den feinsten Schwingen
Könnt mir ersetzen dort mein Weib;
Auf Wolken sitzend Psalmen singen,
Wär auch nicht just mein Zeitvertreib.

O Herr! ich glaub, es wär das Beste,
Du ließest mich in dieser Welt;
Heil nur zuvor mein Leibgebreste,
Und sorge auch für etwas Geld.

Ich weiß, es ist voll Sünd und Laster
Die Welt; jedoch ich bin einmal
Gewöhnt, auf diesem Erdpechpflaster
Zu schlendern durch das Jammertal.

Genieren wird das Weltgetreibe
Mich nie, denn selten geh ich aus;
In Schlafrock und Pantoffeln bleibe
Ich gern bei meiner Frau zu Haus.

Laß mich bei ihr! Hör ich sie schwätzen,
Trinkt meine Seele die Musik
Der holden Stimme mit Ergötzen.
So treu und ehrlich ist ihr Blick!

Gesundheit nur und Geldzulage
Verlang ich, Herr! O laß mich froh
Hinleben noch viel schöne Tage
Bei meiner Frau im statu quo!

(Gedichte 1853 und 1854. Zum Lazarus)

Man mag sagen, was man will, der Katholizismus ist eine gute Sommerreligion. Es läßt sich gut liegen auf den Bänken dieser alten Dome, man genießt dort die kühle Andacht, ein heiliges Dolce far niente, man betet und träumt und sündigt in Gedanken, die Madonnen nicken so verzeihend aus ihren Nischen, weiblich gesinnt verzeihen sie sogar, wenn man ihre eignen holden Züge in die sündigen Gedanken verflochten hat, und zum Überfluß steht noch in jeder Ecke ein brauner Notstuhl des Gewissens, wo man sich seiner Sünden entledigen kann.

(Reise von München nach Genua)

Ich war immer ein Dichter, und deshalb mußte sich mir die Poesie, welche in der Symbolik des katholischen Dogmas und Kultus blüht und lodert, viel tiefer als andern Leuten offenbaren, und nicht selten in meiner Jünglingszeit überwältigte auch mich die unendliche Süße, die geheimnisvoll selige Überschwenglichkeit und schauerliche Todeslust jener Poesie: auch ich schwärmte manchmal für die hochgebenedeite Königin des Himmels, die Legenden ihrer Huld und Güte brachte ich in zierliche Reime, und meine erste Gedichtesammlung enthält Spuren dieser schönen Madonna-Periode, die ich in spätern Sammlungen lächerlich sorgsam ausmerzte.

(Geständnisse)

Luther hatte nicht begriffen, daß die Idee des Christentums, die Vernichtung der Sinnlichkeit, gar zu sehr in Widerspruch war mit der menschlichen Natur, als daß sie jemals im Leben ganz ausführbar gewesen sei; er hatte nicht begriffen, daß der Katholizismus gleichsam ein Konkordat war zwischen Gott und dem Teufel, d. h. zwischen dem Geist und der Materie, wodurch die Alleinherrschaft des Geistes in der Theorie ausgesprochen wird, aber die Materie in den Stand gesetzt wird alle ihre annullierten Rechte in der Praxis auszuüben. Daher ein kluges System von Zugeständnissen, welche die Kirche zum Besten der Sinnlichkeit gemacht hat, obgleich immer unter Formen, welche jeden Akt der Sinnlichkeit fletrieren und dem Geiste seine höhnischen Usurpationen verwahren. Du darfst den zärtlichen Neigungen des Herzens Gehör geben und ein schönes Mädchen umarmen, aber du mußt eingestehn, daß es eine schändliche Sünde war, und für diese Sünde mußt du Abbuße tun. Daß diese Abbuße durch Geld geschehen konnte, war eben so wohltätig für die Menschheit, wie nützlich für die Kirche.

(Zur Geschichte der Religion und Philosophie in Deutschland)

Ich weiß nicht, ob der Mönch, der mir unfern Lucca begegnete, ein frommer Mann ist. Aber ich weiß, sein alter Leib steckt arm und nackt in einer groben Kutte, jahraus jahrein; die zerrissenen Sandalen können seine bloßen Füße nicht genug schützen, wenn er, durch Dorn und Gestrippe, die Felsen hinauf klimmt, um droben, in den Bergdörfern, Kranke zu trösten oder Kinder beten zu lehren; – und er ist zufrieden, wenn man ihm dafür ein Stückchen Brot in den Sack steckt, und ihm ein bißchen Stroh gibt, um darauf zu schlafen.

»Gegen *den* Mann will ich nicht schreiben«, sprach ich zu mir selbst. »Wenn ich wieder zu Hause in Deutschland, auf meinem Lehnsessel, am knisternden Öfchen, bei einer behaglichen Tasse Tee, wohlgenährt und warm sitze, und gegen die katholischen Pfaffen schreibe – gegen *den* Mann will ich nicht schreiben.« –

(Die Stadt Lucca)

Ist es doch eine bekannte Bemerkung, daß die Pfaffen in der ganzen Welt, Rabbinen, Muftis, Dominikaner, Konsistorialräte, Popen, Bonzen, kurz das ganze diplomatische Corps Gottes, im Gesichte eine gewisse Familienähnlichkeit haben, wie man sie immer findet bei Leuten, die ein und dasselbe Gewerbe treiben. Schneider, in der ganzen Welt, zeichnen sich aus durch Zartheit der Glieder, Metzger und Soldaten tragen wieder überall denselben farouschen Anstrich, Juden haben ihre eigentümlich ehrliche Miene, nicht weil sie von Abraham, Isaak und Jakob abstammen, sondern weil sie Kaufleute sind, und der Frankfurter christliche Kaufmann sieht dem Frankfurter jüdischen Kaufmanne eben so ähnlich, wie ein faules Ei dem andern. Die geistlichen Kaufleute, solche die von Religionsgeschäften ihren Unterhalt gewinnen, erlangen daher auch im Gesichte eine Ähnlichkeit. Freilich, einige

Nuancen entstehen durch die Art und Weise wie sie ihr Geschäft treiben. Der katholische Pfaffe treibt es mehr wie ein Commis, der in einer großen Handlung angestellt ist; die Kirche, das große Haus, dessen Chef der Papst ist, gibt ihm bestimmte Beschäftigung und dafür ein bestimmtes Salär; er arbeitet lässig, wie jeder, der nicht für eigne Rechnung arbeitet und viele Kollegen hat, und im großen Geschäftstreiben leicht unbemerkt bleibt – nur der Kredit des Hauses liegt ihm am Herzen, und noch mehr dessen Erhaltung, da er bei einem etwaigen Bankerotte seinen Lebensunterhalt verlöre. Der protestantische Pfaffe hingegen ist überall selbst Prinzipal, und er treibt die Religionsgeschäfte für eigene Rechnung. Er treibt keinen Großhandel wie sein katholischer Gewerbsgenosse, sondern nur einen Kleinhandel; und da er demselben allein vorstehen muß, darf er nicht lässig sein, er muß seine Glaubensartikel den Leuten anrühmen, die Artikel seiner Konkurrenten herabsetzen, und als echter Kleinhändler steht er in seiner Ausschnittbude, voll von Gewerbsneid gegen alle großen Häuser, absonderlich gegen das große Haus in Rom, das viele tausend Buchhalter und Packknechte besoldet und seine Faktoreien hat in allen vier Weltteilen.

(Die Stadt Lucca)

Ob der liebe Gott es noch lange dulden wird, daß die Pfaffen einen leidigen Popanz für ihn ausgeben und damit Geld verdienen, das weiß ich nicht; – wenigstens würde ich mich nicht wundern, wenn ich mal im Hamb. Unpart. Korrespondenten läse: daß der alte Jehovah jedermann warne, keinem Menschen, es sei wer es wolle, nicht einmal seinem Sohne, auf seinen Namen Glauben zu schenken.

(Die Stadt Lucca)

»Aber, Herr Hyazinth, wie gefällt Ihnen denn die protestantische Religion?«
»Die ist mir wieder zu vernünftig, Herr Doktor, und gäbe es in der protestantischen Kirche keine Orgel, so wäre sie gar keine Religion. Unter uns gesagt, diese Religion schadet nichts und ist so rein wie ein Glas Wasser, aber, sie hilft auch nichts.
… das ist freilich eine sehr aufgeklärte Religion, und es fehlt ihr an Schwärmerei und Wunder; indessen, ein bißchen Schwärmerei muß sie doch haben, ein ganz klein Wunderchen muß sie doch tun können, wenn sie sich für eine honette Religion ausgeben will.«

(Die Bäder von Lucca)

Wie Henri IV. einst lachend sagte: Paris vaut bien une messe, so konnte ich mit Fug sagen: Berlin vaut bien un prêche, und ich konnte mir, nach wie vor, das sehr aufgeklärte und von jedem Aberglauben filtrierte Christentum gefallen lassen, das man damals sogar ohne Gottheit Christi, wie Schildkrötensuppe ohne Schildkröte, in den Berliner Kirchen haben konnte.

(Geständnisse)

Ich habe Geistesfreiheit und Protestantismus zusammen genannt; ich hoffe aber, daß man mich, obgleich ich mich in Deutschland zur protestantischen Kirche bekenne, keiner Parteilichkeit für letztere beschuldigen wird. Wahrlich, ohne alle Parteilichkeit habe ich Geistesfreiheit und Protestantismus zusammen genannt; und in der Tat, es besteht in Deutschland ein freundschaftliches Verhältnis zwischen beiden. Auf jeden Fall sind sie beide verwandt und zwar wie Mutter und Tochter. Wenn man auch der protestantischen Kirche manche fatale Engsinnigkeit vorwirft, so muß man doch zu ihrem unsterblichen Ruhme bekennen: indem durch sie die freie Forschung in der christlichen Religion erlaubt und die Geister vom Joche der Autorität befreit wurden, hat die freie Forschung überhaupt in Deutschland Wurzel schlagen und die Wissenschaft sich selbständig entwickeln können. Die deutsche Philosophie, obgleich sie sich jetzt neben die protestantische Kirche stellt, ja sich über sie heben will, ist doch immer nur ihre Tochter; als solche ist sie immer in

Betreff der Mutter zu einer schonenden Pietät verpflichtet; und die Verwandtschaftsinteressen verlangten es, daß sie sich verbündeten, als sie beide von der gemeinschaftlichen Feindin, von dem Jesuitismus, bedroht waren.

(Die Romantische Schule)

Keineswegs jedoch leugnen wir hier den Nutzen, den die christkatholische Weltansicht in Europa gestiftet. Sie war notwendig als eine heilsame Reaktion gegen den grauenhaft kolossalen Materialismus, der sich im römischen Reiche entfaltet hatte und alle geistige Herrlichkeit des Menschen zu vernichten drohte.

(Die Romantische Schule)

Ja, es ist eine große, heilige, mit unendlicher Süßigkeit erfüllte Religion, die dem Geiste auf dieser Erde die unbedingteste Herrschaft erobern wollte – Aber diese Religion war eben allzuerhaben, allzurein, allzugut für diese Erde, wo ihre Idee nur in der Theorie proklamiert, aber niemals in der Praxis ausgeführt werden konnte. Der Versuch einer Ausführung dieser Idee hat in der Geschichte unendlich viel herrliche Erscheinungen hervorgebracht, und die Poeten aller Zeiten werden noch lange davon singen und sagen. Der Versuch, die Idee des Christentums zur Ausführung zu bringen, ist jedoch wie wir endlich sehen, aufs kläglichste verunglückt, und dieser unglückliche Versuch hat der Menschheit Opfer gekostet, die unberechenbar sind, und trübselige Folge derselben ist unser jetziges soziales Unwohlsein in ganz Europa.

(Zur Geschichte der Religion und Philosophie in Deutschland)

Ich spreche von jener Religion in deren ersten Dogmen eine Verdammnis alles Fleisches enthalten ist, und die dem Geiste nicht bloß eine Obermacht über das Fleisch zugesteht, sondern auch dieses abtöten will um den Geist zu verherrlichen; ich spreche von jener Religion durch deren unnatürliche Aufgabe ganz eigentlich die Sünde und die Hypokrisie in die Welt gekommen, indem eben, durch die Verdammnis des Fleisches, die unschuldigsten Sinnenfreuden eine Sünde geworden, und durch die Unmöglichkeit ganz Geist zu sein die Hypokrisie sich ausbilden mußte; ich spreche von jener Religion, die ebenfalls durch die Lehre von der Verwerflichkeit aller irdischen Güter, von der auferlegten Hundedemut und Engelsgeduld, die erprobteste Stütze des Despotismus geworden. Die Menschen haben jetzt das Wesen dieser Religion erkannt, sie lassen sich nicht mehr mit Anweisungen auf den Himmel abspeisen, sie wissen daß auch die Materie ihr Gutes hat und nicht ganz des Teufels ist, und sie vindizieren jetzt die Genüsse der Erde, dieses schönen Gottesgartens, unseres unveräußerlichen Erbteils. Eben weil wir alle Konsequenzen jenes absoluten Spiritualismus jetzt so ganz begreifen, dürfen wir auch glauben, daß die christkatholische Weltansicht ihre Endschaft erreicht. Denn jede Zeit ist eine Sphinx, die sich in den Abgrund stürzt, sobald man ihr Rätsel gelöst hat.

(Die Romantische Schule)

Das endliche Schicksal des Christentums ist davon abhängig, ob wir dessen noch bedürfen. Diese Religion war eine Wohltat für die leidende Menschheit während achtzehn Jahrhunderten, sie war providentiell, göttlich, heilig. Alles was sie der Zivilisation genützt, indem sie die Starken zähmte und die Zahmen stärkte, die Völker verband durch gleiches Gefühl und gleiche Sprache, und was sonst noch von ihren Apologeten hervorgerühmt wird, das ist sogar noch unbedeutend in Vergleichung mit jener großen Tröstung, die sie durch sich selbst den Menschen angedeihen lassen. Ewiger Ruhm gebührt dem Symbol jenes leidenden Gottes, des Heilands mit der Dornenkrone, des gekreuzigten Christus, dessen Blut gleichsam der lindernde Balsam war, der in die Wunden der Menschheit herabrann.

(Zur Geschichte der Religion und Philosophie in Deutschland)

Einst wenn die Menschheit ihre völlige Gesundheit wieder erlangt, wenn der Friede zwischen Leib und Seele wieder hergestellt, und sie wieder in ursprünglicher Harmonie sich durchdringen: dann wird man den künstlichen Hader, den das Christentum zwischen beiden gestiftet, kaum begreifen können. Die glücklichern und schöneren Generationen, die, gezeugt durch freie Wahlumarmung, in einer Religion der Freude emporblühen, werden wehmütig lächeln über ihre armen Vorfahren, die sich aller Genüsse dieser schönen Erde trübsinnig enthielten, und, durch Abtötung der warmen farbigen Sinnlichkeit, fast zu kalten Gespenstern verblichen sind! Ja, ich sage es bestimmt, unsere Nachkommen werden schöner und glücklicher sein als wir.

(Zur Geschichte der Religion und Philosophie in Deutschland)

Eben weil ich ein Freund des Staats und der Religion bin, hasse ich jene Mißgeburt, die man Staatsreligion nennt, jenes Spottgeschöpf, das aus der Buhlschaft der weltlichen und der geistlichen Macht entstanden, jenes Maultier, das der Schimmel des Antichrists mit der Eselin Christi gezeugt hat. Gäbe es keine solche Staatsreligion, keine Bevorrechtung eines Dogmas und eines Kultus, so wäre Deutschland einig und stark und seine Söhne wären herrlich und frei. So aber ist unser armes Vaterland zerrissen durch Glaubenszwiespalt, das Volk ist getrennt in feindliche Religionsparteien, protestantische Untertanen hadern mit ihren katholischen Fürsten oder umgekehrt, überall Mißtrauen ob Kryptokatholizismus oder Kryptoprotestantismus, überall Verketzerung, Gesinnungsspionage, Pietismus, Mystizismus, Kirchenzeitungsschnüffeleien, Sektenhaß, Bekehrungssucht, und während wir über den Himmel streiten, gehen wir auf Erden zu Grunde. Ein Indifferentismus in religiösen Dingen wäre vielleicht allein im Stande, uns zu retten, und durch Schwächerwerden im Glauben könnte Deutschland politisch erstarken.

(Die Stadt Lucca)

Die Vernichtung des Glaubens an den Himmel hat nicht bloß eine moralische, sondern auch eine politische Wichtigkeit: die Massen tragen nicht mehr mit christlicher Geduld ihr irdisches Elend, und lechzen nach Glückseligkeit auf Erden.

(Briefe über Deutschland)

Auf diesem Felsen bauen wir
Die Kirche von dem dritten,
Dem dritten neuen Testament;
Das Leid ist ausgelitten.

Vernichtet ist das Zweierlei,
Das uns so lang betöret;
Die dumme Leiberquälerei
Hat endlich aufgehöret.

Hörst du den Gott im finstern Meer?
Mit tausend Stimmen spricht er.
Und siehst du über unserm Haupt
Die tausend Gotteslichter?

Der heilge Gott der ist im Licht.
Wie in den Finsternissen;
Und Gott ist alles was da ist;
Er ist in unsern Küssen.

(Neue Gedichte: Verschiedene. Seraphine)

Wie schön, wie heilig lieblich, wie heimlich süß, war das Christentum der ersten Jahrhunderte, als es selbst noch seinem göttlichen Stifter glich im Heldentum des Leidens. Da wars noch die schöne Legende von einem heimlichen Gotte, der in sanfter Jünglingsgestalt unter den Palmen Palästinas wandelte, und Menschenliebe predigte, und jene Freiheit- und Gleichheitslehre offenbarte, die auch später die Vernunft der größten Denker als wahr erkannt hat, und die, als französisches Evangelium, unsere Zeit begeistert.

(Die Stadt Lucca)

Die Freiheit ist eine neue Religion, die Religion unserer Zeit. Wenn Christus auch nicht der Gott dieser Religion ist, so ist er doch ein hoher Priester derselben, und sein Name strahlt beseligend in die Herzen der Jünger. Die Franzosen sind aber das auserlesene Volk der neuen Religion, in ihrer Sprache sind die ersten Evangelien und Dogmen verzeichnet, Paris ist das neue Jerusalem, und der Rhein ist der Jordan, der das geweihte Land der Freiheit trennt von dem Lande der Philister.

(Englische Fragmente)

Auf beiden Seiten des Rheines sehen wir denselben Bruch mit der Vergangenheit, der Tradition wird alle Ehrfurcht aufgekündigt; wie hier in Frankreich jedes Recht, so muß dort in Deutschland jeder Gedanke sich justifizieren, und wie hier das Königtum, der Schlußstein der alten sozialen Ordnung, so stürzt dort der Deismus, der Schlußstein des geistigen alten Regimes. Von dieser Katastrophe, von dem 21. Januar des Deismus, sprechen wir im folgenden Stücke. Ein eigentümliches Grauen, eine geheimnisvolle Pietät erlaubt uns heute nicht, weiter zu schreiben. Unsere Brust ist voll von entsetzlichem Mitleid – es ist der alte Jehova selber, der sich zum Tode bereitet. Wir haben ihn so gut gekannt, von seiner Wiege an, in Ägypten, als er unter göttlichen Kälbern, Krokodilen, heiligen Zwiebeln, Ibissen und Katzen erzogen wurde – Wir haben ihn gesehen, wie er diesen Gespielen seiner Kindheit und den Obelisken und Sphinxen seines heimatlichen Niltals Ade sagte und in Palästina, bei einem armen Hirtenvölkchen, ein kleiner Gott-König wurde, und in einem eigenen Tempelpalast wohnte – Wir sahen ihn

späterhin, wie er mit der assyrisch-babylonischen Zivilisation in Berührung kam, und seine allzumenschliche Leidenschaften ablegte, nicht mehr lauter Zorn und Rache spie, wenigstens nicht mehr wegen jeder Lumperei gleich donnerte – Wir sahen ihn auswandern nach Rom, der Hauptstadt, wo er aller Nationalvorurteile entsagte, und die himmlische Gleichheit aller Völker proklamierte, und mit solchen schönen Phrasen gegen den alten Jupiter Opposition bildete, und so lange intrigierte bis er zur Herrschaft gelangte und vom Kapitole herab die Stadt und die Welt, urbem et orbem, regierte – Wir sahen, wie er sich noch mehr vergeistigte, wie er sanftselig wimmerte, wie er ein liebevoller Vater wurde, ein allgemeiner Menschenfreund, ein Weltbeglücker, ein Philanthrop – es konnte ihm alles nichts helfen –
Hört Ihr das Glöckchen klingeln? Kniet nieder – Man bringt die Sakramente einem sterbenden Gotte.

(Zur Geschichte der Religion und Philosophie in Deutschland)

Ja, ich bin zurückgekehrt zu Gott, wie der verlorene Sohn, nachdem ich lange Zeit bei den Hegelianern die Schweine gehütet. War es die Misère, die mich zurücktrieb? Vielleicht ein minder miserabler Grund. Das himmlische Heimweh überfiel mich und trieb mich fort durch Wälder und Schluchten, über die schwindligsten Bergpfade der Dialektik. Auf meinem Wege fand ich den Gott der Pantheisten, aber ich konnte ihn nicht gebrauchen. Dies arme träumerische Wesen ist mit der Welt verwebt und verwachsen, gleichsam in ihr eingekerkert, und gähnt dich an, willenlos und ohnmächtig. Um einen Willen zu haben, muß man eine Person sein, und, um ihn zu manifestieren, muß man die Ellbogen frei haben. Wenn man nun einen Gott begehrt, der zu helfen vermag – und das ist doch die Hauptsache – so muß man auch seine Persönlichkeit, seine Außerweltlichkeit und seine heiligen Attribute, die Allgüte, die Allweisheit, die Allgerechtigkeit u.s.w. annehmen. Die Unsterblichkeit der Seele, unsre Fortdauer nach dem Tode, wird uns alsdann gleichsam mit in den Kauf gegeben, wie der schöne Markknochen, den der Fleischer, wenn er mit seinen Kunden zufrieden ist, ihnen unentgeltlich in den Korb schiebt.

(Nachwort zum »Romanzero«)

Die Wiedererweckung meines religiösen Gefühls verdanke ich jenem heiligen Buche, und dasselbe ward für mich ebensosehr eine Quelle des Heils, als ein Gegenstand der frömmigsten Bewunderung. Sonderbar! Nachdem ich mein ganzes Leben hindurch mich auf allen Tanzböden der Philosophie herumgetrieben, allen Orgien des Geistes mich hingegeben, mit allen möglichen Systemen gebuhlt, ohne befriedigt worden zu sein, wie Messaline nach einer lüderlichen Nacht – jetzt befinde ich mich plötzlich auf demselben Standpunkt, worauf auch der Onkel Tom steht, auf dem der Bibel, und ich knie neben dem schwarzen Betbruder nieder in derselben Andacht –

(Geständnisse)

In der Tat, weder eine Vision, noch eine seraphitische Verzückung, noch eine Stimme vom Himmel, auch kein merkwürdiger Traum oder sonst ein Wunderspuk brachte mich auf den Weg des Heils, und ich verdanke meine Erleuchtung ganz einfach der Lektüre eines Buches – Eines Buches? Ja, und es ist ein altes, schlichtes Buch, bescheiden wie die Natur, auch natürlich wie diese; ein Buch das werkeltägig und anspruchslos aussieht, wie die Sonne, die uns wärmt, wie das Brot, das uns nährt; ein Buch, das so traulich, so segnend gütig uns anblickt, wie eine alte Großmutter, die auch täglich in dem Buche liest, mit den lieben, bebenden Lippen, und mit der Brille auf der Nase – und dieses Buch heißt auch ganz kurzweg das Buch, die Bibel. Mit Fug nennt man diese auch die Heilige Schrift; wer seinen Gott verloren hat, der kann ihn in diesem Buche wiederfinden, und wer ihn nie gekannt, dem weht hier entgegen der Odem des göttlichen Wortes. Die Juden, welche sich auf Kostbarkeiten verstehen, wußten sehr gut, was sie taten, als sie bei dem Brande des zweiten Tempels die goldenen und silbernen Opfergeschirre, die Leuchter und Lampen, sogar den hohenpriesterlichen Brustlatz mit den großen Edelsteinen im Stich ließen, und nur die Bibel retteten. Diese war der wahre Tempelschatz, und derselbe ward gottlob nicht ein Raub der Flammen oder des Titus Vespasianus, des Bösewichts, der ein so schlechtes Ende genommen, wie die Rabbiner erzählen.

(Zur Geschichte der Religion und Philosophie in Deutschland)

Ich habe wieder im alten Testamente gelesen. Welch ein großes Buch! Merkwürdiger noch als der Inhalt ist für mich diese Darstellung, wo das Wort gleichsam ein Naturprodukt ist, wie ein Baum, wie eine Blume, wie das Meer, wie die Sterne, wie der Mensch selbst. Das sproßt, das fließt, das funkelt, das lächelt, man weiß nicht wie, man weiß nicht warum, man findet alles ganz natürlich. Das ist wirklich das Wort Gottes, statt daß andere Bücher nur von Menschenwitz zeugen.

(Ludwig Börne. Eine Denkschrift)

Es darf Dich nicht Wunder nehmen, wenn eines frühen Morgens meine Muse sogar als eine Betschwester Dir entgegentritt. In meinen schlaflosen Marternächten verfaße ich sehr schöne Gebete, die ich aber doch nicht niederschreiben lasse und die alle an einen sehr bestimmten Gott, nämlich an den Gott unserer Väter gerichtet sind. Die alte Garde-malade, die bei mir wacht, sagte mir vorige Nacht, daß sie gegen den Krampf in den Knieen ein sehr gutes Gebet wisse und ich bat sie mit großem Ernst, für mich es hinzubeten, während sie mir zu gleicher Zeit eine heiße Serviette um die Kniee wickelte: Das Gebet hat eine gute Wirkung getan und der Krampf wich. Was wird man aber im Himmel von mir sagen; ich sehe schon, wie mancher Engel von Gesinnung sich verächtlich über mich äußert: da sehen wir ganz diesen charakterlosen Menschen, der, wenn es ihm schlecht geht, durch alte Weiber eine Fürbitte machen läßt bei derselben Gottheit, die er in gesunden Tagen am ärgsten verhöhnte.

(Brief an Maximilian Heine, 3. 12. 1848)

Ich bin nur ein armer Mensch, der obendrein nicht mehr ganz gesund und sogar sehr krank ist. In diesem Zustand ist es eine wahre Wohltat für mich, daß es jemand im Himmel gibt, dem ich beständig die Litanei meiner Leiden vorwimmern kann, besonders nach Mitternacht, wenn Mathilde sich zur Ruhe begeben, die sie oft sehr nötig hat. Gottlob! in solchen Stunden bin ich nicht allein, und ich kann beten und flennen soviel ich will, und ohne mich zu genieren, und ich kann ganz mein Herz ausschütten vor dem Allerhöchsten und ihm manches vertrauen, was wir sogar unsrer eignen Frau zu verschweigen pflegen.

(Geständnisse)

Aber warum muß der Gerechte soviel leiden auf Erden? Warum muß Talent und Ehrlichkeit zugrunde gehen, während der schwadronierende Hanswurst, der gewiß seine Augen niemals durch arabische Manuskripte trüben mochte, sich räkelt auf den Pfühlen des Glücks und fast stinkt vor Wohlbehagen? Das Buch Hiob löst nicht diese böse Frage. Im Gegenteil, dieses Buch ist das Hohelied der Skepsis, und es zischen und pfeifen darin die entsetzlichen Schlangen ihr ewiges:

Warum? Wie kommt es, daß bei der Rückkehr aus Babylon die fromme Tempelarchivkommission, deren Präsident Esra war, jenes Buch in den Kanon der heiligen Schrift aufgenommen? Ich habe mir oft diese Frage gestellt. Nach meinem Vermuten taten solches jene gotterleuchteten Männer nicht aus Unverstand, sondern weil sie in ihrer hohen Weisheit wohl wußten, daß der Zweifel in der menschlichen Natur tief begründet und berechtigt ist und daß man ihn also nicht täppisch ganz unterdrücken, sondern nur heilen muß. Sie verfuhren bei dieser Kur ganz homöopathisch, durch das Gleiche auf das Gleiche wirkend, aber sie gaben keine homöopatisch kleine Dosis, sie steigerten vielmehr dieselbe aufs ungeheuerste, und eine solche überstarke Dosis von Zweifel ist das Buch Hiob; dieses Gift durfte nicht fehlen in der Bibel, in der großen Hausapotheke der Menschheit. Ja, wie der Mensch, wenn er leidet, sich ausweinen muß, so muß er sich auch auszweifeln, wenn er sich grausam gekränkt fühlt in seinen Ansprüchen auf Lebensglück; und wie durch das heftigste Weinen, so entsteht auch durch den höchsten Grad des Zweifels, den die Deutschen so richtig die Verzweiflung nennen, die Krisis der moralischen Heilung. – Aber wohl demjenigen, der gesund ist und keiner Medizin bedarf!

(Briefe über Deutschland)

Nur du, o Gott! bist der wahre Urheber meines Untergangs; jene arme Menschen tragen nicht die Schuld. O Gott! Du wolltest, daß ich zugrunde ging, und ich ging zugrunde. Gelobt sei der Herr! Er hat mich herabgestürzt von dem Postamente meines Stolzes, und ich, der ich in meinem dialektischen Dünkel mich selber für einen Gott hielt und Gefühle hegte und Tugenden übte, die nur einem Gotte ziemten – ich liege jetzt am Boden, arm und elend, und krümme mich wie ein Wurm. Gelobt sei der Herr! Ich trage mit Ergebung meine Qualen, und ich leere den Kelch der Erniedrigung, ohne mit den Lippen zu zucken, bis zum letzten Tropfen. Weiß ich doch, daß ich aus dieser Erniedrigung auferstehe, gerechtfertigt, geheiligt und gefeiert.

(Testament)

Ja, ich weiß es besser; Gott hat den Menschen erschaffen, damit er die Herrlichkeit der Welt bewundere. Jeder Autor, und sei er noch so groß, wünscht, daß sein Werk gelobt werde. Und in der Bibel, den Memoiren Gottes, steht ausdrücklich: daß er die Menschen erschaffen zu seinem Ruhm und Preis.

(Die Harzreise)

Das Leben ist gar zu spaßhaft süß; und die Welt ist so lieblich verworren; sie ist der Traum eines weinberauschten Gottes, der sich aus der zechenden Götterversammlung à la française fortgeschlichen, und auf einem einsamen Stern sich schlafen gelegt, und selbst nicht weiß, daß er alles das auch erschafft, was er träumt – und die Traumgebilde gestalten sich oft buntscheckig toll, oft auch harmonisch vernünftig – die Ilias, Plato, die Schlacht bei Marathon, Moses, die medizäische Venus, der Straßburger Münster, die französische Revolution, Hegel, die Dampfschiffe usw. sind einzelne gute Gedanken in diesem schaffenden Gottestraum – aber es wird nicht lange dauern, und der Gott erwacht, und reibt sich die verschlafenen Augen, und lächelt – und unsre Welt ist zerronnen in Nichts, ja, sie hat nie existiert.

(Ideen. Das Buch Le Grand)

Chronik

Am 13. Dezember 1797 (Datum unsicher) wird Harry Heine als Sohn jüdischer Eltern in Düsseldorf geboren (Bolkerstraße 53). Sein Vater ist der Textilkaufmann Samson Heine aus Hannover bzw. Hamburg, seine Mutter die aus Düsseldorf stammende Arzttochter Peierche (Betty) van Geldern. Die jüngeren Geschwister des Dichters sind seine Schwester Charlotte, die später mit Moritz Embden in Hamburg verheiratet ist, und die beiden Brüder Gustav (später als Zeitungsverleger Freiherr von Heine-Geldern in Wien) und Maximilian (später Arzt und ebenfalls geadelt in St. Petersburg).

Am 9. November 1799 (18. Brumaire) wird Napoleon durch einen Staatsstreich Erster Konsul der französischen Republik; wichtigstes Ereignis für Heines späteres Napoleon-Bild; die Kaiserkrönung findet am 2. Dezember 1804 statt.

Von 1803 bis 1815 besucht Harry Heine die Reformierte Kinderschule der Jungfer Susanne Wilhelmina Hindermann, weiterhin die jüdische Privatschule des entfernten Verwandten Hein Herz Rintelsohn, schließlich die Volksschule sowie das Lyzeum, die beide im Gebäude des ehemaligen Franziskanerklosters untergebracht sind, und endlich die Vahrenkampfsche Handelsanstalt.

Im November 1809 bezieht die Familie Heine das dem Geburtshaus des Dichters gegenüberliegende große Haus (Bolkerstraße 42).

Am 3. November 1811 findet der Einzug Napoleons in Düsseldorf statt, das 1806 Hauptstadt des Großherzogtums Berg unter Napoleons Schwager Joachim Murat geworden war (vgl. das Reisebild »Ideen. Das Buch Le Grand«).

Mit dem Abschluß des Wiener Kongresses setzt 1815 die Restaurationsepoche ein. Im Herbst des Jahres verbringt Heine eine kurze kaufmännische Lehrzeit in Frankfurt am Main und kehrt nach Düsseldorf zurück.

Mitte 1816 beginnt Heines Hamburger Zeit als Lehrling und Kaufmann; der junge Dichter verliebt sich in Amalie Heine, die Tochter seines Onkels, des Bankiers und Millionärs Salomon Heine.

Im Februar und März 1817 veröffentlicht Heine zum ersten Mal Gedichte in der Zeitschrift »Hamburgs Wächter«. Am 18. Oktober findet das Wartburgfest der deutschen Studenten statt.

Anfang 1819 wird der kranke und geschäftsunfähige Vater Heines entmündigt und nach Hamburg gebracht. Das Düsseldorfer Geschäft sowie die Hamburger Filiale »Harry Heine & Comp.« erleben ihren Bankrott. Mitte des Jahres kehrt Heine von Hamburg nach Düsseldorf zurück. Im September erfolgen die

Karlsbader Beschlüsse (Verbot der Burschenschaften, Zensur von Büchern und Zeitschriften). Zum Wintersemester 1819/20 beginnt Heine sein Jurastudium in Bonn; u. a. Bekanntschaft mit August Wilhelm von Schlegel.

Anfang 1820 erfolgt der Umzug von Heines Mutter und Geschwistern von Düsseldorf zum Vater nach Hamburg bzw. Oldesloe (später dann Lüneburg und wieder Hamburg). Zum Wintersemester das Jahres geht Heine nach Göttingen.

In Göttingen wird Heine Anfang 1821 wegen eines Duells der Universität verwiesen; zum Sommersemester geht er nach Berlin; hier Bekanntschaft mit Karl August und Rahel Varnhagen von Ense, Hegel, Chamisso, Grabbe, Alexis, Alexander von Humboldt, später auch mit den Mitgliedern des »Vereins für Kultur und Wissenschaft der Juden« wie Eduard Gans, Moses Moser und Leopold Zunz. – Er wird Mitarbeiter des »Gesellschafter«, den Gubitz herausgibt. – Am 5. Mai 1821 stirbt Napoleon auf St. Helena. Am 15. August 1821 heiratet Amalie Heine John Friedländer aus Königsberg (Kontrapunkte des »Buchs Le Grand«).

Heines »Gedichte« erscheinen 1822 bei Maurer in Berlin. Von Februar bis Juli 1822 sind seine »Briefe aus Berlin« im »Rheinisch-Westfälischen Anzeiger«, Hamm, zu lesen. Im August des Jahres reist Heine nach Polen (Gnesen und Posen) und kehrt Ende September nach Berlin zurück.

Im Januar 1823 erscheinen seine Ausführungen »Über Polen« im »Gesellschafter«, im April seine »Tragödien nebst einem lyrischen Intermezzo« bei Dümmler in Berlin (die beiden Tragödien »Almansor« und »William Ratcliff« bleiben erfolglos). – Im Mai geht Heine nach Lüneburg zu den Eltern und Geschwistern; Freundschaft mit Rudolf Christiani; Abstecher nach Hamburg und Cuxhaven.

Anfang 1824 geht Heine zur Fortsetzung des Studiums nach Göttingen. Im April reist er über Magdeburg, wo er Karl Immermann trifft, nach Berlin und ist im Mai wieder in Göttingen. Mitte September unternimmt er seine Fußwanderung durch den Harz (Nordheim, Osterode, Clausthal, Goslar, Brocken, Ilsenburg, Wernigerode, Elbingerode, Eisleben, Halle, Weißenfels, Naumburg, Jena). Am 2. Oktober 1824 findet eine unergiebige Begegnung mit Goethe in Weimar statt. Heine kehrt über Erfurt, Gotha, Eisenach und Kassel nach Göttingen zurück.

Am 28. Juni 1825 läßt Heine sich in Heiligenstadt auf den Namen Christian Johann Heinrich protestantisch taufen. Seine Promotion zum Dr. jur. findet am 20. Juli statt. Anschließend geht Heine nach Norderney, Lüneburg und Hamburg, wo er sich mit dem Kaufmann Friedrich Merckel befreundet.

Ende Januar 1826 schließt Heine Bekanntschaft mit dem Buchhändler und Verleger Julius Campe in Hamburg. Im Mai erscheint der 1. Band seiner »Reisebilder« bei Hoffmann und Campe (88 Gedichte der »Heimkehr«; »Die Harzreise«, die vorher im »Gesellschafter« erschienen war; erste Abteilung der »Nordsee«). Heine unternimmt eine Sommerreise von Hamburg nach Cuxhaven und Norderney und hält sich anschließend in Lüneburg auf.

Mitte Januar 1827 geht Heine nach Hamburg (Umgang u.a. mit Rosa Maria Assing, Schwester Varnhagens, und dem politischen Abenteurer Johannes Witt von Dörring). Im April erscheint der 2. Teil der »Reisebilder« (zweite und dritte Abteilung der »Nordsee«; Xenien von Immermann; »Ideen. Das Buch Le Grund«; »Briefe aus Berlin«). – Am 12. April tritt Heine seine Reise nach England an (London, Brighton, Ramsgate) und geht Mitte August über Tilburg, Rotterdam, Leiden und Amsterdam nach Norderney, Wangerooge und Langeoog. Mitte September kehrt er über Bremen nach Hamburg zurück (große Auseinandersetzung mit seinem Onkel Salomon). – Im Oktober erscheint das »Buch der Lieder« (1837 kommt die 2. Auflage heraus; insgesamt zu Heines Lebzeiten 13 Auflagen). – Ende Oktober reist Heine nach München (über Göttingen und Kassel, wo ihn Ludwig Emil Grimm am 19. November zeichnet, Frankfurt, wo er Ludwig Börne und Ferdinand Hiller, und Heidelberg, wo er seinen Bruder Maximilian und Johann Hermann Detmold trifft, sowie Stuttgart, wo er Wolfgang Menzel sieht). – Ende November trifft Heine in München ein und arbeitet als Redakteur an Cottas »Neuen allgemeinen politischen Annalen«.

Bis Mitte 1828 bleibt Heine in München (wird von Gottlieb Gassen gemalt; hat Hoffnungen auf eine Professur an der Münchner Universität durch Vermittlung des Ministers Eduard von Schenk). Anfang August tritt Heine seine Reise nach Italien an (über Innsbruck, Brixen, Bozen, Trient, Verona; dann über Brescia, Bergamo, Monza und Mailand, über Pavia nach Marengo und Genua; am 24. August ist er in Livorno). – Am 3. September trifft er in Lucca bzw. den Bädern von Lucca ein. Anfang Oktober ist er in Florenz. Mitte November erhält er die Nachricht vom Scheitern seiner Münchner Pläne und von der schweren Erkrankung seines Vaters. Am 24. November verläßt er deshalb Florenz und geht über Bologna, Ferrara und Padua nach Venedig, dann über Verona, Trient, Innsbruck nach München. Am 27. Dezember erhält Heine in Würzburg die Nachricht vom Tod des Vaters, der bereits am 2. Dezember gestorben ist. Heine reist über Aschaffenburg nach Hamburg.

Von Anfang Januar 1829 bis zum 20. Februar hält sich Heine in Hamburg auf. Dann geht er nach Berlin (hier wird er von Wilhelm Hensel gezeichnet) und nach Potsdam. Im Juli kehrt er nach Hamburg zurück und reist sofort weiter nach Helgoland. Ende September ist er wieder in Hamburg. Zu Weihnachten erscheint der 3. Band der »Reisebilder« mit der »Reise von München nach Genua« und den »Bädern von Lucca« (datiert 1830).

1830 bis Frühjahr 1831 ist Heine in Hamburg und Wandsbek. Im Juni 1830 gastiert Paganini in Hamburg; Ende Juni geht Heine nach Helgoland, wo ihn im August die Nachricht von der französischen Julirevolution erreicht (»Briefe aus Helgoland« als 2. Buch seiner Denkschrift über Börne, 1840). Ende August kehrt Heine nach Hamburg zurück und bemüht sich Ende des Jahres um eine Ratssyndikusstelle (Bewerbung im Januar 1831 abgelehnt).

Im Januar 1831 erscheinen die »Nachträge zu den Reisebildern« mit der »Stadt Lucca« und den »Englischen Fragmenten« (in Berlin verboten und konfisziert). Heine beschäftigt sich mit dem Saint-Simonismus und will Deutschland verlassen. Im April wird die Schrift »Kahldorf über den Adel in Briefen an den Grafen M. von Moltke« (Nürnberg: Hoffmann und Campe) von Robert Wesselhöft mit ihrer brisanten »Einleitung« von H. Heine ausgeliefert. – Am 1. Mai verläßt Heine Hamburg (über Frankfurt am Main, wo er von Moritz Oppenheim gemalt wird, Heidelberg, Karlsruhe, Straßburg) und geht nach Paris, wo er am 19. Mai ankommt und bereits am 21. Mai die Manessische Handschrift in der Bibliothèque Royale besichtigt. – Heine trifft alte Bekannte und Freunde, gewinnt durch deren Vermittlung neue: Berlioz, Cherubini, Chopin, Liszt, Hiller, Alexander von Humboldt, Mendelssohn Bartholdy, Meyerbeer gehören u. a. zu seinem Umgang; später auch: Balzac, Dumas, Victor Hugo, Nerval, George Sand, Prinzessin Belgiojoso, Gräfin d'Agoult u. a. – Im August reist Heine nach Boulogne-sur-Mer und kehrt Ende September nach Paris zurück, wo er freundschaftlichen Kontakt mit Börne hält. Ab Ende des Jahres ist er als Korrespondent für Cottas Augsburger »Allgemeine Zeitung« tätig.

Mit Goethes Tod am 22. März 1832 geht eine ganze literarische Epoche zu Ende. Am 27. Mai findet das Hambacher Fest statt als Kundgebung der liberalen, demokratischen und republikanischen Kräfte. – Heine reist im Juli in die Normandie, nach Le Havre, Dieppe, Eu und Rouen. Ende September ist er wieder in Paris. Ende Dezember erscheinen seine »Französischen Zustände« (datiert 1833).

Anfang April 1833 erscheint der 1. Teil von Heines »Zur Geschichte der neueren schönen Literatur in Deutschland«, Mitte Juli der 2. Teil (beide bei Heideloff und Campe, Paris). Im Juni liegt Heines »De la France« (Renduel, Paris) vor als Auftakt seines – neben dem deutschen Werk – französischen Œuvres. – Ende August bis Mitte Oktober hält sich Heine in Boulogne-sur-Mer auf. Im Dezember erscheint der 1. Teil des »Salon« (datiert 1834). Er enthält die »Vorrede«, »Französische Maler«, den Gedichtzyklus »Verschiedene« und »Aus den Memoiren des Herren von Schnabelewopski«.

Im Sommer 1834 hält Heine sich in Boulogne-sur-Mer und Dieppe auf und ist Ende August wieder in Paris. Im Oktober macht er die Bekanntschaft »Mathildes« (Augustine Crescence Mirat), seiner 17 Jahre jüngeren Lebensgefährtin und späteren Frau.

Im Januar 1835 erscheint der 2. Teil des »Salon« (teilweise datiert 1834, sonst 1835) mit einer »Vorrede« und der Abhandlung »Zur Geschichte der Religion und Philosophie in Deutschland«. Ab Mitte Juni ist Heine für einige Wochen Gast der Prinzessin Belgiojoso in Jonchère. Ende Juli geht Heine von Paris aus nach Boulogne-sur-Mer. Im November erscheint seine Literaturgeschichte »Die romantische Schule« (datiert 1836) als Erweiterung der »Geschichte der neueren schönen Literatur in Deutschland«. – Am 10. Dezember erfolgt der Bundestagsbeschluß gegen das ›Junge Deutschland‹ (Gutzkow, Heine, Laube, Mundt und Wienbarg); am Tage darauf werden sämtliche Schriften Heines in Preußen verboten. – Kurz vor Weihnachten kehrt Heine nach Paris zurück.

Im Sommer 1836 unternimmt Heine eine Reise nach Coudry, Boulogne und Amiens, im Herbst nach Marseille und Aix (en Provence) und kehrt im November über Avignon und Lyon nach Paris zurück.

Im Mai 1837 geht Heine nach Granville (Bretagne), im Juli nach Rennes. Es erscheint der 3. Teil des »Salon« mit den »Florentinischen Nächten« und den »Elementargeistern«, wobei die »Vorrede« gegen Menzel aus Zensurgründen als gesonderte Broschüre mit dem Titel »Über den Denunzianten« herauskommt. – Im August geht Heine über Boulogne-sur-Mer und Dieppe nach Le Havre (Havre de Grâce). Anfang September kehrt er nach Paris zurück und laboriert an einem Augenleiden. Im November erscheint Cervantes' »Don Quixote« mit einer Einleitung von Heine im Stuttgarter Verlag der Klassiker.

Ende Oktober 1838 erscheint Heines »Shakespeares Mädchen und Frauen« (Paris 1839: Delloye).

Im Juni 1839 reist Heine nach Granville und kehrt Mitte August nach Paris zurück.

Im August 1840 erscheint seine Denkschrift über »Ludwig Börne«. Er geht nach Granville und unternimmt eine Exkursion in die Bretagne. Mitte September ist er wieder in Paris. Anfang November erscheint der 4. Band des »Salon« mit dem »Rabbi von Bacherach«, »Über die französische Bühne« (Briefe an Lewald) und einigen Gedichten.

Im Juni 1841 reist Heine über Lyon, Avignon und Toulouse nach Cauterets (Hautes Pyrenées) und ist Anfang August wieder in Paris, wo er am 31. August in der Kirche St. Sulpice seine Lebensgefährtin Mathilde nach katholischem Ritus heiratet. Wegen des bevorstehenden Duells mit Salomon Strauß, Ehemann von Börnes Freundin Jeanette Wohl, will er für alle Fälle Mathilde rechtlich absichern. Beim Duell am 7. September wird Heine durch einen Streifschuß an der Hüfte verletzt.

Vom 5. bis 8. Mai 1842 wütet der große Brand in Hamburg. Anfang August geht Heine für vier Wochen nach Boulogne.

Ende Juli 1843 reist Heine nach Trouville und ist Ende August wieder in Paris. Salomon Heines Gesundheitszustand verschlechtert sich; Heine plant deshalb eine Reise nach Hamburg und möchte auch seine Mutter, seine Schwester und den Verleger Campe wiedersehen. Am 21. Oktober geht er ohne Mathilde über Brüssel, Münster und Osnabrück nach Bremen und kommt am 29. Oktober in Hamburg an. Am 7. Dezember kehrt er nach Paris zurück. Die Fahrt geht über Hannover, wo er J. H. Detmold trifft, Bückeburg und Minden nach Münster, wo er den Jugendfreund Sethe besucht, dann über Hagen, Köln, Aachen und Brüssel nach Paris. Am 16. Dezember trifft er in Paris ein. Wenige Tage später macht er die Bekanntschaft von Karl Marx.

Im Mai 1844 wird Heine Mitarbeiter des »Vorwärts« (dort u. a. sein »Weberlied« am 10. Juli). Am 20. Juli reist er mit Mathilde von Le Havre aus per Dampfboot nach Hamburg, wo sie nach drei Tagen eintreffen; Mathilde kehrt nach zwei Wochen allein nach Paris zurück. – Ende September erscheinen Heines »Neue Gedichte« (mit den Abteilungen »Neuer Frühling«, »Verschiedene«, »Der Tannhäuser«, »Romanzen« und »Zeitgedichte«; weiterhin ist das Versepos »Deutschland. Ein Wintermärchen« enthalten); Anfang Oktober kommt »Deutschland. Ein Wintermärchen« auch als Separatdruck heraus (nach wenigen Wochen 2. Auflage). Anfang November wird eine 2. Auflage der »Neuen Gedichte« notwendig. Im Oktober/November wird das »Wintermärchen« im »Vorwärts« nachgedruckt. In vielen deutschen Staaten erfolgt ein umgehendes Verbot bzw. die Beschlagnahmung der »Neuen Gedichte« und des Separatdrucks des »Wintermärchen«. – Am 9. Oktober verläßt Heine Hamburg und reist über Amsterdam, Den Haag und Brüssel zurück nach Paris, wo er am 16. Oktober ankommt. – Am 23. Dezember stirbt Salomon Heine. Es folgt der lange, zermürbende Erbschaftsstreit, für den Heine z.B. Ferdinand Lassalle engagiert.

Im Juni 1845 geht Heine nach Montmorency. Sein Augenleiden macht ihm zu schaffen.

Im Juni 1846 wechselt Heine nach Bagnères-de-Bigorre. Er ist in schlechter Verfassung und geht zwei Wochen darauf nach Barèges. Ende August geht es von Barèges über Tarbes nach Paris zurück.

Im Januar 1847 erscheint sein Versepos »Atta Troll. Ein Sommernachtstraum« (1. Fassung in Heinrich Laubes »Zeitung für die elegante Welt«, Anfang 1843). Seit Mai ist Heine mit Unterbrechungen in Montmorency und kehrt im September nach Paris zurück.

Seit Februar 1848 ist Heine zeitweise in einer Heilanstalt. Am 22. Februar bricht die Pariser Februarrevolution aus; Heine wird Augenzeuge der Straßenkämpfe nach einem Besuch in seiner Wohnung auf dem Rückweg zur Heilanstalt. – Ende Februar veröffentlichen Marx und Engels in London ihr »Kommunistisches Manifest«. – Mitte Mai bricht Heine im Louvre zusammen und übersiedelt Ende des Monats nach Passy.

Seine Lähmung schreitet rapide voran. In seiner Wohnung in der rue d'Amsterdam beginnt die Zeit der von ihm so bezeichneten »Matratzengruft«.

Mitte Oktober 1851 erscheint seine dritte Gedichtsammlung unter dem Titel »Romanzero« (»Historien« »Lamentationen«, »Hebräische Melodien«, »Nachwort«) sowie »Der Doktor Faust. Ein Tanzpoem, nebst kuriosen Berichten über Teufel, Hexen und Dichtkunst«. – Im November wird die 2. Auflage des »Romanzero« notwendig, im Dezember erscheinen die 3. und 4. Auflage.

Ende August 1854 zieht Heine aufs Land nach Batignolles (Paris). Im Oktober erscheinen seine »Vermischten Schriften« (Band 1: »Geständnisse«, »Gedichte. 1853 und 1854«, »Die Götter im Exil«, »Die Göttin Diana«, Denkworte für »Ludwig Markus«; Band 2. und 3: »Lutezia. Berichte über Politik, Kunst und Volksleben«). – Anfang November kehrt Heine nach Paris zurück und wohnt: 3, avenue Matignon an den Champs Elysées.

Im Juni 1855 beginnt die Freundschaft mit der 30 Jahre jüngeren Elise Krinitz, seiner ›Mouche‹. Im November erhält er den Besuch seiner Schwester Charlotte und seines Bruders Gustav.

Am frühen Morgen des 17. Februar 1856 stirbt Heinrich Heine und wird am 20. Februar auf dem Friedhof Montmartre beerdigt.

Nachwort

Heinrich Heine – man sehe dem Herausgeber dieses Lesebuchs eine aus langer Heine-Verehrung und ebensolcher Sympathie erwachsene Emphase nach – ist ein Dichter für jede Jahreszeit und ein Autor für fast jedes Lebensalter eines aufgeschlossenen Publikums, das bei der wiederholten Lektüre seiner Werke ständig neue Überraschungen erleben und beim Vortrag so mancher unter den Tausenden der Liedvertonungen seiner Gedichte getrost älter werden kann. Es besteht kein Zweifel: Heine hat nach wie vor seine Kenner unter der Leserschaft mit verfeinertem Geschmack und besitzt die Anteilnahme einer engagierten Öffentlichkeit, die immer wieder spürt, daß sich an seinem Werk und seiner Person die hintergründigsten Debatten entzünden lassen. Seinen Nachfolger im 20. Jahrhundert hat Heine, was das angeht, unter anderem in Kurt Tucholsky gefunden. Heine ist und bleibt eine Galionsfigur der freien Meinungsäußerung und der modernen Selbständigkeit im Denken. Allein deshalb ist seinem Werk über die schon gewonnenen Freunde hinaus eine möglichst große Anhängerschaft zu wünschen.

Gerade darum allerdings auch, wenngleich andere Gründe hinzukommen, haben Heine und sein Werk es seit dem ersten öffentlichen Auftreten schwerer gehabt, als es der Literatur, der anstrengendsten und persönlichsten unter den Künsten, schon üblicherweise widerfährt. Kaum einer seiner Zeitgenossen war derart in den Literaturbetrieb verwickelt und gleichzeitig

Außenseiter wie er. Er betrat gewissermaßen mit einem Knall die Bühne von Poesie, Journalistik und politischer Literatur und hat sie, wie zahlreiche Auseinandersetzungen bis in die jüngste Zeit belegen, dann nie wieder verlassen. Lob und Tadel, Zustimmung und Ablehnung, Freunde und Gegner prallen in der Rezeption seines Werkes und bei der Beurteilung seiner Persönlichkeit heftiger aufeinander, als wir das in der Literaturgeschichte sonst gewohnt sind. Auch Verbote und Zensur haben ihn stärker betroffen als manche anderen seiner Kollegenschaft.

Heine ist in der Tat kein Aspirant für Lorbeer und Sockel, obgleich selbst Thomas Mann ihn eine denkmalswürdige Erscheinung genannt hat. Um keine anderen Denkmäler und Benennungen wurde übrigens heftiger gestritten als um solche im Zusammenhang mit ihm. Er ist inzwischen zu klassischen Höhen der Achtung und Anerkennung aufgestiegen und entzieht sich gleichzeitig solchen Weihen durch den eigenen respektlosen Ton. Es hat gelegentlich die Gefahr bestanden, daß es stiller um ihn werden könnte. Denn ein Schriftsteller der üblichen Gattungen, der beispielsweise als Dramatiker für die Theater relevant geblieben oder durch in Drehbücher zu verwandelnde Romane nützlich geworden wäre und darum auch für die Medien wie Rundfunk, Film und Fernsehen interessante Anknüpfungspunkte bietet, ist er nicht. Obendrein war sein Werk während der Zeit des Nationalsozialismus auf subtil-barbarische Weise so ziemlich von der deutschen Bildfläche verschwunden, was die Heine-Wirkung in Frankreich und anderen von Hitler überfallenen Nachbarländern gleich mitbetraf. Davon erholen sich historische Gestalten und ihre Botschaften, selbst wenn sie wie Heine zu schreiben wissen und im musikalischen Gedächtnis überwintern, nur schwer.

Um so mehr darf die Heine-Renaissance, ja der als Boom zu bezeichnende Aufschwung der Heine-Verehrung in den letzten Jahrzehnten als erfreuliches Zeichen des literarischen Überlebens und als Sieg von Originalität wie Qualität gewertet werden. Es war wirklich manches wieder gut zu machen. Vor allen Dingen aber hatte Heine im Gefühlshaushalt ganzer Generationen gefehlt. Die Strophen von der Loreley, so stimmungsvoll und rheinromantisch sie auch immer noch eins der weltbekanntesten Gedichte bilden, können, wie sich versteht, selbst als Volkslied die übrige Bandbreite des Dichters und Schriftstellers nicht ersetzen. Heines Werke besaßen während der Nachkriegszeit in der Tat die Kraft, sich erneut Gehör zu verschaffen. Was beispielsweise in der ehemaligen DDR an positiver Heine-Vermittlung geleistet worden war, richtete sich aus möglichen Gefühlen des Überdrusses am Ende glücklicherweise nicht gegen den Autor des »Wintermärchens«, sondern die Heine-Kenntnis kam in gezielter Verwendung von Zitaten der Protestbewegung zugute. Im Westen war Heine längst nicht so rasch gegenwärtig gewesen. Da halfen die Studentenbewegung, aber auch eine innovative Heine-Forschung und -Vermittlung nach. Ohne die ständige Wirksamkeit von Ausgaben, Institutionen und literarischen Gesellschaften kann die Präsenz der Literatur nicht gelingen. Heinrich Heines Nachwirkung hat gewiß durch die archivische und museale Arbeit des Heinrich-Heine-Instituts in Düsseldorf, das 1970 aus der Neueren Handschriftenabteilung jener alten Bibliothek erwachsen ist, die er selbst als Schüler benutzen konnte, ein wichtiges Zentrum erhalten. Die Heinrich-Heine-Gesellschaft vermochte ihrerseits zusammen mit dem Heinrich-Heine-Institut das literarische Leben zu bereichern und dem Andenken an Persönlichkeit und Werk des Dichters zu nützen.

Warum dennoch Außenseiter? Der in Heiligenstadt bei Göttingen protestantisch getaufte und in Paris katholisch verheiratete deutsche Jude Heinrich Heine wurde seiner Abstammung wegen angegriffen, war deswegen verfemt, galt aber lange genug vor allem auch durch seinen Einsatz für die deutsch-französische Verständigung und wegen seiner so offenen wie ironischen Rede als verdächtig. Aber längst schon vor dem unheilvollen Dritten Reich hatte Heine der Welt gehört, war in die verschiedensten Sprachen übersetzt worden, hatte Nationalliteraturen durch seine naturlyrischen wie erotischen Verse genauso beeinflußt wie durch seine brillanten politischen Analysen und Kommentare. Der Name des Autors der »Reisebilder« (1826-1831) bedeutete ein Fanal für Solidarität mit den Unterlegenen, der des »Buches der Lieder« (1827) mit seinen dreizehn Auflagen bereits zu Lebzeiten ein Synonym für die unvergleichliche Mischung von Sentimentalität und sarkastischem Witz. Allzu oft ist Heines Spätwerk zugunsten seiner scharfen Deutschlandkritik der mittleren Jahre, wie sie sich im eminent politischen und immer noch aktuellen Versepos »Deutschland. Ein Wintermärchen« (1844) niederschlägt, unterschätzt oder vernachlässigt worden. Der todkranke Heine, der acht Jahre lang die Qualen seiner Matratzengruft als Vorhof des Todes durchleidet, hat eine Kunst der Agonie entwickelt, die ihresgleichen sucht und die heute als individuelles Pendant zu seiner Leistung als politischer Schriftsteller gelesen werden sollte.

Was man alles bei Heine genießen und erfahren kann, ist selbstverständlich nur der Lektüre seiner sämtlichen Schriften zu entnehmen. Dieses Lesebuch versucht weder das Gesamtwerk zu ersetzen, noch einen Heine im Taschenformat zu kreieren. Aber der Band soll einen ersten Eindruck vermitteln in seine Formulierungskunst bei so vielen und obendrein differierenden Gelegenheiten. Es handelt sich also nicht um einen in kleine Portionen zerlegten Dichter für alle Fälle, sondern um diese und jene Gedanken und Einfälle für den liebenswürdigsten Hausgebrauch mit einem ermunternden Hang zum Mehr. Der sogenannte ›komplette‹ Heine stehe am Ende der Verführung durch ein Lesebuch, das nach thematischen Kriterien geordnet ist und dabei Einblicke in Werke aus den verschiedensten Schaffensperioden wie Briefe aus den unterschiedlichsten Lebensphasen zu geben versucht.

»Ich liebe doch das Leben« – dieser Satz Heines aus einem Brief, geschrieben zu Beginn seiner sogenannten Matratzengruft im September 1848 und gerichtet an seinen Bruder Maximilian, der als Arzt in Rußland lebte, gibt dem Lesebuch den Titel und das Motto gleichermaßen. In zwölf Abschnitten werden Heinesche Bemerkungen, Beobachtungen und Aussagen auf lokkere Art, mit oft assoziativem Charakter, wie er zu Heines Schreibweise paßt, dargeboten. Die Zahl dieser Abschnitte ergab sich von selber und hat doch ihre eigene Zahlensymbolik, von der Heine beispielsweise ausgesprochen artifiziell in seinem Reisebild »Ideen. Das Buch Le Grand« Gebrauch gemacht hat. Dort ist ein Thema von welthistorischem Belang, nämlich Napoleons Tod im IX. Kapitel, spiegelbildlich mit der ebenso privaten wie unglücklichen Liebesgeschichte des Erzählers im XVIII. Kapitel verknüpft. Im Falle des Heine-Lesebuchs können die Monate des Jahres, die Stämme Israels aus dem Alten und die Apostel aus dem Neuen Testament gewissermaßen freundlich-ironisch Pate stehen, was sich bei einem so anspielungsreichen Schriftsteller wie Heine gehört, ja von selbst erklärt.

Der erste Abschnitt »Selbstbeschreibung, Selbstbefragung« soll die Probleme und Brüche des Heineschen Schriftstellerlebens auf originäre und sympathische Weise ins Bewußtsein rufen und erschließen. Bis heute haben die innergermanistischen Dispute um das richtige Geburtsdatum nicht aufgehört. Allein diese Tatsache verweist auf die Situation des Außenseiters, dessen Name nicht wie der seiner gleichaltrigen Zeitgenossen in den Rubriken der Täuflinge der dafür zuständigen »Gülich-Bergischen Nachrichten« auftaucht. Da das Archiv der Düsseldorfer jüdischen Gemeinde bereits zu Anfang des 19. Jahrhunderts einem Brand zum Opfer gefallen war und die rätselhafte Ungenauigkeit der Familie vielen historischen Gründen einer lebensnotwendigen opportunistischen Vorsicht geschuldet ist, geben wir uns mit dem 13. Dezember 1797 zufrieden. Mit einem solchen Abschnitt zu beginnen, hat aber selbstverständlich neben den auf der Hand liegenden biographischen Gründen auch solche bewußter Irritation und Intimität: die Kinder- und Schulzeit in Düsseldorf, die kaufmännische Laufbahn in Frankfurt am Main und Hamburg, das Jurastudium in Bonn, Berlin und Göttingen, die Jahre als freier Schriftsteller in Norddeutschland und die Monate als Redakteur in München beim damals führenden Verleger Cotta zeigen mitsamt ihren Reisen eine Mobilität während der deutschen Periode, aus der sich der wache und kritische Blick viel leichter erklärt. Aber auch die Not der Berufsfindung als anfangs romantischer Dichter mit einem derartig sensiblen Sprachvermögen muß nacherlebbar werden, um die sich stets auf der Oberfläche des puren Schriftstellererfolges bewegenden Lesererwartungen zu unterlaufen. Heines Wechsel als Korrespondent nach Paris im Mai 1831 ändert seinen Gegenstand und seine Lebenserfahrungen grundlegend. Durch das Verbot der Literatur des Jungen Deutschland, zu dessen Hauptvertreter er ernannt wurde, ist er seit Ende 1835 erst wirklich ins Exil abgedrängt worden. Seine beiden Reisen nach Deutschland in den Jahren 1843 und 1844 präludieren die späten Jahre der ›Matratzengruft‹ von 1848 bis zu seinem Tod am 17. Februar 1856. Heines Krankheitsbulletins gehören zu den freiesten Zeugnissen einer sich der Welt und ihrer Bedingungen vergewissernden Persönlichkeit.

Der zweite Abschnitt unter der Überschrift »Familie

und persönliche Bindungen« gibt der prägenden Herkunft und dem Privatleben Raum. Heines enge lebenslange Beziehung zur Mutter und zur Schwester Charlotte, seine ins bewußt schmerzlich Konstruierte sich auflösenden Kusinenschwärmereien und die überraschend bodenständige Pariser Ehe mit der von ihm so genannten ›Mathilde‹, weil dadurch die schönste und tiefsinnigste Konstellation der Vornamen entstand, sind der ihn offenbar weithin bestimmende, gleichzeitig verunsichernde wie stabilisierende psychologische Rahmen von seiten der Frauen. Sein Vater Samson und der Millionärsonkel Salomon Heine aus Hamburg bilden dann die Kontraste im männlichen familiären Kontext. Die Freundschaft mit der jungen Abenteurerin Elise Krinitz in den letzten Monaten seines Lebens gehört gerade wegen ihrer unspektakulären platonischen Voraussetzung und aufgrund ihrer aufsehenerregenden poetischen Folgen zu den wirklich anrührenden Dichterlieben in der Weltliteratur, die der treuen Sorge für die Ehefrau nicht widerspricht, sondern eine eigene Qualität der Liebessprache erreicht. Unter dem Titel »Rheinische Herkunft, Lebensstationen« schließt sich der dritte Abschnitt als Einblick in die wichtige Funktion von Landschaft und Orten, von Herkommen, Fremde und Wechsel der Eindrücke an, so daß aus dieser Voraussetzung von selber der vierte Abschnitt über »Heimat und Vaterland, Zensur, Exil« erwächst und gewissermaßen das subjektive Echo auf die objektiven Voraussetzungen bildet.

Dann wird der Blickwinkel erweitert: »Länder und Nationen, Europa, Kosmopolitismus« lautet die Überschrift des fünften Abschnitts, der die Heineschen Beobachtungen zu prägenden Unterschieden zwischen verschiedensten Völkern wie sein Bewußtsein von der Notwendigkeit übernationalen Zusammenwirkens unter humanen Ideen widerspiegelt und ihn als einen Schriftsteller von hellsichtiger, weit in die Zukunft hinausgreifender Kapazität erweist, der die Barrieren aus wahrem Interesse am guten Weltganzen zu überwinden versuchte und die Gegensätze auf fruchtbare Art miteinander verknüpfen wollte. Der sechste Abschnitt »Geschichtliche Ereignisse, historische Gestalten« verhilft der historischen Perspektive zu ihrem Recht, während der siebte Abschnitt den »Zeitgenossen« einen gebührenden Platz einräumt und Heine im Zusammenhang seiner Zeit auf einer überwältigenden Bühne des Umbruchs zeigt. Immerhin hat er mit eigenen Augen Napoleon gesehen, war Hörer des Berliner Starphilosophen Hegel und mit dem jungen Karl Marx während dessen Pariser Aufenthalt befreundet. Der achte Abschnitt über »Politik und Gesellschaft, Emanzipation und Revolution« belegt die Themen und Probleme seiner Zeit schlagend, zu denen er maßgebliche Stellungnahmen abgab und bis heute gültige Formulierungen zu finden wußte.

Betrachtungen zu »Philosophie und Wissenschaft, Kunst, Musik und Literatur« ist der neunte Abschnitt gewidmet. Heines Kenntnisse und Anteilnahme an der ihn umgebenden Wirklichkeit waren immens. Er gab sich den Anstrich eines Flaneurs und mit leichter Hand schreibenden Feuilletonisten, um damit ein möglichst breites Publikum zu erreichen und so einer von ihm prophetisch verstandenen Aufklärungspflicht zu genügen. Tatsächlich sind seine oft witzig wirkenden Beobachtungen und ironischen wie emphatischen Urteile aus peniblen Schreibprozessen hervorgegangen. Er war nicht zuletzt Zeuge gewaltiger Umbrüche im politischen und sozialen Leben, genauso aber auf dem Felde des Verkehrs und der Industrie. Darum darf ein kleiner Einblick in seine Stellungnahmen zu »Natur und Technik« in einem eigenen zehnten Abschnitt nicht fehlen. Am Schluß kehrt das Heine-Lesebuch wieder zu den persönlichsten Themen zurück. »Liebe, Ehe, Eros« und »Religion und Religionen« lauten die Überschriften des elften und des zwölften Abschnitts, die manche Äußerungen Heines zu den Fragen menschlicher Situation und Kommunikation, seine Erfahrungen von Einsamkeit und Sehnsucht, Verletzung und Gemeinsamkeit enthalten und seine intensive Beschäftigung mit den letzten Dingen, mit der Existenz aus übergeordnetem Blickwinkel samt manchen damit einherlaufenden Zwängen dokumentieren. Gerade hier widerspricht Heine den landläufigen Vorurteilen am meisten. Der Ironiker und Spötter ist gleichzeitig sentimental und zärtlich, der Skeptiker und scharfe Religionskritiker gleichzeitig fromm. Die Vereinigung größter Widersprüche gelingt durch einen unbändigen und selbständigen Individualismus, der sich dennoch vor der Menschheit und der Geschichte verantwortlich weiß, und sie gelingt durch die kreative Kraft des Humors, dessen subjektivem Charme die Leser bis heute glücklicherweise zu ihrem eigenen Gewinn und Vorteil immer wieder erliegen.

Kenner des Heineschen Werks mögen nicht enttäuscht sein, wenn diese oder jene Lieblingsstelle dann doch nicht auftaucht. Es kam vor allem darauf an, erste Eindrücke zu geben und im Heine-Lesebuch auf weitere Heine-Abenteuer aufmerksam zu machen. Zur Textgestalt ist zu sagen, daß sie sich nach heutigen Lesegewohnheiten richtet und deshalb auf historische Schreibweisen auch bei den Briefen verzichtet. Die Heine-Philologie hat besonders in den letzten Jahren stolze Summen ihres Fleißes ziehen können. Die großen Ausgaben mit Werken und Briefen liegen vor und warten auf jeweils neue Begegnungen.
Auch dieses Lesebuch ist den Vorarbeiten der Heine-Ausgaben dankbar verpflichtet. Zu nennen sind, auch zur Befriedigung antiquarischer Interessen bei den Lesern, unter den Herausgebern für die Werke und Briefe immer noch Ernst Elster mit seiner siebenbändigen Werk-Ausgabe des Leipziger Bibliographischen Instituts (1887–1890, Nachdruck 1893), Oskar Walzel mit seiner zehnbändigen Werk-Ausgabe im Insel-Verlag Leipzig (1910–1920), Friedrich Hirth mit seiner ersten Gesamtausgabe der Briefe nach den Handschriften bei Kupferberg in Mainz (1950–1957 in 6 Bänden; 1965 Nachdruck in 2 Bänden) und Hans Kaufmann mit der zehnbändigen Ausgabe von Werken und Briefen, die im Aufbau-Verlag Berlin und Weimar erschienen ist (1961–1964 u. ö.) Besonders publikumswirksam ist die von Klaus Briegleb herausgegebene sechsbändige Werk-Ausgabe des Hanser-Verlags in München (1968–1976), die in den Texten Walzels Insel-Tradition fortschreibt und in mehreren Taschen-

buchausgaben Verbreitung gefunden hat (hiernach sind die Werkzitate im vorliegenden Lesebuch wiedergegeben). Die beiden großen historisch-kritischen Heine-Ausgaben, auf die zuletzt zu verweisen ist, spiegeln die deutsch-deutsche Geschichte wider und ergänzen sich dabei aufs beste. Es handelt sich einmal um die Heine-Säkularausgabe der Werke, Briefwechsel und Lebenszeugnisse, die heute bei der Stiftung Weimarer Klassik angesiedelt ist und zusammen mit dem Centre National de la Recherche Scientifique in Paris erarbeitet wird. Die auf über fünfzig Text- und Kommentarbände angelegte Ausgabe erscheint seit 1970 in Berlin und Paris (Akademie-Verlag und Editions du CNRS). Die Briefe von und an Heine sind hier in den Bänden 20 bis 27 so komplett wie möglich greifbar (hieraus wurden die Briefzitate im vorliegenden Band entnommen; die Texte wurden behutsam modernisiert). Zum andern ist die Düsseldorfer Heine-Ausgabe der sämtlichen Werke zu nennen, deren Herausgabe Manfred Windfuhr betreut hat, und deren sechzehn Bände (seit 1973) im Hoffmann und Campe Verlag Hamburg erschienen sind und ein ganzes Kompendium zur Heine-Zeit bilden.

Zu danken ist schließlich den hilfreichen Mit-Lesern wie Mit-Herausgebern Christoph Hollender, Markus Küppers und Hendrik Rost für ihre Geduld und ihre aus verschiedensten Blickwinkeln der jüngeren Generation eingebrachte Erwartungshaltung und Erfahrung. Vor allem aber ist, auch in ihrem Namen, Dank zu sagen der Stiftung Kunst und Kultur des Landes Nordrhein-Westfalen, zumal ihrem Sekretär Reinhard

Linsel, ohne dessen Initiative und Unterstützung dieses Heine-Lesebuch nicht entstanden wäre. Möge es dazu beitragen, viele neue Heine-Begeisterte aller Altersgruppen zu gewinnen! Heine hat es verdient und wird seine Leserinnen und Leser auf keinen Fall enttäuschen.

Joseph A. Kruse